별명의 달인

구효서 소설

별명의 달인

문학동네

: 차례 :

바소 콘티누오

* basso continuo : 통주저음(通奏低音), 계속저음, 고집저음.

1. 오전

거실 이쪽 벽에서 맞은편 벽까지 여섯 걸음. 김옹의 보폭은 언제나 넓다. 느리긴 해도 움직임이 균일하다. 다리의 힘은 여전하다. 윤동주랑 같은 해 태어났거든! 김옹이 자신의 나이를 말하는 방식이다.

자신감 밴 김옹의 어투를, 봉한씨는 싫어한다. 1917. 그 숫자를 봉한씨는 극구 러시아혁명의 해로 기억한다. 어느 쪽이든 아득하기는 마찬가지다.

한 시간째 거실을 오가는 아버지가 봉한씨는 못마땅하다. 큰 걸음 때문에 작은 거실이 좁게 느껴진다. 김옹은 키가 크다. 1917년생. 상체는 굽지도 흔들리지도 않는다. 천장이 낮아 보인다.

김옹은 20년 전 상처했다. 그뒤로 하루도 거르지 않은, 김옹의 새벽 운동이다. 계절이 바뀌고 바뀌어도 거실을 오가는 김옹의 움직임은 달라지지 않는다.

작은 스탠드 램프가 접시만한 둥근 불빛을 조리대 위에 떨군다. 장한나 첼로 연주회 티켓 두 장이 불빛 가장자리에 놓여 있다. 한겨울 새벽 어둠이 가시려면 한 시간쯤 더 지나야 한다.

거실 창밖이 희붐하게 밝아오면 김옹은 마침내 걸음을 멈추고 커튼을 열 것이다. 봉한씨는 하루도 못마땅하지 않은 날이 없었다. 20년 동안 그랬다.

그랬다는 걸, 김옹도 안다. 알면서도 그만두지 않는다. 알면서도 그만두지 않는다는 걸, 봉한씨도 안다. 알면서도 체념이 안 된다. 닮지 말았어야 할 것만 닮은 경우의 전형. 두 사람 다 그리 생각하면서, 생각을 입 밖으로 낸 적이 없다는 것마저 닮았다. 봉한씨 올해 나이 쉰 다섯. 친구들은 그를 숫총각이라 하지만 본인은 가타부타 말이 없다.

노구라는 말이 안 어울릴 만큼 95세 김옹은 건강하다. 병원에 가본 적이 없다. 어쩌면 축복이랄 수 있는 것을, 봉한씨가 못마땅해할 이유는 없다. 봉한씨의 못마땅함은 이유 없는 못마땅함이다.

아버지 얘길 하며 툴툴거리는 봉한씨에게 친구들이 가끔 묻는다. 왜? 아버지가 왜 싫은데? 봉한씨 대답은 언제나 짧고 단호하고 똑같다. 기냥!

그냥 아닌 기냥이라는 대답에 마력이 있는 걸까. 친구들은 금방 뭔가 잘 알겠다는 표정을 짓는다. 금방. 정말 잘 알겠다는 표정. 다 그럴 만한 나이인 것이다.

김옹과 김옹의 아내는 조치원에서 살았다. 아들 둘 딸 둘 출가시키고 노부부가 초가집에서 살았다. 막내아들 봉한씨는 짝이 없었으나 일찌감치 상경해 홍제역 근처 작은 아파트에서 혼자 살았다.

조치원 읍내뿐 아니라 충청남도 전체를 통틀어 한 채밖에 없을 초가집에서 김옹 부부는 살았다. 김옹의 아내는 부엌문을 넘다 쓰러졌다. 여닫기 버거웠던 구가옥 부엌문. 문턱은 무릎보다 높았다. 부엌 안팎에 몸을 반반씩 걸친 채, 김옹의 아내는 문턱 위에 몸을 꺾고 세상을 떠났다.

어째서 끝내 초가집이어야 하는지, 김옹은 말하지 않았다. 원래가 초가집이었잖니…… 가족이 들었던 건 그 말뿐이었다. 대개의 경우 김옹의 고집에는 그처럼, 별다른 이유가 없다. 있다 해도 가족이 이해할 만한 것이 아니었다. 갈수록 짚 구하기가 힘들었다. 이엉 엮고 지붕 이을 사람 구하기는 더 힘들었으나, 김옹이 조치원을 떠날 때까지 끝끝내 초가집이었다.

아내가 세상을 떠나자 김옹은 막내아들 집으로 올라왔다. 서울에는 큰아들과 둘째 아들이 살고 있었으나 왠지 막내와 사는 게 당연한 일처럼 되었다. 나이 오십이 훌쩍 넘도록 장가도 가지 못한 봉한씨에게 노부를 맡기고 생활비조차 대주지 않는다는 두 형님을, 봉한씨 친구들은 역시 이해할 수 없었다. 대체 형님들은 왜 그러는 건데? 봉한씨에게 이런 질문은 난감하기 그지없다. 질척질척 뭉클거리는 거대한 물고구마가 통째로 목구멍을 막아버린다. 봉한씨는 그럴 때 대체로 숨이 막혀 아무 말 못한다.

프리랜서 피디라는 게 봉한씨 직업이다. 한때는 공중파 방송에서 일했지만 지금은 케이블방송과 군소 프로덕션으로부터 가물에 콩 나듯 일감을 얻는다. 의뢰가 들어오면 남양주 오남리 아파트 지하상가에서 주업으로 생선을 파는, 역시 프리랜서 카메라맨을 부른다. 편의점 알바를 전전하는 조명 겸 음향 담당 미스터 박을 수배한다. 그렇게 촬영팀을 꾸려 단편 프로그램 하나를 겨우 완성하고 받는 액수에 대해 봉한씨는 누구에게도 말한 적 없다.

봉한씨의 어머니, 그러니까 김옹의 아내가 부엌 문턱에서 운명할 때 봉한씨는 카이로 촬영지에서 거리의 슈산보이에게 200원 주고 낡은 구두를 닦고 있었다. 뒤늦게 귀국해 어머니 묘지에 흰 국화를 바치던 봉한씨 구두는 밑창이 떨어져 덜렁거렸다.

동료였던 피디들은 제작 일선에서 물러나 개인 프로덕션을 꾸리거나 굴지의 제작사 기획고문 자리에 앉았다. 다들 충분히 그럴 나이였다. 봉한씨는 아직도 콘티를 들고 언 손 호호 불며 촬영현장에서 밤을 새우기 일쑤다. 어째서 그리됐는가? 친구들이 물으면 또 그놈의 것이 쳐들어와 목구멍을 막는다. 질척질척 뭉클거리는 거대한 물고구마. 가슴 가득 머리 가득 꾸역꾸역 몽롱하게 들어찬다.

20년 넘도록 잡초 우거진 조치원 초가집을 처분하지 않고 놔두는 까닭을, 김옹의 자식들과 며느리들은 알지 못한다. 알고 싶어 죽겠는데, 김옹은 대답하지 않는다. 어쩌면 김옹의 머리와 가슴에도 문득문득 물고구마가 가득 들어차는 건지도. 이름하여 부자지간인 것이다.

윤동주랑 같은 해 태어났거든! 난 병원을 모르고 살지 않든? 자신감을 가질 만큼 김옹은 건강하다. 복잡하고 골치 아픈 질문에 맞서 뇌 기능을 반사적으로 닫아주는 물고구마 덕분일지도 모른다. 고집스레 반복되는 일상도 그 때문에 가능한 건지도.

지나친 건강이 물고구마 때문일지도 모른다고 생각할 때마다 봉한씨는 아찔해진다. 건강에 관해서라면 봉한씨 또한 친구들한테 빈축을 살 정도니까. 건강이 싫은 게 아니라 김옹과 같다는 게 싫은 것이다. 친구가 어느 날 봉한씨 허벅지를 만지며 말했다. 이 새끼 완전 돌덩이 네 이거.

봉한씨가 싫어하는 김옹의 말이 있다. 다시는 듣지 않았음 싶은 것. 드물게 네 시간이나 계속되는 연주회에 갈 수 있겠느냐고, 피로하지 않겠느냐고 언젠가 봉한씨가 물었을 때 김옹에게서 튀어나온 말이었다.

난 갑상이야!

70년대 말 군에 다녀온 봉한씨는 그 말을 대번에 알아챘다. 봉한씨 신체등급이 갑종 일급이었기 때문이다. 일제 때거나 정부 수립 초기에는 최고 등급이 갑종 상급이었을 거라는 것. 그 말을 들었을 때 봉한씨는 혼자, 왠지, 수치스러워 견딜 수 없었다.

김옹이 끝내 못마땅한 까닭. 새벽마다 좁은 거실을 오가기 때문이 아니었다. 초가집을 고집해 어머니를 부엌에서 운명하도록 내버려둔 때문도, 형님들 집 아닌 자기 집에서만 기거하기 때문도, 조치원 집 팔아 아파트 평수를 늘려주지 않기 때문도 아니었다. 40년 앞서 자신의 모습을 고스란히 비추는 고약한 마법의 거울이라면, 봉한씨뿐 아니라 누구라도 싫어할 것이다.

텔레비전 놓인 거실 벽 한 귀퉁이에 기묘하게 큰 액자가 걸려 있다. 액자 안에 실물 크기의 자부동이 들어 있다. 아닌 게 아니라 실물이다. 소나무와 학이 그려진 방석을 김옹은 자부동이라 부른다.

김옹의 아내가 오색실로 수놓은, 시집올 때 가져왔다던 방석이다.

유리 안에 모셔져 있다. 유물 같다. 거실에 걸자는 생각을 낸 건 김옹이고, 액자를 제작해 벽에 붙인 건 봉한씨다.

액자 아래 작은 사각 어항이 있다. 날렵한 은빛 물고기 한 마리가 검은 점박이 지느러미를 유려하게 흔든다. 한 마리뿐이다. 석 달 전, 영월군 어라연 촬영지에서 봉한씨가 몰래 반출한 쉬리다.

쉬리만 손에 넣을 수 있다면 촬영 스케줄 따위 어찌돼도 좋다는 식이었다. 봉한씨는 그때 그랬다. 촬영을 서둘러 마쳤다. 저녁도 먹지 않고 내처 서울로 향하는 봉한씨를 팀원들은 이해하지 못했다.

과연 무사히 서울에 닿을 수 있을지. 봉한씨는 생수 페트병에 든 쉬리 걱정뿐이었다. 병 속 물 온도가 자꾸 오르는 것 같았다. 고속도로 휴게소에서 냉커피 값을 내고 얼음 한 컵을 얻었다. 오도독 씹은 얼음 알갱이를 페트병 주둥이에 정성껏 밀어넣었다.

어항 속 쉬리를 볼 때 김옹은 반드시 봉한씨를 흘끗거렸다. 팀원들의 흘끗거리던 눈빛과 다르지 않았다. 사람의 눈에 여간해서는 띄지 않는 보호종 물고기라는 걸 김옹도 알았다. 낯선 환경으로 인한 스트레스가 곧 쉬리의 생명을 앗아갈지 모른다고 생각했다. 김옹이 그리 생각한다는 걸 봉한씨도 알았다. 그러나 서로 아무 말 하지 않았다.

쉬리는 열대어 사료를 잘 먹었다. 처음의 은빛을 잃지 않았다. 하지만 김옹의 마뜩잖은 눈빛은 오래도록 달라지지 않았다. 정확히 두 달 두 주 동안 그랬다.

김옹이 숙은 눈빛으로 손수 먹이를 주기 시작했던 게 두 주 전 어느 날이었다. 그날 말했다. 공연한 짓 하는 거 아닌가 모르겠다…… 말은 그리했으나 쉬리를 알뜰히 생각하는 것만은 분명했다.

거실 이쪽 벽에서 맞은편 벽까지 여섯 걸음. 그 작은 공간을 두어 시간 배회하고 나서야 김옹은 걸음을 멈춘다. 봉한씨가 오디오로 다가가 전원을 넣는다. 쇼팽의 피아노소나타 1번. 키신의 실황 앨범. 김옹이 커튼을 연다. 1악장 후반, 관객의 작은 기침 소리에 김옹은 여지없이 인상을 찡그린다. 그 부분에서 매번. 겨울 여명이 자부동과 어항과 조리대 위의 티켓을 비춘다.

김옹과 봉한씨는 음악을 좋아한다. 역시 닮은 점인데, 닮았으면서도 서로 유일하게 싫어하지 않는 점이다. 대화 없이도 살 수 있는 건 음악 때문인지도 모른다.

김옹의 아버지며 봉한씨의 할아버지에 대해서는 알려진 바가 별로 없다. 목사였다는데, 직업에 관련한 추억이나 사연이 없다. 김옹이 젊어 한때 잠깐—1년 2개월쯤?—조치원 읍내 제분회사 부장 직함에 있었다는 사실도 봉한씨는 마흔이 넘어서 우연히 알았다. 그동안 어떻게 자식을 키우며 먹고살 수 있었는지 알려고도 하지 않았다. 먹고사는 일에는 한사코 무심한 게 봉한씨인 것이다.

목사 아들인 김옹이 교회에 나가는 것도 본 적 없다. 그래도 봉한씨는 음악 좋아하는 취향의 기원을 은근히 할아버지에게 두고 있다. 어느 교회였는지는 몰라도 그곳엔 최소한 오르간이 있었을 것이고, 작으나마 성가대가 있었을 것이고, 날마다 찬송이 있었을 것이고, 그것 모두는 어쨌든 서양음악이었을 것이고…… 이런 식으로.

조치원 집에는 단칸짜리 행랑채가 있다. 초가인 본채와 다르게 양철집이다. 봉한씨가 상경하기 전까지 쓰던 곳. 지금은 빈 채로 녹슬어가고 있다.

건축비 절감하려고 양철로 지은 집이었다. 빗방울이 지붕을 두드리면 시끄러워 잠을 잘 수 없었다. 그래도 음악 듣기에는 더없이 좋은 곳이었다.

양철집 전체가 거대한 공명통이었다. 봉한씨의 그 양철집 방에는 오래된 진공관 전축이 있었고 엘피판이 수두룩했다. 김옹이 쓰던 거였다.

양철집 방문은 창호지 바른 격자문이었다. 문손잡이 옆에 화투 두장 이어붙인 것만한 투명 유리가 달려 있었다. 밖의 동태를 살피는 유일한 구멍이었다.

그곳으로 봉한씨는 안마당을 내다보곤 했다. 초가지붕 넘어오는 아침해를 보았다. 본채와 양철집 행랑 사이에 놓인 두레박 우물터, 우물터 곁의 화단, 화단 안에 줄지어 핀 튤립을 보았다. 아침햇살 받은 튤립은 지등처럼 빛났다.

본채 방문 열리는 소리가 나면 봉한씨는 유리 구멍에 눈을 댔다. 김옹은 툇마루로 나와, 꽃을 맴도는 나비에게 말을 걸듯 중얼거렸다.

에이에프케이엔 봐라.

호칭도 이유도 생략된 말이었다. 봉한씨 양철집 방에는 텔레비전이 없었다. 성능 좋은 진공관 전축에 텔레비전 음파가 잡혔다. 사이클을 맞추면 베를린 필하모닉의 연주가 흘러나오곤 했다. 봉한씨는 그렇게 에이에프케이엔을 들었고 케이비에스를 들었다.

전축과 엘피를 봉한씨에게 몽땅 건넨 김옹은 안방에서 텔레비전을 보거나 라디오를 들었다. 자목련이 꽃망울 터뜨리는 아침, 라디오에서 비발디의 바이올린협주곡이 흐르면 김옹은 방문을 열고 툇마루로 나왔다. 봉한씨는 유리 구멍에 눈을 댔다.

케이비에스 에프엠 틀어봐라.

김옹은 꽃그늘진 본채에서, 봉한씨는 슬슬 뜨거워지기 시작하는 양철집에서 〈사계〉를 들었다. 두 사람은 그렇게 음악을 가까이했다.

밖에 아무런 기척이 없어도 봉한씨는 가끔 유리 구멍에 눈을 댔다. 빈 툇마루에 오후의 낙조가 들기도 했고, 김옹이 소리 없이 앉아 담장 너머 하늘을 바라보기도 했다. 봉한씨는 숨을 죽이고 그런 툇마루나 김옹을 오랫동안 바라보았다.

지지난해 폴 모리아 내한공연은 두 사람에게 각별했다. 40년 나이 차이를 건너뛸 수 있게 해준, 징검돌 같은 게 폴 모리아였다. 김옹이 오십대 초반이었고 봉한씨가 중학생이었을 적, 둘은 두레박 우물터와 튤립 화단을 사이에 두고 똑같이 폴 모리아에 열광했다. 함께 열광했던 당대 뮤지션은 폴 모리아가 유일했다.

그때를 회상하면 함께 떠오르는 장면이 있다. 레너드 번스타인의 청소년 음악회. 청중에게 해설을 하고, 직접 피아노 시연도 하며, 땀 흘려 오케스트라를 지휘하는 흑백 필름 속의 번스타인. 자녀들과 동석해 해설과 연주를 경청하던 중년의 미국 청중들.

중년의 김옹이 중학생 봉한의 손을 잡고 연주회에 동행했던 기억이 사실처럼 느껴질 만큼 폴 모리아는 김옹과 봉한씨에게 각별했다.

그런 폴 모리아였음에도, 지지난해 내한공연에 함께 갔을 때 김옹은 박수를 치지 않았다. 연주가 끝나도 박수 치는 법 없는 김옹. 봉한씨는 끝까지 김옹이 못마땅했다.

폴 모리아 서거 3주기 추모연주회라서 박수는 안 어울린다고 생각했을까. 폴 모리아 없는 폴 모리아가 폴 모리아답지 않아서였을까. 남들이 기립박수로 환호할 때 김옹은 팔짱을 낀 채 자리에 앉아 있었다. 늘 그랬다. 봉한씨는 언제나 연주자들에게 미안했고, 흘낏거리는 청중들이 민망했다. 커튼콜이 그치지 않는데도 김옹은 슬며시 자리를 떴다. 폴 모리아 때도 예외는 아니었다.

공연, 다시는 함께 가지 않으리라. 다짐하면서도 봉한씨는 늘 두 좌석을 샀다. 웬만한 오디오 세트 한 대 가격에 해당하는 보청기를 김옹에게 선물한 것도 형님들이 아닌 봉한씨였다. 수년 전 김옹은 몸소 청각장애인 등록을 했다. 한 사람분의 입장료로 표 두 장을 살 수 있었다. 명색이 피디인 봉한씨였으므로 종종 연주회 초청장이 생기곤 했다. 혼자 가는 법이 없었다. 어두운 조리대 위에 놓인 첼로 연주회 티켓이 두 장인 까닭도 그래서다.

연주회 아닌 영화를, 봉한씨 혼자 본 적이 있다. 〈아바타〉 화면은 화려하고 영롱하고 찬란했다. 보던 중에 봉한씨는 생각하고 말았다. 아버지에게 보여드리면 좋겠다…… 처음 보는 척, 아버지와 다시 그 영화를 봤다.

봉한씨가 아침식사를 준비한다. 토마토와 사과를 흐르는 물에 씻는다. 전날 김옹이 시장 봐온 것들이다. 양파를 채 썬다. 오이피클, 토마토, 사과, 에멘탈치즈 모두 납작하게 썬다. 토스트에 삶은 계란을 썰어넣기 시작한 건 독일 촬영을 다녀온 뒤부터다. 바흐의 오르간곡이 흐른다. 라이프치히에서 산 음반이다.

시장 보는 일, 식사 준비, 빨래, 청소…… 어느 것 하나 분업이 이루어지지 않는다. 말하기 싫은 것이다. 서로 알아서 할 뿐이다.

봉한씨는 에멘탈치즈를 얇게 썬다. 봉한씨는 뭐든 얇게 썰지만 김옹은 뭐든 두껍게 썬다. 아무 말 않고, 각자 자기가 준비할 때 굳이 얇게 썰고 굳이 두껍게 썰 뿐이다. 아버지와는 살림 분업이 되지 않는다. 여자와 함께 산다는 건 어떤 걸까, 봉한씨는 잠깐 생각한다.

김옹의 새벽 기척이 아니라, 실은 친구 전화 때문에 잠에서 깼다. 친구와 그의 아내가 밑도 끝도 없이 전화에다 대고, 화음까지 넣어 노래를 불렀다. 윤형주의 〈우리들의 이야기〉였다. 노래 사이사이로 자동차 굉음이 스쳤다. 새벽 고속도로를 달리는 모양이었다. 학창 시절 봉한씨가 종종 불렀던 그 노래를 친구가 더 잘 기억했다.

잠이 달아났다. 결혼하는 것만으로도 도인이 되는 거야. 짓궂고 쓸쓸히 웃던 친구였다. 겨울 새벽잠을 급습한 노래에 때아닌 라일락꽃이 어이없게 흩날리고 있어서, 그리고 윤형주와 윤동주가 6촌 간이라는 사실이 다시 한번 1917년을 떠올리게 하는 바람에, 눈이 번쩍 떠졌다. 반갑잖은 친구 내외의 집요한 생음악 알람이, 문득 결혼을 목전에 두고 떠나버린 그녀를 떠올리게도 했으므로.

주방용 칼이 토마토, 양파, 사과, 오이피클을 베어낼 때마다 봉한씨는 김옹의 시선을 느낀다. 못 미더워 김옹은 거실을 떠나지 못한다. 그래도 봉한씨는 얇게 썬다. 습관일 뿐이다.

저녁은…… 셰프 잘츠부르크예요.

봉한씨가 끝내 한마디한다. 셰프 잘츠부르크는 예술의전당 건너편에 있는 퓨전레스토랑이다. 그곳의 바질 연어 테린을 김옹은 좋아한다. 셰프 잘츠부르크라는 말을 듣고서야 김옹은 조리대에서 시선을 거둔다.

연주회를 고르고 좌석을 예약하는 일만큼이나 봉한씨는 외식에 신경쓴다. 부드럽고 달지 않고 야채가 풍성한 메뉴를 미리 검색해둔다. 연주회 나들이가 잦아 외식은 일상이 되었으나 봉한씨는 한 번도 그 일을 소홀히 한 적이 없다. 조용한 자리를 예약하고 아버지를 모신다. 음식을 먹는 동안 지휘자와 악단, 연주자와 레퍼토리 정보를 전한다. 도쿄 메트로폴리탄 심포니가 왔을 때는 부타노 가꾸니라는, 통삼겹 요리를 대접했다.

조치원 초가집에는 구식 부엌에 어울리지 않는 신식 오븐이 있었다. 오븐 요리 전문가는 김옹의 처제, 봉한씨 이모였다. 일찍 남편을 여읜 봉한씨 이모는 미국인 선교사가 건립한 대전의 한 신학교 후문 밖에서 혼자 살았다. 홀몸이 되어 그곳 친정으로 돌아간 이모는 부모가 세상을 떠나고 난 뒤에도 줄곧 그 집에 살았다. 미국인 이사장 사택의 하우스키퍼가 된 이모는 양식 요리 전문가가 되었고, 틈틈이 언니에게 기술과 재료를 전했다.

김옹과 봉한씨는 70년대부터 머핀과 그라탕과 원두커피에 익숙했다. 요즘도 가끔 조치원집 오븐에서 익혀낸 것 같은 음식을 우연히 만날 때가 있다. 그럴 적마다 김옹과 봉한씨는 환호성 따위 지를 줄 모르는 성격답게, 묵념하듯 조용히, 초가집 높은 부엌 문턱에서 운명한 고인을 떠올린다. 그리고 수첩을 꺼내 식당 이름과 전화번호를 적는다.

매번 김옹과 연주회 나들이를 함께하는 봉한씨. 메뉴를 하나하나 살펴 간곡히 저녁을 모시는 봉한씨에게, 언젠가 친구가 말했다. 효도 인격 하나는 노벨상 감인걸…… 효도라는 말에 깜짝 놀란 봉한씨는 또 물고구마를 삼킨 듯했다. 다른 친구가 얼른 말했다. 인격이라기보단…… 성격 아닐까? 봉한씨는 간신히 질식을 모면했다.

2. 오후

셰프 잘츠부르크에 들러 미리 검색해두었던 메뉴로 조금 이른 저녁식사를 할 것이다. 일찌감치 아파트를 나선다. 바질 연어 테린 대신 오늘은 그릴에 구워낸 롤빵과 소시지, 사워크라우트와 오스트리아 머스터드를 곁들일 것이다. 하이든 아버지가 수레바퀴 만드는 가난한 목수였고 어머니는 마을 지주의 요리사였다는 사실을, 봉한씨는 김옹에게 들려줄 것이다. 김옹과 아파트 단지를 나란히 걷는 봉한씨 등뒤가 편안하다.

봉한씨 혼자 집을 나설 때면, 김옹은 현관 앞 복도 난간에 기대고 밀어지는 봉한씨를 바라보곤 했다. 봉한씨 모습이 사라질 때까지, 오래오래 바라보았다.

그런다는 걸 봉한씨는 알았다. 김옹의 시선이 등뒤에 달라붙어 성가셨다. 어쩌다 돌아보면, 김옹은 그저 바람을 쐬거나 먼산바라기 할 뿐이라는 듯, 짐짓 태연했다. 번번이 그러는 김옹이 봉한씨는 싫었다.

부러 김옹의 시선이 미치지 못하는 길로 접어들곤 했다. 아파트 건물 모서리에 가려진 몇 개의 샛길이 있다. 좀더 걷는 불편을 겪더라도 샛길을 택했다. 샛길로 들어서기 전까지는 등뒤의 이물감을 어찌할 수 없었다.

김옹이 봉한씨의 지금 나이였을 적, 김옹은 유리 구멍을 통해 바라보이는 사람이었다. 봉한씨는 양철집 방문 유리 구멍에 눈을 대고 초가집 툇마루에 나앉은 김옹을 오랫동안 바라보곤 했다. 그 사실을 그때, 어쩌면 김옹도 알고 있었을지도 모른다고 봉한씨는 생각했다. 등

뒤에 닿는 김옹의 눈길이 점점 거북해지면서부터.

아버지도 그때 거북했을까……

바라보이던 사람이, 이즈음엔 바라보고 있다. 40년 시차를 두고 두 사람은 서로를 번갈아 바라보는 셈이다. 김옹이 세상을 떠나 없게 될 때 봉한씨에겐 바라볼 일도 바라보일 일도 따라서 없게 되리라는 것, 알지만 봉한씨는 등뒤에 달라붙는 당장의 시선이 싫을 뿐이다. 미구에 닥쳐올 김옹의 부재 따위도 생각하기 싫다. 굳이 사각(死角)의 샛길로 접어드는 까닭이다.

마주보는 일은 예전에도 없었고 지금도 없다. 한쪽이 한쪽을, 아닌 척 번갈아 바라보았고 바라볼 뿐이다. 마주보는 것과 다르지 않다는 사실을, 왜 그래야 하는지는 고집스레 알려 하지 않은 채, 서둘러 외면할 뿐이다.

나란히 걷는 것, 시선이 서로를 향하지 않게 되어 편하다. 곁에 함께 앉더라도 눈길은 두 시간 내내 무대를 향할 수 있어서 연주회는 거북하지 않다. 김옹과 함께 외출하는 오후, 아파트 복도에 김옹이 서 있을 리 없다. 봉한씨의 등뒤가 편안해지는 이유다.

함께 아파트 화단 곁을 지난다. 주목의 침엽들이 추위를 견디느라 더욱 짙다. 김옹이 잠깐 걸음을 멈추고 인왕산 자락 겨울나무를 바라본다. 봉한씨도 눈을 들어 산 위의 겨울 하늘을 바라본다. 눈이 올 듯, 흐리고 낮다. 그렇게 그들은 나란히 같은 것을, 혹은 같으면서도 다른 것을 바라볼 때가 있다.

두 주 전, 〈라트라비아타〉 공연 때도 전막이 끝나도록 두 사람은 무대에서 눈을 떼지 않았다. 조슈아 벨의 여름 내한공연 때도 그랬다.

〈나비 부인〉 공연 때는 무대를 바라보느라 숨소리조차 내지 않았다. 지난봄이었다. 파올라 로마노, 마리오 말라니니 열창 때문만은 아니었다. 〈나비 부인〉은 지금껏 네 차례나 함께 보았다. 그때마다 그랬다.

숨죽이며 몰입했으면서도 김옹은 박수를 치지 않았다. 몰입의 이유가 연기와 연주에 있지 않았다는 뜻일까. 공연 내내 김옹이 자신만의 상념 안에 깊숙이 빠져 있었다는 것을, 봉한씨는 알았다. 다 다른 공연단이긴 했으나 같은 제목과 내용의 오페라를 네 차례나 관람한 것은 〈나비 부인〉이 유일했다. 앞으로 몇 차례 더 보게 될지도 모른다. 어째서 〈나비 부인〉 공연을 매번 그냥 지나치지 못하는지, 두 사람은 말한 적이 없다.

남자 관객이 〈나비 부인〉에 제대로 빠지려면 극중 여인 초초상을 남자로 바꿔보거나, 관람하는 자신을 여자로 여겨버리는, 인식의 전도(顚倒) 같은 게 선행되지 않으면 안 된다. 쉽지 않은 일이나 그게 가능하다면 몰입이 그만큼 깊어질 테고, 따라서 빠져나오기 힘들어질 것이다.

봉한씨는 알고 있었다. 김옹이 그런 식으로 〈나비 부인〉에 이입되었더라도, 그건 김옹의 자기암시 노력 때문만은 아니라는 걸. 오페라 〈나비 부인〉에는 절로 그리되게 하는 힘이 있다는 걸.

한 사람을 향한 모질고도 처절한 그리움. 하염없는 기다림. 그것이 남자들까지 빠져들게 하는 힘이라고, 봉한씨는 생각했다. 전편에 흐르는 애절함이 나이와 성별 따위 아랑곳 않고 관객의 몸안으로 육박해들어오는 거라고.

이모마저 세상을 떠나면서 신학재단 교사 신축 부지로 흡수되어버린 대전의 봉한씨 이모 집. 봉한씨에겐 외가고 김옹에겐 처가인 그 집 울안에 감나무 한 그루가 있었다.

그 집은 길에서 한참이나 내려다보였다. 내려다보이는 감나무는 그다지 커 보이지 않았다. 언덕을 내려가 대문을 열고 울안으로 들어서야 제법 큰 나무라는 걸 알 수 있었다.

나뭇잎 다 떨어진 앙상한 가지 끝끝마다 주홍빛 감들이 별만큼이나 달려 있곤 했다. 이모는 힘들고 위험하다 하여 그것들을 따지 않았다. 감 좀 따줘요…… 어느 날 김옹의 아내가 김옹에게 말했다. 장인 제사를 지내고 난 아침이었다.

좀처럼 그렇게 말하는 아내가 아니었다. 아침햇살 머금은 주홍빛에 취한 나머지, 듣는 사람일랑은 잊고 그만 아동극 대사처럼 살갑게 읊조렸던 것이다. 김옹은 그런 아내를 이상하게 바라보는 대신 짙푸른 하늘에 주렁주렁 열린 감들을 올려다보았다. 어딘가 묘했던 그때 그 분위기를 봉한씨는 잊지 않고 있다. 별을 바라보는 동방박사처럼 김옹이 감나무 가지 끝을 그윽이 우러르던 순간을.

김옹의 아내가 이승을 떠날 때까지 김옹은 장인 제사에 맞추어 감을 땄다. 다 따진 못했고 손과 장대가 미치지 못하는 곳의 감들은 까치밥으로 남겨두었다. 김옹의 아내는 감보다는 감빛을 좋아해 만지고 만지고 또 만졌다. 만질수록 감은 유리처럼 빛났다. 이모 집을 나와 길 위에 선 봉한씨 눈에 어느새 듬성듬성해진 감나무가 내려다보이곤 했다.

아내가 죽은 뒤로 김옹은 감을 따지 않았다. 감나무는 다시 붉은 감을 다닥다닥 매단 채 속절없이 서리를 맞았다. 외조부 제사에 참예하기 위해 김옹과 함께 이모 집을 방문할 때마다 봉한씨는 길 위에서 잠깐 쉬며 감나무를 내려다보았다. 김옹이 먼저 발길을 멈췄기 때문이었다. 감나무에는 때아닌 붉은 꽃이 불탔다.

어떤 개인 날 바다 저 멀리에서 연기가 피어오르고 배가 나타납니다……

나가사키 항을 내려다보며 울 듯 노래하는 〈나비 부인〉의 절창을 들을 때마다 봉한씨는 떠올리지 않을 수 없다. 감 좀 따줘요. 아동극 대사처럼 읊조리던 어머니의 묘한 음성을. 잠시 걸음을 멈춘 채 속절없게 붉기만 한 감나무를 언제까지고 내려다보던 김옹의 눈빛을.

전철을 타고 버스를 타고 연주회장에 도착할 때까지 눈을 마주친 기억이 없다. 두 사람은 장식 전구 반짝이는 셰프 잘츠부르크 출입문으로 나란히 들어선다. 종업원의 안내를 받아 창가 테이블에 앉는다. 어쩔 수 없이 마주앉았으나 눈을 마주치지 않는다. 큰길 건너 예술의 전당 건물 전면에 대형 현수막이 바람에 펄럭인다. 장한나가 환하게 웃는다.

초가집 툇마루에 나앉은 김옹을 한때는 봉한씨가 바라봤고, 이즈음엔 아파트를 나서는 봉한씨의 먼 등을 김옹이 바라보는 것. 함께 걸으며 앞만 보고, 연주회장에서도 나란히 앉아 말없이 무대만 응시하는 것. 식당에 마주앉더라도 공연히 두리번거리거나 웬만하면 창밖의 차량과 인파 쪽으로 눈길을 돌리는 것.

마주보기는 분명 아니지만 외면도 아니다. 마주보기보다 더한 마주보기라는 걸, 알려 하지 않을 뿐이다. 완강히 마주보기를 꺼리는, 두 사람에게 작용하는 동일한 종류의 의지가 실은 모종의 연대거나 유대라는 걸. 그리움, 혹은 면구(面灸)의 유대.

〈나비 부인〉 공연을 그냥 지나치지 않았으면서 〈라트라비아타〉는 매번 회피해왔던 것. 그 또한 유대라면 유대의 한 모습이었다. 〈라트라비아타〉를 함께 본 건 두 주 전이 처음이었다. 엘레나 로시와 안드레아 카레를 놓칠 수 없다는 이유로, 겨우.

김옹이 걸음을 멈추고 내려다보던 감나무에는, 조치원 집 부엌 문턱에 지친 몸을 걸친 채 먼저 떠난 사람, 말은 없었으나 수(繡) 솜씨와 음식 솜씨가 남달랐던 아내의 모습이 어렸다. 돌아올 수 없고 돌아오지 않는 이를 못내 떠올리는 건 봉한씨도 마찬가지였다. 감나무를 내려다볼 때마다 어디선가 흐르기 시작하는 〈나비 부인〉 허밍 코러스를 두 사람은 함께 들었다. 눈을 마주치지 않았으나 같은 감나무를 보았다. 떠올리는 대상은 달랐으나 들리는 노랫소리는 같았다. 그들의 유대란 함께 걷고 함께 멈추고 함께 바라보며 함께 듣는 거였다. 함께 그리워하는 거였다.

봉한씨에게도 사랑하는 사람이 있었다. 수원의 한 피아노 학원 강사였다. 종일 학원에서 아이들을 가르쳤다. 그리고 일기장 쓰듯 혼자 곡을 만들고 혼자 치고 혼자 들었다. 그녀의 곡을 처음 들은 사람이 봉한씨였다. 그녀의 첫 곡이었고 곡명은 〈쉬리〉였다.

물고기 이름, 이라고 그녀가 말했을 때 봉한씨는 송어나 숭어만큼 큰 고기를 떠올렸다. 〈쉬리〉라는 영화가 나오기도 전이었다. 1급수에 살며 사람의 눈에 잘 띄지 않는 물고기라는 건 나중에 알았다.

여자에게 다가갈 줄도, 다가오는 여자를 받아들일 줄도 몰랐던 봉한씨는 그런 자신을 한 번도 이상하다고 여긴 적 없었다. 이상했던 건, 그런 봉한씨에게 어느 날 여자가 생겼다는 거였다. 가까워질 수 있는 상대라는 걸 단번에 알아봤다는 거였다. 그것도 전철 안에서.

당신이 발끝을 까딱거리고 있었기 때문 아닐까, 라고 그녀가 말한 적 있다. 전철 손잡이를 잡고 선 채 봉한씨가 발끝을 까딱거렸다는 것. 차내 안내방송 시그널이 짧게 흐를 때였고 수원행 열차는 금정역을 막 출발하던 참이었다.

시그널은 〈스케이팅 왈츠〉였다며, 누군가를 제대로 바라본 적 없던 자신이 봉한씨를 먼저 세 번인가 네 번 연거푸 바라봤기 때문 아니었겠느냐고, 그녀는 말했다. 눈이 마주쳤을 때 그래서 뭔가를 그만 왕창 들킨 게 아니었겠느냐고.

그랬을지도 모른다고, 봉한씨는 말했다. 하지만 하필 그날 그 시각 그 열차였을까. 그녀와 말할 때 봉한씨는 하필이라는 부사어에 힘을 실었다. 화성(華城)을 답사하러 가던 날이었겠느냐고, 하필.

차내 안내방송 시그널, 〈스케이팅 왈츠〉에 맞추어 발을 까딱거린 것, 그리고 그녀가 그런 봉한씨를 바라보았던 것은 숱한 하필 중 극히 작은 하필의 순간에 지나지 않았다는 걸 두 사람은 알게 되었다.

상대에 따라 내 태도에 적절한 변화를 줄 줄 몰랐던 것, 그래서 그동안 연애에 젬병이었던 건 그녀도 마찬가지였다. 아무려나 그렇게, 그녀는 목성처럼 혼자 서른여덟이라는 나이를 먹고 있었고 봉한씨는 토성처럼 에멜무지로 마흔 살에 이르고 있었다. 도무지 만날 수 없는 궤도였던 만큼 두 사람의 만남은 두 행성의 충돌만큼이나 불가사의한 것이었다. 우주의 모든 '하필'을 다 끌어다대보려 했던 게 그들의 연애였다.

그러나 세상의 연애치고 그와 같지 않은 것도 없었다. 그런 면에서 그들의 만남과 연애는 지극히 평범했다. 평범하지 않은 게 있었다면 이별이었다.

하!

친구들이 이별의 사유를 물었을 때 봉한씨가 보인 반응이었다. 많은 양의 공기가 한꺼번에 좁은 목구멍을 빠르게 빠져나오다 급작스레 정지하는 소리. 그래서 종종 학! 으로도 들리는 그 소리는, 기가 막혀 아무 말도 하고 싶지 않을 때 봉한씨가 내뱉는 탄성이었다. 세상을 향한 주체할 수 없는 고소(苦笑)와 격한 자괴감이 순간적으로 뒤섞였다. 리드 고장난 관악기의 삑 소리 같은 그것. 누구도 필적 못할 만큼 소심하고 내성적인 봉한씨가 어쩌다 자신의 억압된 감정을 응축하여 쏟아내는, 그만의 고유한 하! 였다. 그럴 때만큼은 물고구마도 그의 탄식을 막을 수 없다.

그녀는 수원의 한 피아노 학원 강사였다. 그녀의 부모는 수원의 한 식육점 주인이었다. 식, 육, 점. 봉한씨는 스타카토로 발음했다.

식, 육, 점, 이라고 끊어 발음했던 이유는 김옹이 굳이 정, 육, 점, 이라 고집하며 두 사람의 교제를 반대했기 때문이었다. 식당을 겸하는 정육점을 식육점이라 부른다는 걸 친구들은 처음 알았다.

식육점이든 정육점이든 그런 게 결혼 반대 사유가 될 줄 봉한씨는 꿈에도 생각 못했다. 다른 사람이라면 모를까 아버지는 결코 그럴 사람이 아니라고 믿었다. 가족 간 믿음이란 오랜 세월을 두고 켜를 이뤄 다져진 것인 만큼 단단할 수밖에 없었다. 김옹의 완강한 반대가 개그

같았다. 농담이 지나면 잠시 낯뜨거웠던 통속 신파도 끝날 줄 알았다. 그러나 김웅의 정, 욕, 접, 은 몇 날 며칠이 가도록 그치지 않았다.

개그가 아니라는 걸 알았을 때, 봉한씨는 길 가다 뺨을 얻어맞은 기분이었다. 어디서 날아온 건지도 모를 손찌검에 비틀거리다 속수무책 시궁창에 처박혔다.

봉한씨는 김웅을 설득하지 않았다. 자신이 하려는 말과 그 말의 타당성까지, 김웅이 더 잘 알고 있을 거라 믿었다. 이 믿음 또한 오랜 세월을 두고 켜를 이뤄 다져진 거였다. 그녀와 살아버리자고 다짐했다. 그러면 통속이든 신파든 개그든 하루아침에 평정될 거라고.

그러나 신파는 결말까지 신파다움으로써 결국 영원히 끝나지 않을 통속이 되었다. 그녀가 연락을 끊었다. 이유를 알 수 없었다. 김웅이 여덟 시간 동안 슬그머니 집을 비웠던 날 이후로 그녀는 피아노 학원에도 나타나지 않았다.

알프레도의 아버지 제르몽이 비올레타를 찾아간다. 〈천사같이 순수한 아이〉를 부르며 비올레타에게 알프레도와 헤어져줄 것을 간청한다. 비올레타는 떠난다. 절망에 빠진 알프레도를 달래던 제르몽의 〈프로벤차 고향의 하늘과 땅을 너는 기억하느뇨〉. 봉한씨는 그 노래를 다시 듣고 싶지 않았다. 누구하고도 결혼하지 않을 거예요, 라는 말로 봉한씨는 이래저래 통속에 지나지 않았던 자신의 〈라트라비아타〉를 끝냈다.

〈나비 부인〉 허밍 코러스가 흐를 때마다 부자의 심중에는 감나무 붉은빛이 함께 흘렀다. 두 주 전 〈라트라비아타〉 아리아들을 마침내 함께 보고 들었을 때 두 사람 사이에는 저음의 첼로와 하프시코드가,

화음인 듯 충돌인 듯 흘렀다. 그리움처럼 부끄러움처럼.

사람들로 장사진을 이룬 연주회장으로 봉한씨가 바삐 걸음을 옮긴다. 두 걸음 걷다 멈추고 세 걸음 걷다 멈춘다. 건강하기는 해도 김옹의 걸음은 새벽마다 거실을 오가는 속도 이상 낼 수 없다. 가다 멈추고 가다 멈추는 봉한씨와, 아무려나 등속으로 천천히 움직이는 김옹의 걸음은, 같으면서 다른 두 개의 저음 성부(聲部) 같다.

무리 끝에 합류한 김옹이 하얀 입김을 토해낸다. 연주자의 명성에 어울리는 성황. 줄지어 입장을 기다리는 진풍경이 두 사람 모두에게 오랜만이다. 기대로 한껏 상기된 봉한씨도 흰 입김을 토해낸다. 어쩔 수 없이 번스타인의 청소년 음악회가 다시 떠오른다. 카네기홀에 들어서기 위해 부모의 손을 잡고 길게 줄을 서던 소년 소녀 들.

하이든 어머니가 마을 지주의 요리사였단 말이지. 식사를 마칠 때까지 김옹이 한 말은 그게 전부였다. 하이든은 다섯 살에 사촌의 집에 맡겨졌고, 가난했고, 음식보다 매가 더 많이 주어졌다, 고 봉한씨는 말했다. 김옹은 고개도 끄덕이지 않고 롤빵에 사워크라우트를 얹어 먹었다.

해돈이극장. 장내에 슈만의 아다지오와 알레그로가 흐른다. 햇살이 퍼진다. 봉한아. 어머니는 양철집 좁은 툇마루 위에 소반을 가져다놓고 아들 이름을 불렀다. 미닫이문을 열면 어머니의 모습은 보이지 않고, 담장을 넘어온 햇살이 소반 위의 음식에 떨어져내리곤 했다. 낡은 소반은 어머니의 혼수였고 머핀과 비스킷은 이모가 보내준 재료로 만든 거였다. 어머니의 복분자잼과 홍시 셔벗은 세상에서 가장 맛있었다.

김옹은 눈길을 무대에 고정시킨 채 한 손을 들어 가끔씩 턱을 쓰다 듬는다. 입술을 오물거린다. 뭔가 충분하고 넉넉하다 싶을 때 자신도 모르게 짓는 표정이다.

김옹도 홍시 셔벗을 좋아했다. 달고 차가운 맛에 빠져 작은 숟가락을 연신 움직이던 김옹은 어린애 같았다. 홍시를 유별나게 좋아했던 건 맏딸이었다. 다섯 살 나던 해, 혼자 두레박을 끌어올리다 우물로 빨려들어 죽었다. 두레박 우물은 메워졌고 펌프를 박았다. 저녁 어스름이 내릴 때 김옹 부부는 가끔씩 두레박 우물터를 물끄러미 바라보았다.

승객의 하중으로 곧 가라앉을 듯한 범선. 빈자리 하나 없이 들어찬 청중들로 연주회장은 침몰할 것처럼 무겁다. 쇼스타코비치의 첼로가 균형을, 피아노 반주가 안정을 지탱한다. 무대 위의 두 연주자가 능숙하게 닻줄을 올리고 내리며 객석에 시원한 바람과 햇살을 보낸다.

피아노협주곡이나 소나타보다, 피아노가 반주를 맡는 현악독주를 그녀는 더 좋아했다. 일기처럼 혼자 쓰고 혼자 치고 혼자 듣던 곡들, 봉한씨가 첫 청자였던 〈쉬리〉, 바람 부는 언덕에서 흥얼거리던 즉흥 허밍. 그녀의 곡들은 변주의 폭이 적은, 단순하면서도 반복적인 저음 성부 선율에 가까웠다. 앞이 아닌 뒤, 위가 아닌 아래, 전경이 아닌 배경이었다. 그녀의 인상, 그녀와의 추억도 도드라진 데가 없었다. 아스라하여 외려 사무치는 묘한 그리움이, 뒤숭숭한 꿈과 한숨과 첼로의 반주음 같은 데서 끈질기게 되살아나곤 했다.

연주자와 청중 사이의 교감이 객석 어둠에 은근한 밀도를 더한다. 때맞춰 선택한 공연, 기대를 뛰어넘는 연주, 열성팬들과 함께한다는 설렘이 조용한 열기로 피어오른다. 진작부터 흡족한 눈빛이었던 관객들의 표정이 시간이 흐를수록 숙연히 깊어간다. 김옹은 연주자에게서 눈을 떼지 못한다. 턱을 쓰다듬으며 입술 오물거리는 횟수가 잦아진다. 쇼팽의 첼로 소나타가 끝난다.

막간 휴식 시간. 연주회장을 빠져나갔다 온 누군가가 눈이 온다고 작은 소리로 말한다. 눈. 잠시 뗐다 다문 김옹의 입술을 따라 나온 소리라는 걸 봉한씨는 얼른 알아채지 못한다.

조치원 집 초가지붕에도 눈이 내렸지, 그날. 김옹이 혼자 중얼거린다. 〈라트라비아타〉를 보려 하지 않았던 건 너지 내가 아니다. 왜 그랬었는지, 두 주 전 공연을 보고 알았지 뭐냐. 봉한씨가 김옹을 바라본다. 김옹의 눈길은 협주단 배치로 분주한 무대에 멈춰 있다.

그날…… 여덟 시간 동안 슬그머니 집을 비웠던 날을 말하는 거냐고 물으려다. 김옹의 말이 이어져 봉한씨는 입을 다문다. 지붕에 널어놓은 홍시에 눈이 내리면 그대로 셔벗이 되곤 했잖니. 그날도 마침 눈이 내렸다만. 그래서 그곳에 가보았다만, 홍시가 있을 리 없었지. 빈 지붕뿐이었지. 니 어머니가 간 지 꼭 5년째 되던 날이었다.

지휘자에 이어 붉은 드레스를 입은 첼로 연주자가 무대 중앙으로 들어선다. 김옹의 말이 끊긴다. 관객의 마지막 기침도 잦아든다. 파리 근교 알프레도의 집, 아버지 제르몽은 그곳에 나타나지 않는다. 콘솔 앞엔 비올레타 혼자다. 제르몽은 비올레타를 만나지 않았다. 아버지는 그날의 '조치원 고향집 눈 쌓이던 빈 지붕을 기억하'고 있을 뿐이다. 하이든 첼로협주곡 D단조가 흐른다. 비올레타는 없다. 이별을 간청하는 아버지의 노래도 있을 리 없다. 어깨의 붉은 꽃 장식이 귀여운

장한나와 협주단이 있을 뿐이다. 사과처럼 팽팽하게 익은 짧은 침묵의 휴지(休止) 속에서 하이든이 악장을 바꾼다.

어째서 초가집을 고집했던 건지, 김옹은 말하지 않았다. 1917년생. 시간이 얼마나 더 흘러야 말할까. 빈 지붕에 눈만 쌓이더라던, 그날의 얘기를 15년도 더 흘러 입을 열었듯 다시 15년이 흐르면 입을 열어 말할까. 결혼한 두 아들 집을 마다하고 굳이 막내와 함께 사는 이유, 새벽마다 거실을 걷는 이유, 박수를 치지 않는 이유, 감나무가 내려다보이는 길에서 잠시 걸음을 멈추던 이유, 해질녘 두레박 우물터를 물끄러미 바라보던 이유, 아파트 복도에 서서 멀어지는 아들의 등을 하염없이 바라보는 이유를.

눈이 왔었다던 그날의 얘기도, 어쩌면, 끝내 삼켜버리는 것이 김옹에겐 더 어울리는 일이었을지도 모른다. 말한다고 세상이 달라지지 않으며 말을 안 한다 하여 삶 또한 달라지지 않을 거라면. 달라질 것은 어찌하든 달라지고 달라지지 않을 것은 어찌하든 달라지지 않을 거라면. 말이 없어도 자부동을 벽에 거는 이유와 쉬리를 곁에 두는 이유를 알 수 있는 거라면. 마주보지 않는 것이 더한 마주보기라는 사실을 끝내 외면할 수 없는 거라면. 음악만으로도 초가집과 양철집 사이에 뭔가 오갈 수 있는 거라면. 40년이라는 세월의 편차가 길다면 길고 짧다면 짧은 거라면. 닮았어야 할 점만 닮는 것과 닮지 말았어야 할 점만 닮는 것에 별 차이가 없는 거라면.

여섯 살도 되지 않아 집을 떠난 하이든, 사랑과 보살핌을 제대로 받지 못한 하이든, 동료의 다락방에서 춤곡과 소야곡을 작곡하던 하이든, 세 벌의 낡은 내의와 오래된 코트 한 벌이 전 재산이었던 하이든,

헐값 레슨으로 생활했던 비참한 하이든, 그러나 인내심 강하고 낙천적이었던 하이든이 단조의 선율로 되살아나 배회하고 있다. 김옹과 봉한씨가 나란히 응시하는 무대 위에서.

밖에는 눈이 내리고 있을 시각, 마지막 레퍼토리 마지막 악장이 종지(終止)를 향해 숨가쁘게 치닫는다. 연주자의 활과 현 사이에 푸른 불꽃이 튄다. 응시. 두 사람에게 오랫동안 익숙한 것이다. 그렇게, 함께하는 응시의 순간들이 모여 세월이라는 시간의 숲을 이루었다. 숲은 길어지고 우거지고 깊어졌으나 등뒤 풍경으로만 저물어갈 뿐, 그들은 그것을 뒤돌아보지 않는다. 나란히 앞을 바라보는 사이 배경의 숲은 저 홀로 그윽해질 뿐이다.

비명에 가까운 환호가 폭죽처럼 터진다. 비로소 보면대에서 눈을 뗀 협주단원들이 늠름하다. 관객들은 이미 모두 일어섰다. 봉한씨도 자리에서 일어선다. 박수 소나기로 연주회장은 금세 홍수를 이룬다. 콩 볶는 듯한 갈채가 파도처럼 쓸려갔다 쓸려온다. 붉은 연주복의 첼리스트가 떠밀리듯 일어선다. 김옹도 일어선다. 박수를 친다. 그가 처음으로 박수를 친다.

환호와 갈채에 묻힌 김옹의 짧은, 한 번의 목소리를 봉한씨는 듣지 못한다. 그들 사이를 스쳐갔던 숱한, 미묘하고 민감한 순간이 또 한 차례 그렇게 지나고 있을 뿐이다. 그러나 봉한씨는 안다. 알 수 있다. 들린다고 다 알 수 있는 게 아니고 안 들린다고 다 모를 수 없는 거라면.

봉한씨가 읽었던 김옹의 입술. 달뜬 한마디였다.

갑상이다!

바깥은 더 어두워졌고 더 추워졌다. 눈은 더이상 내리지 않는다. 버스를 타고 전철을 탄다. 두 사람은 여전히, 말없이 갔던 길을 말없이 되돌아온다.

봉한씨는 오전의 전화를 떠올린다. 거실의 전화벨이 울렸다. 김옹이 수화기를 들었고 봉한씨는 자신의 방에서 귀를 기울였다. 김옹은 수화기를 붙들고 놓지 않았다. 누구십니까? 김옹의 질문에 제대로 대답하지 않으면 누구든 더이상의 통화는 불가능했다. 송화자는 아흔 넘은 수화자의 기억력을 배려해, 신분과 용건을 밝히는 대신 다시 걸겠다며 공손히 전화를 끊곤 했다. 대개는 봉한씨 친구들의 전화였다. 김옹은 슬그머니 수화기를 내려놓고 입을 다물었다.

송화자의 지나친 배려가 김옹은 마음에 들지 않는 것이다. 김옹의 발음은 언제나 정확했다. 뭐라고 전할까요? 거기엔 아무리 긴 용건도 충분히 전할 수 있다는 자신감이 배어 있었다. 대부분의 송화자는 얼른 용건을 말하지 않았다. 배려 아닌 배반인 셈이었다. 김옹은 수화기를 내려놓고 입을 꾹 다무는 것으로 언짢은 맘을 삭혔다. 늘 그랬다.

늘 그러한 집으로, 두 사람은 돌아간다. 두 사람이 함께 있는 공간이라면 식당이나 공연장도 집과 다를 바 없다. 덜컹거리는 전철 안 역시.

오전의 전화에 대해 봉한씨는 묻지 않는다. 곧 자신의 휴대전화가 울릴 거라 생각했지만 끝내 울리지 않았었다. 그래도 묻지 않았고 여전히 묻지 않는다. 짐작 가는 친구들에게, 전화했었니? 물어보는 게 쉽다. 하지만 봉한씨는 그러지도 않는다. 시간이 걸리긴 해도, 누구였는지 결국 밝혀지게 된다는 걸 알기 때문이다. 두 사람은 다만 동행할 뿐이다. 마주보지 않고, 나란히, 앞을 응시하며.

홍제역에 내려 지상으로 오른다. 아파트 단지 쪽으로 난 길로 접어든다. 길 양쪽에 눈이 희끗희끗하다. 사람의 발길이 닿았던 곳만 검게 녹았다. 더 좁아진 길은 두 사람이 걷기에 빠듯하다. 행인이라곤 김옹과 봉한씨가 전부다.

아침에 쉬리 밥 줬더냐? 라는 것만 같아 봉한씨는 귀를 기울였으나 김옹에게선 아무 기척이 없다. 외투에 턱을 묻고 앞서갈 뿐이다.

늦은 오후. 그렇게 하루가 갔다. 지나온 많은 날들과 다르지 않은 하루가. 오전 또한 그렇게 다시 올 것이다.

나란히 밤길 걷는 두 사람 어깨 위로 주황색 나트륨등 불빛이 떨어져내린다.

별명의 달인

라즈니쉬를 만날 수 있을까.

그는 혼자 중얼거렸다. 잠깐만이라도 볼 수 있다면.

라즈니쉬는 횡성 둔내에 산다고 했다. 둔내로 떠나기 전 중학 동창에게 전화했다.

둔내 어디랬지?

건양 둔내.

건양 둔내라 적을 뻔했다. 둔내 건양이라면 몰라도 건양 둔내라니. 다시 물으려다 그는 낙서하듯 수첩에 적었다. 그냥 둔내.

부산에서 서울로 온 지 20년도 넘었는데 발뒤꿈치의 사투리는 조금도 변하지 않았다. 건양 둔내. 둔내까지만 알고 더는 모른다는 뜻이었다. 그냥 둔내. 전화가 절로 끊기듯 끊겼다. 발뒤꿈치다운 대답이고 반응이었다.

발뒤꿈치. 라즈니쉬가 지은 별명이었다. 발뒤꿈치뿐 아니라 별명이란 별명은 모조리 라즈니쉬 작품이었다. 라즈니쉬라는 본인 별명만 빼고 그랬다. 그것들이 작품인 까닭은 아직도 멀쩡하게 통용되고 있다는 사실만으로도 충분했다.

라즈니쉬가 아니라, 라즈니시였다. 입술을 오므렸다 펴는 작은 수고마저 덜기 위해 친구들은 쉬를 버리고 시를 택했다. 별명이란 그런 거였다.

라즈니시도 원래는 라즈니시가 아니었다. 이즈라니였다. 이즈라니 이전에는 이스라니였다. 이스라니가 이즈라니로 된 데도 별다른 이유는 없었다. is를 이스로도 이즈로도 발음하는 정도의 이유? 그러니까 이스라니에서 이즈라니로, 이즈라니에서 라즈니시로 변한 거였는데, 이즈라니에서 엉뚱하게 라즈니시로 건너뛰었던 건 당시 라즈니쉬 열풍이 중학교 교실까지 휘저었다는 사실과, 네 글자 중 세 글자가 같다는 사정 말고 다른 이유는 없었다.

구절판이라 불리던 친구는 라즈니시가 되게 된 까닭을 그럴듯하게 풀었다. 이즈라니가 자꾸, '잊으라 했는데 잊어달라 했는데'라는 노래를 떠올리게 했기 때문일 거라는 것. 데뷔 25주년을 기념한 나훈아 신곡 〈영영〉이 아닌 게 아니라 1990년(라즈니쉬 사망연도와 묘하게 겹친다), 그들이 중학교 2학년 때 발표됐으니까. 라즈니시 인상이, 세대적으로 그다지 좋아할 수 없었던 나훈아와는 아주 다를 뿐 아니라, 오히려 어딘가 신비롭기까지 한 모양새가 라즈니쉬에 가까웠기 때문에 별명이 그리 굳어버린 거라고, 구절판은 말했다. 라즈니쉬 찬드라 모한 자인, 아차리아 라즈니쉬, 브하그완 슈리 라즈니쉬 등 복잡한 이름 변천사를 겪은 것까지 오쇼 라즈니쉬를 닮았다며.

구절판이라는 별명도 라즈니시가 지은 거였다. 풀 네임은 구절판 개고기. 말솜씨가 실로 화려하고 맛깔스럽긴 하나 엉뚱해서 망쳐버린다는 뜻, 이라고 라즈니시가 설명한 적은 없었다. 친구들이 그렇게 이해했을 뿐이다. 긴 별명은 실용적으로 줄기 마련이었다. 개고기가 생략된 채 불렸다. 그러나 생략된 게 더 음미되고 강조될 때가 있었다. 구절판이 그랬다. 별명은 억압된 음해욕구를 일깨우고 자극하는 면이 있어야 잊히지 않고 별명답게 애용되는 거였다. 구절판이라 부르며 다들 개고기를 떠올렸다. 라즈니시는 명명의 달인이었다.

라즈니시 애초의 별명 이스라니.

그 별명을 누가 지었는지 아무도 알지 못했다. 발뒤꿈치식으로 말하자면 건양 생긴 별명이었다. 다른 모든 별명의 작명자는 확고하게 라즈니시였으나, 라즈니시라는 별명의 기원인 이스라니의 작명자는 없었다. 언제부턴가 이스라니로 불렸고, 라즈니시로 변해갔다. 출처까지 없었던 건 아니다. 성경이었다.

하나님이 이르시되 빛이 있으라 하니 빛이 있었고……

창세기 1장 3절을 모르는 학생은 없었다. 설교 전담 교목은 그 구절을 자주 인용했다. 교목은 스피커가 찢어져라 고함쳤다. 특히 '있으라'를 크고 길게 끄는 대신 '하니'를 짧게 줄였다. '있으라―니'를 교목 발성대로 흉내내면 '이스라―니'가 되었다.

의자 없는 강당 마룻바닥에 앉아 교목의 설교를 듣는 일은 고역이었다. 엉덩이가 배기는 딱딱한 맨바닥 때문만도, 흐르지 않는 채플 시간 때문만도 아니었다. 짧고 굵은 목에서 터져나오는 외침이 스피커보다 귀청을 먼저 찢을 것 같았기 때문이었다.

교목은 선상의 해적이야.

그렇게 툭 말하고 '이스라-니' 흉내를 냈던 게 라즈니시였다.

교목이 함대에 근무했던 군목 출신이라는 사실이 나중에 밝혀졌을
때 친구들은 라즈니시의 직관에 놀라지 않을 수 없었다. 교목의 별명
은 해적이 되었고, 이스라니라는 라즈니시의 원(元) 별명이 탄생했
다. 누구보다 '이스라-니' 흉내를 잘 냈기 때문이라는 설과, 하느님
같은 권위의 별명 창조자로서 '있으라 하니'라는 뜻의 간판이 잘 어울
렸기 때문이라는 설이 있었다. 어쨌거나 원 별명 이스라니는 뜻도 어
감도 인상도 그다지 명확지 않아 곧 잊혔다. 몇 번의 와전 끝에 라즈
니시라 굳어 오래 전하는 걸 보면 별명에도 곡절과 운명이라는 게 있
는 모양이라고 그는 생각했다. 언젠가 구절판이 탄성을 질렀던 일도
그는 기억했다. 지은 자 없이 절로 생겨 스스로 생명을 갖게 된 이름
라즈니시, 예사롭지 않도다!

그가 둔내에 가려 했던 건 라즈니시 때문이 아니었다. 묵거사를 만
나기 위해서였다.

묵거사. 묵언 수행을 한다 하여 그리 불린다는데 도토리묵을 좋아
해 붙은 이름이라는 말도 있었다. 입을 열지 않는 수행을 한다니 누구
도 별명의 사연을 직접 물어 확인할 수 없었을 것이다.

말하지 않는 사람을 취재한다는 건 불가능했다. 일부러 말하지 않
는다 하니 수화나 눈빛 같은 보조수단도 필요 없을 게 뻔했다.

그러나 그는 취재를 자청했다. 데스크에 앉은 지 2년 만이었다. 종
종 인물 인터뷰는 했지만 서울 시내를 벗어난 적은 없었다. 취재하더
라도 자신의 전공 분야인 건축 및 인테리어에 국한했다. 노래하는 개

나 눈물 흘리는 돌미륵을 찾아 나서는 일은 일선 기자들 몫이었다.

그는 창간 12년 된 잡지 『L&S』의 수석 데스크였다. 라이프 앤 소울. 맛있고 건강에 좋은 먹을거리, 테마 여행, 연극 · 영화 등 공연물, 문화 · 역사 탐방, 연예, 패션, 하우징, 재테크, 쇼핑, 자녀교육, 세상의 온갖 재밌고 신기하고 호기심 자극하는 가십들…… 그렇고 그런 잡지들보다 차별성 있는 내용은 아니지만, 그래서 또한 그럭저럭 일정한 판매 부수를 유지했다.

말을 끊은 산속 거사가 도술을 부린다. 제 몸 공중부양은 기본이고 남의 몸까지 허공에 띄운다. 개와 고양이를 맘대로 천장에 붙였다 뗐다 한다. 손대지 않고 찻잔을 이쪽 테이블에서 저쪽 테이블로 척척 옮긴다……

이런 정도 기사라면 수습딱지 뗀 1년 차 기자로도 충분했다. 직접 둔내에 다녀오겠다고 나서자 아래 기자들이 수군거렸다. 둔내에 땅 사뒀나?

언젠가 들은 기억이 났던 것이다. 라즈니시가 둔내에 내려가 산다는 얘기. 라즈니시는 1년 가까이 동창 모임에 모습을 보이지 않았다. 성실하게 참석하는 편은 아니었으나 어느 날 소식이 완전히 끊겼다. 둔내에 내려가 산다더라는 얘기도 그다지 신뢰할 수 없었다.

라즈니시가 시의원에 출마했다 낙선한 건 다 알고 있는 사실이었다. 충격과 실의를 추스르려고 잠시 낙향한 것이라 추측했다. 그래서 와신상담이니 권토중래니 하는 말들을 안주 삼아 주고받던 중 둔내라는 지명이 누군가의 입에서 나왔던 것이다. 개발길질이라는 친구였던가.

거기까지였다면, 시답잖은 취재를 위해 둔내에 갈 생각은 안 했을 것이다.

와이프 없이 혼자 갔다지.

그때 누군가 말했고(아마 시방새였을 것이다),

곧 올라올 모양인 게지.

다른 누군가 말했다(고르비였을 것이다).

갈라선 거래, 아주.

이 말이었다. 그의 귀에 박혔던 건 둔내라는 지명보다 "갈라선 거래, 아주"라는 말이었다.

그도 '아주'는 아니더라도 '거의' 갈라선 상태였으므로.

아내가 말했다.

당신하고 더는 살 수 없어.

머?

그가 되물었다.

아내가 소리질렀다.

또 그 머. 머! 머! 머! 머!

그게 끝이었다. 아내는 이유를 설명하지 않았다. 지금껏 설명해도 알아듣지 못했잖았느냐는 게 설명을 달지 않는 이유랬다.

아내는 오피스텔을 얻어 나갔다. 아이가 없었던 게 그나마 다행인 건지 아닌지 그는 알 수 없었다. 이혼 절차 같은 것도 없었다. 법적으로 그들은 여전히 부부였으나 그들에게 법은 아무것도 아니었다. 남남으로 살았으므로 남남이었다. 아내가 돈을 더 잘 벌었다. 갈라서는데 경제 문제는 장애가 되지 않았다. 아내가 자신의 벌이에 그토록 전

투적이었던 까닭을 그는 별거 뒤에야 제대로 알았다.

당신은 제대로 아는 게 없어.

늘 아내가 하던 말이었다. 아내의 그 말을 그는 알아듣지 못했다. 관계는 치명적일 수밖에 없었다.

그는 모든 면에서 한국 남자의 평균치를 약간 웃돌았다. 신장, 아이큐, 학력, 수입, 진급, 운동신경, 인간관계, 금융신용도, 주식투자 수익률까지. 출판계에선 이름난 전문 편집인이었다.

뭘 모른다는 건지, 그는 아내의 말을 이해할 수 없었다. 아내가 머! 머! 머! 머! 4연발 속사로 쏘아붙이고 집을 나간 뒤에도 그랬다. 몰랐다.

어째서 아내는 나와 살 수 없다는 걸까.

무엇 때문일까. 이유가 뭘까.

집에 친척이 와도, 여행을 가도, 자정 전에 반드시 잠들어야 하는 버릇 때문일까. 출발 전 차량의 전후좌우와 네 바퀴를 꼬박꼬박 점검하고 고개를 숙여 밑바닥까지 들여다보는 버릇 때문일까. 피크닉이나 산책을 병적으로 싫어하는 성격이라서?

남에게 털어놓을 고민도 아니다 싶어 그는 혼자 궁리했다. 무엇일까. 왤까. 어째서 아내는 나와 살 수 없다는 걸까.

그러다 문득, 정말 문득, 궁금한 쪽이 달라졌다. 아내가 나와 살 수 없는 이유 쪽 말고, 삶이라는 것, 그게 뭐기에 아내는 나와 함께할 수 없다는 걸까가 궁금해졌다. 자신이 이해하는 삶과 아내가 이해하는 삶이 다르다는, 간신히 숨통 트일 명분을 찾았다. 삶은 여전히 모를 거였지만.

실은, 그의 별명이 '머이'였다. 뭔가에 골똘하다 누가 부르면 머? 라고 놀라 되물었다. 머? 하고 깨어날 때 아주 잠깐, 차원을 달리한 두 세상이 빠르게 겹쳤다. 찰나였으나 그사이에 분명히 한 세상이 닫히고 한 세상이 열렸다. 세상이 열리면, 닫힌 세상의 기억이 거짓말처럼 사라졌다. 열린 이승은 잠시 낯설었다. 머? 라고 되묻는 그의 표정은 몽롱했다. 자주 그랬다. 닫히고 열리는 세상의 틈에서 몽롱해지는 짬이 싫지 않았다. 거기엔 옅은 수음의 쾌락마저 있었다. 친구들은 그런 그를 놀렸고, 라즈니시는 별명을 지었다. 머이였다.

'머'가 아니고 '머이'인 까닭은, 별명도 이름이라 호칭에 필요한 안정된 명사형 어미를 붙이느라 그리된 거라 했다.

라즈니시가 지어준 별명이 필살의 탄환이 되어 탕! 탕! 탕! 탕! 아내의 입에서 튀어나왔다. 일방적이고 가차없고 막무가내인 격발이었으나, 탄환이 뚫고 지나간 몸 구멍에는 묘하게도, 매우 아프면서도 후련한 공기의 흔적이 남았다.

라즈니시라면 아내의 비명 같고 체념 같던 외침의 뜻을 잘 알 것 같았다. 찾아가 묻고 싶었다. 22년 전, 머이라는 별명을 지을 때 이미 자신을 제대로 파악했을 라즈니시니까. 그리고 아주 갈라선 라즈니시라면 거의 갈라선 자신에게 해줄 말도 있을 것 같았으니까.

말하지 않는 도인과의 인터뷰는 곤란하겠지만 취재 자체가 불가능할 건 없었다. 노래하는 개와 눈물 흘리는 돌미륵을 취재하듯, 묵거사를, 보고, 쓰면 될 것이었다.

어린 순경 혼자 둔내 파출소를 지키고 있었다. 고기 굽는 냄새가 진동했다.

저 식당 저거, 환풍기 방향 쫌 돌려달래도 아 참 거, 안 돌리네요.

고기 냄새 가득한 게 자기 탓인 양, 순경은 머리를 긁적였다. 짧은 머리카락 안으로 흰 두피가 훤히 들여다보이는, 아직 굳지 않은 작은 머리통이었다.

그는 신분을 밝히고, 사람을 찾는다고 말했다. 말하는 동안 순경은 공연히 손바닥을 비볐다. 멀지 않다고 했다.

차로 5분이면 가요. 내려서 한 8분쯤 걸어야 하지만. 쉬워요.

순경은 관내도 앞으로 다가가 손가락으로 도로를 따라 그렸다. 너무 쉽게 그리는 바람에 그는 알아보지 못했다. 말없이 서 있자 순경이 다시 천천히 그렸다.

이렇게, 이렇게, 이렇게 해서 이렇게. 이렇게…… 아시겠어요?

알겠다고 대답하고 그는 물으려 했다.

저어 혹시 라즈……

말을 멈추고 급히 휴대전화 폴더를 열어 버튼을 눌렀다.

걔 본명이 뭐였지? 글쎄 이름을 까먹었다니까.

조금 뒤 그가 다시 순경에게 물었다.

오윤석이라는 사람이 관내에 살고 있는지……

오윤……

순경이 머리를 긁었다.

석. 서울에서 내려왔어요. 1년 됐을까? 키는 저보다 좀 작고…… 서울 시의원에 출마했었죠. 생활한복 같은 걸 즐겨 입을 거예요. 눈이 가늘고…… 외지에서 전입한 사람들은 금방 파악되지 않나요?

외지에서 들어온 사람들이 워낙 많아서요.

모르겠어요?

모르겠는데요.

혹시 라즈니시……라고 불릴지도 모르는데.

라지……

역시 모르겠다는 눈치였다. 라즈니시라고 불릴 턱이 없었다. 그는 혼자 실소를 머금었다.

근처에 묵 파는 데 있을까요?

그가 물었다.

묵, 이요?

순경의 작은 머리통이 자꾸 안쓰럽게 느껴졌다.

도토리묵이요. 그걸 잘 먹어서 묵거사라면서요.

말을 안 해서 묵거사죠. 그 사람은 먹지도 않아요.

먹지 않는다니요?

아무것도 먹지 않고 살아요.

그럴 리가?

하여튼 그래요.

먹지 않고 사는 사람들의 얘기가 방송돼 화제가 된 적 있었다. 독립영양 인간. 6년간 아무것도 먹지 않고 산 러시아 여성을 비롯해 전 세계에 3천여 명에 이르는 독립영양 인간이 있다고 했다. 만일 묵거사가 그렇다면 그는 국내 최초로 독립영양 인간을 취재하는 셈이었다.

정말 아무것도 안 먹나요?

정말이냐고요?

순경의 되물음에 뭐라 다시 물을 수 없었다. 그는 파출소 밖 도로로

나서며 순경에게 물었다.

어느…… 방향이죠?

저어쪽이요.

순경이 턱짓했다. 두 손을 제복 바지 주머니에 깊이 찔러넣은 채여서 어깨가 구부정했다. 턱을 다시 한번 들어 가리켰다. 저기 저어쪽.

순경은 슬리퍼 차림이었다.

도술인인데다 독립영양 인간일지도 모를 묵거사. 곧 만날 것 같았다. 만남이 어렵지 않은 일이 돼버리자 라즈니시 쪽이 더 아쉬워졌다. 간절해졌다. 라즈니시가 아니었다면 둔내에 올 그가 아니었다. 파출소 선임들은 라즈니시를 알지 않을까. 취재 마치는 대로 파출소에 한번 더 들러야겠다고 생각했다.

동창 모임에서 라즈니시를 만났다. 2년 전쯤이었다. 중학교를 졸업하고 처음 보는 거였다.

그는 동창회가 첫 모임을 가졌던 5년 전부터 꾸준히 참석했다. 성황을 이루던 모임은 시나브로 참석률이 떨어졌다. 인원이 열다섯 명 안팎으로 고정돼갔다. 모임 성격을 상조회로 바꿔야 하는 것 아니냐는 말이 오가던 즈음, 라즈니시가 나타났다.

그건 안 돼.

뒤늦게 처음 나타난 사람 의견치고는 너무 단호했다. 다들 뜨악해졌다.

어째서?

비슷하게 단호할 친구라면 발뒤꿈치밖에 없었다.

상조회를 하면 기금이 모여. 나중에 가입할 사람은 기금 분의 사람수만큼 목돈을 내야 해. 동창회는 동창 모두에게 개방돼야 하는데 상조회가 되면 동창이라도 돈 때문에 가입 못하는 경우가 생겨. 반대의 이유야.

라즈니시 말에 모두 금방 고개를 끄덕였다. 그러나 묘하게 이는 거부감마저 감출 수는 없었다.

거북하기만 한 거부감은 아니었다. 새로 합류한 동창에게서는 얼마간 반가움과 놀라움이 느껴지게 마련이었다. 그랬지, 쟨 늘 뭔가 모를 거부감이 들었어. 안 변했네…… 오랜만에 만나는 동창 사이에서는 뭐든 신기했다. 세월에 침식당한 것이든 여전한 것이든 다.

뒤늦게 처음 나타나 좌중을 석권하는 것, 분위기를 진지하게 조장하는 것 따위가 거부감의 이유였다. 예전의 거부감이 오롯하면서도 반갑게 상기되었던 것이다. 아니면 라즈니시에게 여전히 끌려가는 자신들에 대한 거부감이었거나.

라즈니시는 반장을 하거나 표창 받는 일이 없었다. 별명을 그럴싸하게 짓는 재주가 있었을 뿐이다. 말솜씨에 비해 국어 점수는 높지 않았다. 평균성적도 하위권이었다. 키는 작았고 피부는 가무잡잡했고 눈은 가늘었다. 교복 바짓단이 다른 아이들보다 2센티쯤 짧았다. 눈에 띄지 않는 아이였다. 라즈니시가 사는 동네(학교 주변이 다 비슷하긴 했지만) 집들은 모두 벽 아랫부분이 습기에 젖어 있거나 형광색 초록 이끼가 붙어 있었다. 좁은 맨땅 골목의, 낮은 단층 석면 슬레이트 지붕이었다.

가깝게 지내는 친구도 없었다. 떼 지어 교문을 빠져나와도 라즈니시는 어느새 자취를 감추었다. 사라지는 방향만 있었을 뿐 사라지는

모습을 제대로 본 사람이 없었다. 인도로 가는 걸 거야. 누군가 말했다. 라즈니시니까······

그런 라즈니시에게 늘 말의 주도권을 빼앗기고, 경청하게 되고, 결국에는 그 말들을 모두 믿게 되는 반복적 상황에서 도무지 빠져나올수 없었다는 것. 그런 낭패가 되풀이되었으므로 그 아이에 대한 거부감은 줄어들지 않았다.

졸업 뒤 소식이 끊겼다. 모두 가까운 고등학교로 배정받았으나 라즈니시의 모습은 어느 학교에서도 볼 수 없었다. 멀리 이사했다는 말도 있었고 고등학교 진학을 포기했다는 소문도 있었다. 사실을 확인할 수 없었다. 라즈니시와 비교적 가깝다고 할 수 있었던 그에게도 그아이의 자취를 추적할 만한 끈이 없었다.

그랬던 그가 2년 전 가을, 동창 모임에 모습을 나타냈다. 지리멸렬해지려던 모임이 활기를 띠었다. 라즈니시에 대한 여전하고도 묘한거부감이 활기에 한몫했다.

그간의 행적이 궁금하긴 했으나 라즈니시는 주요 관심 대상이 아니었다. 공부를 잘했다든가 부자였다든가 싸움을 잘했다든가 하는, 이른바 잘나가던 친구들에게 관심이 쏠릴 수밖에 없었다. 그러니까 라즈니시가 다시 친구들의 관심권 안으로 일거에 뛰어들 수 있었던 건바로 그 특유의 거부감 때문이었다.

그래, 뭐하고 지내?

나무젓가락2가 물었을 때 라즈니시는 말했다.

말해도 잘 모를 거야.

이런 식의 대답은 거부감과 견딜 수 없는 궁금증을 몰고 왔다. 여전했다.

글쎄, 뭐하고 지내느냐니까?

나무젓가락2가 짜증을 냈고 라즈니시가 대답했다.

진설사라고 들어봤어?

관심이 온통 라즈니시에게 쏠렸다. 주요 관심 대상도 아닌 자가 관심을 끌게 되면, 공부 잘하고 부자고 싸움 잘했던 친구들은 살짝 비위가 상했다. 못 보고 살았던 동안 큰 변화가 생겨 지위의 역전 현상이 벌어지는 건 아닌가.

말하자면, 음, 일종의 세레모니 코디네이터랄까?

아, 씨. 그러니까 뭐냐고?

싸움 잘했던 뺑코가 나섰다.

아주아주 쉽게 말하자면, 전문 제상 차림 코디라 할 수 있지.

아주아주 어렵게 말해봤자 과방간이네. 상차림 담당. 좀더 유식한 말로 하면 숙설간쯤 되나? 우리 아부지가 동네 큰일 생기면 맡아놓고 그거 했다. 그래서 사람들이 우리 아부지 보고 맨날 과방이라 했지. 너 과방이구나?

좀 달라. 과방과 진설사는.

제사만 전문이라서?

제사 전문이 아니라, 전문 제사라니까.

그게 그거지 뭐가 달라.

달라.

어떻게?

제사 전문은 생일, 결혼, 회갑 같은 건 안 하고 제사상만 차리는 거고.

그리고?

전문 제사는 종묘대제, 해신굿, 향교제, 충무공 사당제 같은 걸 말하지.

오우!

친구들이 탄성을 질렀다.

정말 너, 종묘제 같은 것도 니, 니가 차린다는 거니?

시방새가 물었다. 라즈니시는 딱 한 번 고개를 끄덕였다.

라즈니시는 그렇게 나타났던 것이다.

수많은 초등학교 동창회보다 드문 것이 중학 동창회였다. 고등학교, 대학교 동창회와 비교해도 중학 동창회는 단연 드물었다. 그들이 중학 동창회로 만나는 이유는 같은 재단으로 같은 교명과 교가와 교정을 썼던 공업고등학교 축구부 때문이었다.

중학생들도 자주 응원에 동원되었다. 프로축구에서 이름을 떨쳤거나 현재 K리그 코치진 중에는 그들과 한 운동장에서 공을 찼던 선수들이 많았다.

이름만 서울이라 일컫던 지역. 학교가 적었다. 중학 동창이긴 하지만 초등학교 동창이며 고등학교 동창이었다. 그렇게 겹쳤다. 공고나 인문고나 대학 진학률은 낮았다. 그런 곳의 그런 중학교였다. 그러나 학교 이름을 대면 모르는 사람이 없었다. 공고는 축구 명문이었다. 중학 동창으로 만나야 자랑스러운 교명을 쓸 수 있었다.

서울의 외진 지역, 그중 더 가난한 동네에 살았던 라즈니시. 공부도 못했고 외모도 볼품없었으며 가까운 친구도 없고 학교 파하면 홀연히 사라지던 친구. 그 아이가 나름의 존재감을 지닐 수 있었던 건 말발과 별명 때문이었다.

말이 장황했던 건 아니다. 짧고 인상적이었다. 열다섯 살짜리 입에서 나오는 말이 오죽했을까마는, 같은 열다섯 살짜리가 듣기에는 아주 그럴싸했다. 말이 길지 않아도 오래 많이 들었다는 기분이 들었다. 무게가 느껴지는 말들이었기 때문일까. 라즈니시가 짓는 별명도 짓는 족족 두루 쓰였다. 기존의 별명을 밀어내고 붙박이가 되었다. 그런 힘이 있었다.

개발길질은 원래 선배들이 지은 수학 선생 별명이었다. 선생은 아이들을 때릴 때 몽둥이나 손 대신 발을 썼다. 격투기의 화려한 발기술이 아니라, 흥분하여 마구잡이로 차고 후리고 밟는 식이었다. 힘만 세고 어설펐다. 개발길질에 당한 아이들 교복은 구두약으로 얼룩졌다.

수업종이 울렸는데도 복도에서 떠들고 놀던 아이 중 하나가 "야, 선생님 오신다!" 대신 짧고 빠르게 "야, 개발길질 온다!"라고 외쳤다. 그 아이는 흠씬 개발길질 당했다. 라즈니시는 그 아이를 개발길질이라 불렀다. 구사하는 개발길질과 당하는 개발길질의 차이는 구원성(久遠性)에 있어. 당한 개발길질이 훨씬 오래가는 법이지…… 그때 라즈니시가 한 말이었다. 정확히 기억할 수 없지만 그런 뜻이었던 건 분명했다. 자신이 지은 별명이 오래갈 것과 오래갈 수밖에 없는 이유까지 라즈니시는 알고 있었다. 수학 선생 별명은 구두닦새로 바뀌었다. 애들을 패고 나면 선생의 구두는 언제나 반짝반짝 만질만질 빛났다. 역시 라즈니시의 작명이었다.

화려하고 맛깔스러운 구절판에 개고기는 어떤가. 둘레 여덟 칸에 각각 때깔 나는 음식이 담겼는데 가운데 둥근 칸에 밀전병 대신 개고 기가 담긴 것이다. 싸 먹지도 못하고 버릴 수도 없고. 다 좋은데 늘 하나가 빠지거나 나빠서 온통 망치는 말솜씨. 성격을 남김없이 살린데 다 성씨(물론 구)까지 멀쩡하게 활용했으니 별명의 명품이라 아니할 수 없었다.

발뒤꿈치라는 별명은, 별명 주인공의 발뒤꿈치와 직접적 연관이 없었다. 발뒤꿈치는 특별한 아이가 아니었다. 정상이었고 평범했다. 당사자 발뒤꿈치가 아닌, 일반적이고 평균적인 발뒤꿈치가 갖는 상징? 그런 건 아니고 일종의 이미지랄까. 발뒤꿈치라는 것과 발뒤꿈치라는 말이 발하는 느낌, 감각, 인상 따위의 총체가 별명 주인공의 '어떤 것'과 너무도 잘 맞아떨어졌다는 것. 그것이 발뒤꿈치가 별명으로 굳어진 이유였다.

그 '어떤 것'이란 어떤 것이었을까. 그 친구의 눈빛, 성격, 말투, 웃음, 필체, 식사 습관. 머리 모양, 체취, 걸음걸이…… 그 무엇 하나 발뒤꿈치답지 않은 게 하나도 없었다. 귀두까지.

물론 웃음과 필체와 식사 습관 따위가 발뒤꿈치 같을 리 없었다. 같을 리 없는 게 똑같아 보인다는 점이 신기했다. 발뒤꿈치의 모든 것은 영락없이 발뒤꿈치다웠으니까. 조용히 해! 라는 지시마저(발뒤꿈치는 2학년 내내 반장이었다) 발뒤꿈치 구르는 소리로 들렸다. 사람과 별명의 궁합을 그토록 신통방통하게 맞추는 건 아무나 할 수 있는 일이 아니었다. 라즈니시였으므로 그 모든 게 가능했다. 라즈니시가 별명을 붙이면, 별명대로 되었다.

반에 쌍둥이가 있었다. 그들에겐 일찌감치 누군가 지어준 별명이 있었다. 자작나무였다. 인디언 체로키 부족이라 했던가, 자작나무를 '서 있는 키 큰 형제'라 부른다고 했다. 쌍둥이 형제가 직접 말한 사실이었다. 별명은 거기서 유래된 거라고.

지들이 지은 거 아니냐? 꼬락서니보다 어딘가 쫌 멋지잖아.

자작나무와 닮은 점이 있다면 두 가지, 피부가 희고 몸이 가늘며 길다는 거였다. 그러나 자작나무가 들으면 아무래도 기분이 나쁠 것 같았다.

나무젓가락……

라즈니시의 한마디로 자작나무 형제는 그날로 나무젓가락이 되었다. 쌍둥이의 통합형 별명을, 기능성을 높인다며 라즈니시는 숫자로 개별화했다. 태어난 순서대로 나무젓가락1, 나무젓가락2. 자작나무라 해주기엔 모두 어딘가 찜찜한, 도저히 인정할 수 없는 궁합이라고 여겼다. 쌍둥이의 인상은 누가 봐도 충일보다는 결핍 쪽에 가까웠다. 피부가 희멀건 것도, 뽀얀 게 아니라 창백한 거였다. 세수라도 한 번 안 하면 다른 애들보다 오히려 더 구저분해졌다. 창백한 궁기. 분식집 나무젓가락 정도가 적당했다.

원래 나무젓가락 앞에 '짱깨 묻은'이라는 관형구가 붙었던 것도 그래서였다. 자장 묻은 나무젓가락. 게다가 본디 별명이었던 자작나무를 음소 하나 바꿀 것도 없이 그대로 발음하면 자장나무였던 것이다.

라즈니시가 순간적으로 툭 던지는 별명은 금방, 그 별명이 아니면 안 되는 이유로 빈틈이 없어졌다. 전격적으로 쓰일 수밖에 없었고, 별명 당사자도 이의를 달지 못했다. 도저한 힘이었다. 라즈니시가 지은 것이 기존의 별명들을 모조리 구축(驅逐)해버린 까닭이었다.

직감적 언어 감수성에 의해 은밀히 행사되던 모종의 지배력. 그에 더해 라즈니시의 존재를 깊이 각인시켰던 사건이 있었다.

체육 시간에 고르비의 만년필이 없어졌다. 만년필로선 그다지 좋은 물건은 아니었다. 몸통에 그려진 비키니 차림의 여자가 펜을 거꾸로 들면 잉크의 흐름에 따라 완전 나신이 되는 재미있는 디자인 상품이었다. 교실을 지킨 것이 라즈니시였다.

갑자기 배가 아프다며 주번 대신 교실에 남았던 라즈니시를 의심했다. 라즈니시는 반 친구들을 비웃었다. 교실에 나 혼자였다, 물건 없어지면 당연히 내가 의심받는다, 바보가 아닌 다음에야 어찌 물건을 훔치겠는가, 하고.

발뒤꿈치가 말했다. 그래서 훔칠 수 없는 거라고? 악용할 수 있지.

라즈니시가 말했다. 체육 시간에 없어졌다는 걸 증명할 수 있다면 내가 변상하지.

그걸 내가 왜 증명해야 하지? 무조건 내놓으면 될 것을.

니가 갖고 싶었던 걸 다른 놈이 가져서 화나니?

그래 화난다, 새끼야.

발뒤꿈치 성격이 나오려고 했다. 라즈니시는 입을 다물었다. 모두 입을 다물었다. 물건이 물건인 만큼 선생님을 개입시킬 수 없었다. 사실은 고르비도 삼촌 것을 훔쳐온 거랬다. 이래저래 드러내놓고 수배할 수 없었다. 그런 묘한 사정을 라즈니시가 악용한 거라고, 발뒤꿈치는 끝까지 말했다. 결론은 나지 않았다. 고르비 얼굴의 붉은 얼룩 반점만 자꾸 더 붉어질 뿐이었다. 라즈니시는 한마디만 했다. 체육 시간에 없어진 게 아니야…… 그러면서 끝까지 당당했다. 뭔가를 알고 있는 듯, 얼굴에서 비웃음이 사라지지 않았다.

내 소행이라는 걸 알고 있었으면서도 끝까지 입을 다물어준 너에게 고맙고 미안했고 창피했다……

대구로 전학 간 친구에게서 온 편지 때문에 라즈니시는 혐의를 벗었다. 편지에는 쓰여 있었다.

만년필이 탐났다면 안 훔쳤을 텐데 홀딱 벗었다 입었다 하는 여자 그림이 탐나서 훔쳤고, 그게 더 창피했고, 그래서 진작 말할 수 없었다……

만년필도 편지와 함께 되돌아왔다. 잉크가 메말랐으므로 여자는 내 내 홀딱 벗고 있었다.

시간이 좀 걸리긴 했지만 반성 어린 범인의 편지도 읽게 되었고 만년필도 화끈한 모습으로 돌아왔다. 범인 숨겨준 걸 잘한 일이라곤 할 수 없었으나 그 일로 라즈니시가 좀더 멋진 친구로 기억된 건 사실이었다.

언젠가는 돌려줄 친구라는 걸 나는 믿었어.

그때 라즈니시가 한 말이었다.

그러나 거부감은 어찌할 수 없었다. 별 볼 일 없는 주제에 어떤 힘인가를 발한다는 것. 공부도 못하면서 말 꿰맞추기는 장난이 아니라는 점 등이 그랬다. 그것만이었다면 거부감이 그다지 크지 않았을지도 모른다.

라즈니시의 사전에는 단어 두 개가 없었다. '모른다'와 '미안하다'였다. 하위권 성적이면서 모르는 게 없다는 건 말도 안 됐다. 시험지에 붉은 색연필 비가 마구 내리는데도 모른다는 말은 죽어도 하지 않았다.

어제 마이클 조던이 발표한 내용 알아?

누가 물으면, 알면 물론 안다고 분명하게 대답하지만, 모를 땐 절대 모른다고 대답하지 않았다.

시카고에선 조던 혼자 다 해.

대답이 이런 식이었다. 그리고 상대의 다음 말을 주시했다.

디트로이트로 가겠다고 했거든. 피스턴스 말이야. 조던 없는 불스는 이제 어떻게 되는 걸까?

라즈니시는 짐짓 다 알고 있다는 듯 대답했다.

불스에겐 안됐지만 조던이 부담을 많이 덜겠지. 피스턴스에선 아이제이아 토마스가 함께 넣어줄 테니까.

모른다는 말 대신 포괄적인 사실로 반응해놓고, 이어지는 상대의 말에서 구체적인 사태를 짐작하고 오히려 한발 더 나아가 아는 척하는 방식.

라즈니시 응대법에 넌덜머리가 난 친구들은 일부러 집요하게 굴었다.

너, 조던이 우리 나이로 몇 살인 줄 알아?

나이가 뭐 중요해. 중요한 건 실력……

그러니까 조던 나이가 몇이냐고?

그러는 너는 매직 존슨이 몇 살인지……

씨발아, 조던 나이가 몇이냐니까?

그래도 라즈니시는 끝내 '모른다'고 하지 않았다.

'미안하다'는 말도 마찬가지였다. 요컨대 라즈니시는 뭐든 모르는 게 없는 사람이며, 그리하여 누구에게 잘못을 저지를 까닭이 없는 인간이었다. 발뒤꿈치와 개발길질은, 라즈니시만 보면 미치고 팔짝 뛰겠다고 했다.

두 개의 단어가 없는 대신, 오래된 한자 음역어를 바꾸지 않고 그대로 쓰는 단어는 많았다. 대표적인 게 구라파였다. 1, 2차 세계대전을 구분하지 않고 그냥 통틀어 구라파전쟁이라 했다. 그 정도면 봐줄 만했다. 필리핀을 비율빈, 베토벤을 번도변이라고 하는 데는 모두 짜증을 냈다. 라즈니시는 비릿하게 말했다.

그럼 어째서들 서반아어과라고 할까? 덕국을 독일로 바꿨대서 뭐가 달라졌을까?

거부감은 그 아이의 발음에도 있었다. 초성 ㅅ, ㅈ, ㅊ을 발음할 때 반드시 입술을 약간 앞으로 내밀었다 당겼다. '사'가 '쉬'로, '저'가 '줘'로, '치'가 '취'로 들리기 일쑤였다. 뭔가를 고취하는 듯한, 아니면 자신의 말에 스스로 취한 듯한 발음은 상대를 설득하고 믿게 하는 데 나름 효과가 있었으나 거부감도 그에 비례했다. 그랬다. 라즈니시에게 있어 거부감이란, 그 아이의 정체성 혹은 묘한 대인 지배력의 완성과 유지를 위해 불가결한 거였다. 그리고 그 거부감은 친구들로 하여금 라즈니시를 언제나 적당히 깔볼 수 있게 했다.

졸업 후 16년 만에 만났다고 달라질 일이 아니었다. 라즈니시도 달라진 게 없었다.

라즈니시 말을 듣고 있자니 진설사라는 것이 왠지 중요무형문화재에 버금가는 전문인 같았다. 하지만 진설사라고 다 같은 진설사는 아니겠지. 그는 생각했다. 거기에도 직급에 따른 서열이 있겠지. 흔히

'시다'라고 하는 결꾼 아닐까. 달라지지 않은 라즈니시의 표정, 말투, 눈빛을 대하자, 그는 자기도 모르는 사이에 거부감을 작동시켰다. 그러는 자신에게 조금 놀랐다. 그는 궁금한 게 많았다.

그러면 뭐 하나 묻자.

질문을 던진 건 그가 아니었다. 고르비였다.

어동육서는 왜냐?

라즈니시는 얼른 대답하지 않았다. 고르비가 재차 물었다. 라즈니시가 더디게 입을 열었다.

중국에서 온 거니까 중국 기준이지. 중국은 동쪽이 바다 서쪽이 내륙이다. 답이 됐니?

잠깐 생각에 잠겼던 고르비가 반짝 놀라며 다시 물었다.

홍동백서는?

라즈니시는 대답하지 않았다.

둘러댈 생각 마.

고르비가 말했고, 라즈니시가 픽 웃었다.

웃지만 말고 모른다면 모른다고 해라.

사실은 어동육서도 제대로 된 답이 아니거든.

아니라니?

나는 『주자가례』를 전범으로 삼고 『가례집람』『가례원류』를 참고로 해. 그것에서 벗어나는 것은 예가 아니라고 봐. 어동육서 홍동백서는 여항세설일 뿐이야.

라즈니시 입에서 말이 쏟아지자 고르비 입이 막혔다. '시다'는 아닌 것 같다고 그도 생각했다.

새끼, 여전하구나.

고르비가 물러섰다.

라즈니시를 두번째 만났을 때였던가. 그는 낭패를 당했다. 담석이 많아 아예 쓸개를 떼어버렸다는 뺑코에게 라즈니시가 한 말 때문이었다.

뺑코, 운전 특히 조심하고 밤길 조심해.

그러면서 이유라고 댄 말이 이러했다. 원래 쓸개가 없는 짐승은 다니던 길밖에는 다닐 줄 모른다는 것. 대표적으로 노루와 토끼가 그러하다고 했다. 사냥꾼들이 그러한 짐승들의 습성을 노려 오가는 길목에 올무를 놓는 거라고. 그러니 쓸개 없는 뺑코도 자칫 길을 잃으면 정신을 놓고 마냥 헤맬 수 있다고.

노루와 토끼가 쓸개가 없다고?

정말 가당찮았으므로 그는 거부감을 잔뜩 실어 물을 수밖에 없었다. 라즈니시는 차분하고 진지했다.

노루와 토끼한테도 당연히 쓸개가 있을 거라고들 믿지. 그런데 머이, 그런 당연한 믿음의 근거는 뭘까. 사람과 같은 포유류라서? 장어는 포유류가 아닌데도 쓸개가 있어. 포유류란 그저 새끼 젖 먹여 키운다는 공통점밖에 없어. 쓸개 있고 없고가 포유류의 기준은 아니지. 이봐 머이, 어째서 노루와 토끼한테도 당연히 쓸개가 있을 거라 믿지?

함께 있던 친구들 모두 망연해졌다. 쓸개가 있다고 우길 만한 사람이 없었다. 확인해서 거짓으로 드러나면 가만두지 않겠다. 고 속으로 별렀을진 몰라도. 시의원에 출마한다는 라즈니시의 다음 말도 처음엔 개코쥐코로 들었다. 그런데 몇 개월 뒤 라즈니시는 정말 시의원에 출마했다. 그것도 여당 공천으로.

그가 낭패를 당한 건 두번째 만남에서였고, 그게 낭패라고 확신했던 건 세번째 만남에서였다. 함께 당한 거긴 해도 그중 공부 좀 하고 잡학에 능한 걸로 인정받던 그였으므로 열패감이 더했다.

그래, 확인해봤어?

세번째 만난 날 라즈니시가 그에게 먼저 물었다.

뭘?

쓸개.

확인할 수 없었다. 노루와 토끼한테 쓸개가 있나 없나 알아보는 일 자체가 우습고 참담했다. 라즈니시가 물을 줄 몰랐다. 그런 일일랑은 그냥 잊고 지나칠 줄 알았다. 그런데 지나치지 않았다. 라즈니시는 분명히 어떤 확신을 하고 묻는 것 같았다.

니…… 말이 맞더라.

하마터면 그는 그렇게 얼버무릴 뻔했다. 라즈니시가 묘한 웃음을 슬쩍 웃어주지 않았다면.

확인한 건 아니지만 라즈니시 웃음의 의미는 '농담이었어'였다. 그는 농담에 식은땀을 흘린 셈이었다.

라즈니시가 한번 더 만만치 않게 느껴지던 순간이었다. 거부감도 그만큼 커졌다.

라즈니시의 시의원 출마설이 설이 아닌 확정 사실로 밝혀진 것도 세번째 만남에서였다. 구의원도 아니고 시의원이었다. 선거 홍보 명함을 받아든 친구들은 모두 놀랐다. 누군가 물었다. 뒤늦게 동창회에 참석한 것도 이것 때문? 거부감은 언제라도 반감으로 바뀔 수 있었다. 라즈니시가 말했다.

우리 중에 내 선거구에 사는 사람 나 말고 없지? 주소지 옮겨달라는 말 아니다. 설령 내 선거구에 살고 있다 한들 늬들이 날 찍어주겠냐?

그리고 껄껄 웃었다. 완벽히 사람 좋은, 여유 있는 웃음이었다. 그런데도 슬며시 거부감이 고개를 쳐드는 건 뭘까, 그는 생각했다. 거부감은 라즈니시의 문제가 아니라 라즈니시를 바라보는 친구들의 문제는 아닐는지.

어떻게 출마까지 하게 되었느냐고 물은 건 나무젓가락2였다. 제사 전문이든 전문 제사든, 제상 차리는 게 일인 사람이 시의원에 출마한다는 사태가 나무젓가락2에겐 아귀가 맞지 않는 일로 보인 모양이었다. 그의 생각도 다르지 않았다.

웃음의 여세를 몰아 라즈니시가 말했다.

순 말발 덕이지 뭐. 늬들이 지겨워하는. 그런데 그거 제대로 세우니까 정치 원로들한테도 먹히더라.

제사 전문 아닌 전문 제사 상차림 코디네이터, 즉 진설사인 라즈니시는 가끔씩 일반 제사상도 차렸다고 했다. 일부러 빵상 아줌마라는 사람의 흉내까지 내며 '가끔씩'을 강조했다. 일테면 아르바이트였던 셈이지, 가―끔―씩!

그 방면에선 꽤 이름난 진설사의 아르바이트였으므로 라즈니시가 상대했던 쪽은 주로 재벌가, 원로 정치인, 고위 관료, 법조인, 의료인이었다. 왕족과 공(公) 자 시호 이상 전문 제례 진설사가 제상을 차린다는 것만으로도 제주들은 흥분을 감추지 못했다. 제례는 물론 관례와 혼례와 상례에 두루 정통한데다, 말을 창안하고 구사하는 솜씨와 위력이 예전부터 남달랐던 라즈니시였다. 그런 유능한 진설사가 조상 제사를 맡고 있다는 사실에 그들은 굉장한 의미를 두었다.

라즈니시의 말발은 거기서 그치지 않았고, 선조의 음덕과 후손의 명운이 상호 조응하는, 이른바 발복(發福) 제례법에 대한 역설로 이어졌다. 어디까지나 성의를 다해 조언했을 뿐 의뢰자를 미혹게 할 마음은 추호도 없었다.

라즈니시가 쓰는 말들이 모두 고문 가례집들에 출처를 두고는 있었으나, 말 잘 부리고 믿음 갈 줄 알게 쓰는 수완이 남달랐던 만큼, 현 사회에 통용되는 정치, 경제, 문화 관련 용어와 최근 유행어들을 재치 있게 섞어 활용했다. 알아듣기에 편했을 뿐 아니라, 라즈니시가 품고 있던 인간과 세계에 대한 제법 잘 정돈된 의식과 신념을 은연중에 드러내게 되었다. 정치 입문 제의를 받았던 것도 그 때문이었다.

그러나 시의원에 출마하게 된 직접적이고 실질적인 후경은 발복 제례였다. 직업인으로서 예와 성의를 다하고 정당한 보수를 받았을 뿐인데 라즈니시에 대한 의뢰인들의 평은 예상 밖이었다. 발복 효과라면 단연 오윤석 진설사! 사업 창성과 선량(選良)의 주인공이 되기 위해 선조 묘를 이장하고 새 단장을 마친 사람들은 가장 먼저 라즈니시를 찾았다. 돈, 명예, 인맥이 한꺼번에 굴러들어왔다. 굴러들어왔다고 했다.

이래저래 걸려 있다보니 출마 간청을 매몰차게 거절할 수 없더라구……

그 말을 했던 라즈니시나 그 말을 들었던 친구들이나 시의원 당선을 낙관했다. 말에서 감각되는 느낌이라든가 분위기가 그랬다.

거부감과 반감이 일시적으로 사라지는 듯했으나 홍보 명함에 박힌 후보자 학력을 본 친구들의 고개가 다시 갸울어졌다.

갈피를 잡을 수 없는 학력이었다. 명함대로라면 라즈니시는 중학교 졸업 뒤 마닐라 D. A. 인스티튜트와 서울 시내 모 대학 최고경영자과정을 수료한 것으로 돼 있었다. D. A.가 뭘 뜻하는지, 인스티튜트가 어떤 교육기관인지, 언제 수료했다는 건지 알 수 없었다. 중학 졸업과 국내 대학 경영대학원 최고경영자과정 사이에 있는 D. A. 인스티튜트. 그로선 확인해볼 수도 확인하고 싶지도 않은, 노루 쓸개였다.

어쩐 일이야, 여긴?

라즈니시가 물었다.

이봐 머이, 그렇잖나 머이? 라며 늘 부르던 별명을 쓰지 않았다.

묵거사라는 사람 취재하러…… 온 김에 너도 좀 만나려고 파출소에 물었더니 모르더군. 동창들도 니가 둔내에 산다는 것 말고는 몰라.

그도 라즈니시라 부르지 않았다.

작은 늪을 끼고 오른쪽으로 돌자 더는 포장도로가 아니었다. 100여 미터도 더 진입하지 못해 차에서 내렸다. 길은 좁고 풀이 무성했다. 차 돌릴 공간도 없었다. 차를 버려둔 채 무성한 풀길을 걸었다. 얼마 안 가 하얀 조립식 주택이 나왔다. 마당 앞을 지나는데 누군가 아는 척을 했다. 라즈니시였다.

여기 살고 있는데 왜 파출소에선 널 몰랐을까?

그가 말했다.

기억할 만한 사람이 아닌 거지, 내가.

그러고 라즈니시의 말이 끊겼다. 먼 산 위의 구름에서 눈을 떼지 않았다. 한참 동안 그리하고 있었다.

하늘에 떠 있는 저런 구름은 말이야……

라즈니시가 말했다.

바라보고 있으면 모양이 변하지 않아. 그런데 딴 데로 잠깐 한눈을 팔고 나면 영락없이 달라져 있거든. 그래서 뚫어지게 바라보는 거야, 이렇게. 그러면 아무리 시간이 지나도 통 변하질 않아. 귀신이 곡할 노릇이지만 재밌어, 구름 바라보는 거.

여전히 구름에서 눈을 떼지 않았다. 그는 집 주변을 휘둘러보았다. 보통의 조립식 전원주택에서 볼 수 있는 보통의 것들이 보였다. 마당의 자갈, 몇 그루의 배롱나무, 긴 나무의자, 주워온 듯한 화분과 잎 넓은 화초, 마당과 건물 사이에 깔린 얼마간의 잔디밭, 야외 부뚜막, 베고니아 심은 돌구유……

길이 좁아 차가 못 오겠던데 집은 어떻게 지은 거야?

그가 물었다.

날랐어. 자재 하나부터 열까지 다. 혼자서 나르고 혼자서 지었지. 어렵지 않아.

라즈니시는 구름 위로 올라앉은 것 같았다.

집 한 채를 혼자 나르고 혼자 지었다?

밀차로 나르고 지게로 옮겼어. 어렵지 않아.

마당 한 귀퉁이에 외바퀴 밀차가 보였다. 두엄이나 나를까, 건축자재를 실어 옮길 순 없을 것 같았다. 지게는 보이지 않았다.

믿기지 않아.

그가 말했다.

사실은 뻥이야. 어느 날, 내가 살고 싶은 집이 여기에 살며시 내려앉았을 뿐이야. 통째로. 하늘에서.

라즈니시는 비로소 고개를 돌려 그를 바라보았다.

그냥 밀차와 지게로 지었다고 믿을게.

둘이 마주보고 웃었다.

라즈니시에게서 뭔가 없어졌다는 걸 그는 그제야 깨달았다. 하지만 그게 뭔지 얼른 알 수 없었다. 라즈니시의 눈과 제대로 마주친 순간, 무언가 사라졌다는 걸 알았다. 느껴져야 할 게 느껴지지 않았다. 안 보였다. 그게 무얼까.

시간 괜찮으면 차라도 한잔하지.

그를 집안으로 안내하며 라즈니시가 말했다.

묵거사 사는 데 멀지 않지? 너도 잘 알겠구나 그 사람.

그가 물었다.

아니면 취재 마치고 밥이나 함께 먹든지……

물음에 대한 대답이 아니었다. 설마 여전히 '모른다'라고 말할 줄 모르는 건 아닐 테지. 그는 라즈니시를 따라 집안으로 들어갔다.

실내에도 보통의 전원주택에서 볼 수 있는 보통의 것들이 있었다. 바깥을 내다볼 수 있는 여닫이 창문, 거실 중앙 천장의 네모난 광정(光井), 황토벽, 새 모양의 목각들, 오래된 이남박과 소여물 주걱, 마른 감과 옥수수, 타일로 만든 액자, 그리고 개, 고양이 모양의 한지 공예품들이 천장 밑 들보에 나란히, 대롱대롱 매달려 있었다.

라즈니시는 거실과 주방을 오가며 차를 준비했다. 식탁 위에 찻상보를 깔고, 찻잔받침과 찻숟가락을 내놓았다. 전혀 품이 들어 보이지 않을 만큼 동작이 가볍고 자연스러웠다. 그와 눈이 마주치면 쑥스러운 듯 웃었다. 그는 라즈니시의 움직임을 바라보며 식탁 나무의자에 앉아 있었다. 창으로 비껴든 햇살이 식탁 한쪽 가장자리를 오렌지빛으로 물들였다.

한 잔만 마시고 그는 일어날 참이었다. 묵거사를 만나려면 오래 앉아 있을 수 없었다. 라즈니시 말마따나, 취재 마치고 밥이라도 함께 먹으면 될 터였다.

아주 좋네. 무슨 차야?

그가 물었다.

산국화에 구기자를 넣었어. 죽염 조금.

차에 소금을?

응, 아주 조금.

차 이름이 뭔데?

없어.

없어?

없어.

니가 직접 만든 거야?

응. 문밖만 나가면 먹고 마실 거 천지야.

그는 자기 잔에다 어느새 두 잔째 찻물을 붓고 있었다. 없어진 게 뭔지 알 수 있을 것 같았다. 라즈니시에게서 사라진 것. 그래서 보이지도 느껴지지도 않는 것.

그걸 뭐라 해야 할까.

그는 그런 것에 이름을 붙여본 적이 없었다. 일종의, 불안감 같은 거였다. 라즈니시 자신에 의해 깊이 억눌린 그것은, 말 그대로의 불안 감으로 표출된 적은 없었다. 때로는 자신감으로, 때로는 수다와 침묵 과 응시 따위로 위장되었다. 불안감을 주체하지 못해 고통스러워하는 라즈니시를 우연히 목격하지 않았다면 그도 끝내 눈치채지 못했을 것 이다. 매우 깊고 그윽한 눈빛으로 가장되는 불안을.

고통스러워하는 친구의 낯선 모습을 보게 된 뒤로, 그는 유심히 관 찰하지 않을 수 없었다. 라즈니시의 불안과 고통이 어디에서 오는 건 지 궁금했다. 주의깊게 살핀 지 석 달쯤 지나 그는 알게 되었다. 불안 과 고통이 별명 짓기와 관련 있다는 사실을.

별명 짓기에는 일련의 유형 같은 게 있었다. 불안이 시작되는 순간, 깊어지는 단계, 해소되거나 얼마쯤은 억압된 채 잠재되는 등의 과정 같은 것. 그의 짐작은 그후로도 계속된 관찰로 확연해졌다. 남들이 미 처 보지 못하는 라즈니시의 일면을 그는 느끼고 알 수 있었다. 다른 친구들에 비해 라즈니시와 더 가깝다고 스스로 여긴 까닭도 그 때문 이었다. 어두웠던 체육 교보재 창고. 그 속에서 신음하던 라즈니시를 본 건 그뿐이었으므로.

체육 교사는 반장 대신 그에게 교보재 창고를 맡겼다. 4단 이상의 뜀틀을 넘지 못한다는 이유였다. 체육 시간 전에 열쇠를 받아 창고 문 을 열어야 했다. 교보재 방출과 수습을 마친 뒤 자물쇠를 잠그고 열쇠 를 반납하는 게 일이었다.

5단만 되면 그는 뜀틀을 넘지 못했다. 모든 학생이 마지막 단계인

6단을 거뜬히 뛰어넘었다. 4단 이상은 그에게 넘을 수 없는 벽이었다. 아무리 세게 도움닫기를 해도 5단 앞에서 몸이 굳었다.

교보재를 나르며 친해지다보면 6단 정도는 금방 뛰어넘을 수 있을 거야. 체육 교사는 말했다. 그는 한 학기가 지나도록 여전히 뜀틀을 뛰어넘지 못했고 무거운 교보재들과 씨름했다.

그날도 뜀틀이며 높이뛰기 틀 따위를 창고 안에다 힘겹게 끌어다놓고 그 곁에 널브러졌다. 매트에 누워 창고 안에 떠도는 먼지들을 물끄러미 바라보았다. 라즈니시가 창고 문을 열고 들어온 게 그때였다. 어딘가 은밀한 느낌 때문에 그는 바닥에 누운 채 꼼짝하지 않았다.

처음에는 뭔가를 토하는 줄 알았다. 목울대가 심하게 경련했다. 하지만 교보재 창고를 화장실로 오인하지 않고서야 그럴 리 없었다. 라즈니시 이마에 진땀이 흘렀다. 충혈된 눈이 불안하게 떨렸다. 가쁜 숨을 몰아쉬었다. 명치를 심하게 얻어맞은 것처럼 괴로워했다.

그날 라즈니시에게서 받았던 느낌은, 불안이나 고통보다 공포에 가까웠다. 생명을 위협하는 무엇, 혹은 견딜 수 없는 병발작의 조짐에 쫓기는 눈. 작은 창을 통해 들어온 한줄기 빛이 라즈니시의 그 눈에 꽂혔다. 완벽하게 비어버린 수정체를 본 순간, 그는 하마터면 비명을 지를 뻔했다. 눈이 아니라, 무서울 만큼 투명한 광물질일 뿐이었다.

새로 전학 온 아이가 생기면 라즈니시에게 미묘한 변화가 일기 시작한다는 걸 그는 알게 되었다. 공포라 해도 상관없을 불안은 낯선 학생의 출현으로 촉발되어, 그 아이에게 별명을 주는 시점에서 시나브로 해소되었다. 매번 그랬다. 그다지 오래 걸린 건 아니었지만 어쨌든 전학 온 아이의 별명이 탄생하기 전까지, 겉으론 아닌 척하면서 어둡고 외진 곳에서 라즈니시는 혼자 괴로워했다.

즉흥적으로 던지는 별명이 아니었다. 재미도 취미도 아니었다. 상대를 빨리 파악하고 나름의 규정을 내리는 일이, 쉽기는커녕 라즈니시에겐 고통스러운 일이었다.

두 가지는 끝내 알 수 없었다. 별명 짓는 일이 뭐기에 그토록 절박했던 건지. 그리고 기껏 별명 짓는 일일 뿐인데, 어째서 그것이 라즈니시에게 공포에 가까운 불안을 몰고 왔던 건지.

새로운 별명이 생기고 두루 쓰이게 되면 라즈니시는 불안에서 헤어나는 것처럼 보였다. 그러나 깊이 침잠할 뿐 완전히 해소되는 게 아니라는 걸, 꾸준히 관찰해온 그는 알았다. 너스레와 공연한 자존심 따위로 은폐된 그것은 '거부감'이라는 다른 이름으로 친구들에게 비쳤다.

그 거부감이 느껴지지 않았다. 사라진 건 그거였다. 억압되고 위장된 불안과 두려움이 보이지 않았다.

별명이란 게…… 너한테는 뭐였니?

라고 그가 물었다.

차 마셔.

라즈니시는 턱짓으로 찻잔을 가리켰다. 물음에 대한 답이 아니었다. 그가 다시 물었다.

묵거사는 손대지 않고 찻잔을 이쪽 탁자에서 저쪽 탁자로 옮긴다며?

어렵지 않아.

라즈니시가 선선히 대답했다.

어렵지 않다구?

나는 집도 옮겼는데 뭘.

밀차로 실어나른 거라며?

밀차로 집도 실어날랐는데 찻잔 정도 못 옮길까.

손대지 않고?

응. 손대지 않고.

그가 웃다 말고 말했다.

해봐.

응.

라즈니시가 자신의 찻잔을 저쪽 탁자로 옮겼다.

손대지 않고 옮긴 거야?

손대지 않고 옮긴 거야.

그가 하하 웃었다. 라즈니시도 끌끌 웃었다.

상심이 컸지? 낙선한 거 말이야.

차…… 마시라니까.

라즈니시는 창밖으로 고개를 돌렸다. 흰 구름은 말끔히 사라지고 없었다.

아내랑은…… 어떻게 된 거니?

그를 바라보았을 뿐 라즈니시는 아무 말 하지 않았다. 불안의 기미 따위는 느껴지지 않았다.

얘기 들었어. 혼자 내려왔다는 거. 사실 널 찾아온 건……

라즈니시는 아무 말 하지 않았다.

나를 알고 싶었기 때문이야. 너는 나를 잘 알 거란 생각이 들었어. 나도 집사람과 좋지 않아. 아내가 왜 그러는지, 너라면 얘기해줄 수 있을 것 같았어. 나한테 어떤 문제가 있는 건지.

라즈니시는 말하지 않았다.

넌 별명만 잘 짓는 게 아니었어. 상대를 정확히 파악할 줄 알았지. 그러기 위해 넌 아주 고통스러워했어. 그랬던 만큼 상대를 누구보다 확실하게 짚어낼 수 있었던 거야. 별명은 거기에서 나오는 거였지. 공포와도 같은 네 두려움의 결과였달까…… 체육 교보재 창고에서 널 보았거든. 그뒤로도 죽.

라즈니시는 말이 없었다. 구름이 다시 생겼다.

내가 날 어떻게 알겠어. 그러니 집사람이 왜 그러는지도 알 턱이 없지. 너라면 나에 대해 말해줄 수 있을 것 같아. 내가 어떤 놈인지.

몰라.

라즈니시가 입을 뗐다.

몰라?

몰라.

그는 막막하여 더 묻지 못했다. 라즈니시가 하늘을 바라보고 차를 한 모금 마셨다. 자신이 무슨 대답을 했는지조차 모르는 것 같았다. 구름이 없어졌다 생기는 것만 신기한 듯했다.

와이프 별명이 베아트리체였어.

라즈니시가 말했다.

애칭이었지. 물론 내가 지어준. 와이프도 나름 그걸 소중하게 여기며 지금껏 살아왔다고 믿었는데 어느 날 나한테 말하더군.

라즈니시 입술에 옅은 미소 같은 게 스쳤다. 그렇게 한동안 말이 없었다.

뭐랬는데?

그가 물었다.

웃기지 마셔. 나 베아트리체 아니거덩!

아내의 말투를 흉내내며 잠깐 라즈니시가 웃었다. 그리고 말했다.

그것으로, 그날로 끝이었어. 모든 게 다.

떠났나?

그는 머! 머! 머! 머! 쏘아대고 오피스텔로 혼자 나가 사는 아내를
떠올렸다.

내가 떠난 거지. 와이프는 살던 대로 살고. 베아트리체라고 부르고
믿었던 건 나뿐이었으니까, 나만 무너진 거지. 쾅.

별명 하나로 삶이 통째로 무너질 수 있는 걸까, 물음을 망설이는 그
에게 라즈니시가 말했다.

차 마셔.

아니, 너무 늦었다. 이러단 취재 못하겠어. 묵거사한테 갔다 다시
오든지 할게.

그가 자리에서 일어섰다. 쾅 무너질 때, 불안도 두려움도 함께 와
해돼 사라져버린 걸까. 억압된 것도 위장된 것도 없어 보였다. 가없이
높고 맑은 하늘 때문이었을까. 라즈니시 뒤의 구름 배경 때문에 그리
보였던 걸까. 무너진 사람의 슬픔 같은 건 없었다. 라즈니시에게서 무
너져내린 건 무얼까.

나는 별명을 지어준 적도 없는데 집사람은 나한테 왜 그러는 걸까?

그가 물었다. 뒤꼍으로 난 문을 나서서 몇 걸음 산 쪽으로 걸었다.

지어주었겠지.

라즈니시가 말했다.

천만에, 집사람은 별명 같은 거 없어.

지어주었을 거야.

그는 뒤를 돌아보았다. 거기에는 이미 라즈니시의 모습이 보이지 않았다. 하얀 목조 주택 한 채가 무서우리만큼 완강하고 육중한 적막에 둘러싸여 있을 뿐이었다.

그는 다시 걸음을 옮겼다. 그러다 갑자기 멈추어 섰다.

그의 앞에 길이 없었다. 길은 거기서 끝나 있었다.

모란꽃

버릇이다, 일종의. 글쓰는 것. 이유나 목적은 없다. 중얼거리는 거다. 날이 징허게 좋네, 꽃이 미친 듯 피어야, 아야, 뼈마디 무너지겠다…… 하염없이 중얼거리던 엄마를, 딸이라서, 닮은 걸까.

나도 끝없이 그랬다. 된장찌개가, 쉬었어. 뉴스를 보면 세상이, 온통, 미친 것 같아…… 그러고도 모자라, 글로 썼다. 엄마는 글 같은 건 쓰지 않았다. 오랫동안 관절염에 시달리다, 엄마는 4년 전 아버지 곁으로 가셨다. 생전에 연필이나 볼펜 쥐는 걸 못 봤다.

글로 쓴다고 달라지는 건 없었다. 두서없고, 뒤죽박죽이었다. 누구한테 보여줄 것도 아니었다. 내 맘대로 썼다. 누가 볼 일도 없었다. 컴퓨터에 써넣고 비밀번호로 잠갔다. 그렇게 쓴 게 천 쪽이 넘는다. 이걸 내가, 다, 썼다구? 워낙 말이 어눌해서 글이란 걸 쓰려고 했던 걸까.

아이 참, 말 좀 제대로 빨리 할 수 없어? 언니와 동생들은 성화다. 자주 말이 헛나와, 나는 상추를 쑥갓이라 하고, 쑥갓을 시금치라 한다. 빨래 개켜서 냉장고에 넣어야 한다고 한다. 그애 성이 뭐니? 라고 해야 할 것을, 그애 성 있니? 라고 묻는다. 글을 쓴다고 그런 게 나아지지도 않는다. 소용없는 일. 버릇이라고 할밖에. 끝없이 중얼거리는 게 버릇이듯이.

엄마는 쉴새없이 중얼거렸다. 숨쉬는 거나 마찬가지였다. 시상 참 모를 것투성이여, 나가 왜 사는 중 알았으면 진즉 못 살았을 거이다…… 엄마의 엄청난 말들이 허공에 흩어졌다. 글로 쓰니까, 허공에 흩어지지 않았다. 그러나 쓸모 있는 내용도 아니고, 다시 거들떠보지도 않을 것들이었으니, 흩어져 사라지는 거나 마찬가지였다.

중학생 딸과 초등학생 아들 얘기가 가장 많았다. 서로 결사적으로 싸운다, 시끄러워서 골이 흔들린다, 쟤들은 어디서 뚝 떨어진 걸까, 내가 낳은 애들일까, 낯설다, 왔다갔다 수선 피우는 놈들이 지겹다, 갖다 버릴까, 난 지금 여기서 뭘 하는 거지? 내가 꿈꾸었던 삶이 아니잖아, 이런 건 아니었을 텐데……

남편 얘기도 있다. 연애할 때부터 지금까지 한 가지 체위밖에 모르는. 불가사의하지, 않아? 어느 날 친구에게 전화로 묻고, 말했다. 집중도 안 되고, 이게 뭔가 싶어서, 하루는 뒤로 해보라고, 했지. 그랬더니 자꾸 빠진다고, 안 되겠다는, 거야. 친구는 갑자기 진지해져서 대답했다. 하고 싶은 맘 코딱지만큼도 없는데 체위만 현란해봐. 생각만 해도 끔찍하잖니? 친구의 이 얘기도 글로 써뒀다. 친구 말 들은 뒤로 남편에게 그냥 하던 대로 하라고 했다. 집중이 안 되고 집중하고 싶지도 않을 때 나는 생각했다. 어째서 이 남자와 결혼했던 걸까. 곱씹어도 답을 알 수 없었다. 곰곰이 생각할 겨를도 없이 '토요일 밤'이 저 혼자 부르르 진저리치며 끝났고, 금요일까지의 6일이 마냥 여유로웠다.

그런 내용들이었다. '글을 쓴다'고 하면 왠지 멋진 느낌이지만, 하나도 멋질 것 없었다. 엄마는 중얼거리며 한숨을 쉬었고, 나는 중얼거리며 뭔가를 적는다는 것뿐.

글쓰는 일과 인연이 없었던 건 아니었을까. 초등학교 때 반공 웅변 원고를 쓴 적이 있었다. 말이 느리고 정확지 않아 웅변 연사로 나설 수 없었다. 원고만 쓰라고 담임이 말했다. 어째서 나에게, 불쑥, 원고를 쓰라지? 혼자 중얼거리는 나한테 친구가 말했다. 우리 반에서 니가 1등이잖아. 그래, 나는 1등이었다.

텅 빈 도서대출실에 호젓하게 앉아 있는 게 좋았다. 창문 너머로 반짝이는 바다와 김 양식장과 전목선을 바라보는 것이 좋았다. 조용해서 바람 소리며 새소리가 잘 들렸다. 그 시각 다른 애들은 지겨운 산수 문제를 풀고 있을 거란 생각을 하니 우쭐하는 기분마저 들었다.

대출실 창밖만 바라보다 종례 시간에 임박해 부랴부랴 원고를 마쳤다. 북한에 사는 내 또래 어린이에게 보내는 편지글이었다. 사흘 뒤, 내 원고를 갖고 연단에 오른 여자애는 꼴찌를 하고 펑펑 울었다. 새로 산 그애의 분홍색 옷소매가 눈물로 젖었다. 웅변 원고는 그런 식으로 쓰는 게 아니라고 교감 선생님이 평했다. 담임 선생님은 내 원고가 가장 훌륭했다고 은밀히 말해주었다. 나는 담임 선생님이 갑자기 무서워졌다.

글을 써도 다시는 남에게 보여주지 않았던 게 그 때문인지는 모르겠다. 그뒤로도 나는 일기 말고도, 중얼거리듯 혼잣글을 썼다. 나는 반공 웅변 원고를 쓰기 훨씬 전부터 뭔가를 쓰는 아이였을지도 모른다.

*

　『모란꽃』 때문에, 이 글을 쓰게 됐다. 『모란꽃』은 펄 벅의 소설이다. 시골집에 그 책이 있었다. 교과서 이외의 유일했던 책.

　표지뿐 아니라 앞뒤로 서너 페이지가 뜯겨나간 책이었다. 큰언니가 빌려왔거나 구해온 책이었을 것이다. 제목도 알 수 없었다. 방구석에, 아버지의 때 전 목침과 함께 뒹굴던 것. 집은 좁고 식구는 많아 이리저리 발길에 채어 뜯기고 찢긴 거겠지. 딸 여섯, 아들 하나였으니.

　"들국화?"

　첫째 동생이 말했다.

　내 위로 언니, 언니, 오빠. 아래로 동생, 동생, 동생이 있다. 나는 한 가운데고, 딸로서는 셋째. 동네 사람 그 누구도 우리집 딸들 순서를 몰랐다. 니가 성숙이냐? 니가 정희더냐? 물으면 우리는 아뇨, 아뇨, 라고 답하는 게 일이었다.

　"들국화는 무슨…… 모란!"

　내가 말했다. 책 제목. 자신할 순 없었지만, 자매들끼리 말할 때는 이상하게 단호해진다.

　"모란꽃!"

　둘째 동생이 말했다.

　"난 몰라."

　막내.

　단호한 게 어찌 나쁠까. 사소한 것에 단호해지면 싸움이 된다. 시끄럽게 우기다가, 식식거리다가, 순천에 사는 큰언니에게 내가 전화했다.

"얘들이, 박박, 우기는 거 있지, 참 나⋯⋯"

우긴 건 언니지⋯⋯ 전화하는 동안 둘째가 구시렁거렸다. 난 암말도 안 했는데⋯⋯ 첫째 동생이 기어들어가는 소리로 말했다. 첫째 동생은, 우기지는 않았다.

첫째, 둘째 언니는 고향 섬을 떠나 가까운 순천에 살고, 나머지는 모두 서울에 올라와 한 구(區)에 웅기중기 모여 있다. 나와 세 동생은 가끔 한집에 모여 칼국수를 끓여먹었다.

"형부하고 점심 먹고 있어. 지난번 전복 택배 보낸 건 잘 받았냐?"

"아이 참, 전복 얘긴 따, 로 하고, 그 책 제목, 말이야. 얼른."

"느린 주제에 성질 급하긴⋯⋯"

"얼른! 꽃 이름, 이었잖아."

"해당화?"

"끄, 끊어!"

끊자마자 둘째 언니에게 전화했다.

"그 책, 제목. 언니는 뭐, 였는지, 알겠어?"

"그런 책이 있었냐?"

아유, 아, 안녕히 계세요, 하고 탁 끊어버렸다. 판결이 나지 않았으므로 나와 둘째 동생은 얼마간 더 말없이 식식거리며 숨을 골랐다. 막내는 남의 일이란 듯 칼국수를 먹었다. 나도 결, 혼 전엔 저, 랬는데 사람이 조, 조잡해졌어⋯⋯

"그런데, 그 책, 언제 없, 어진 거지? 언젠가부터 안, 보였어."

내가 소리를 낮췄다. 공연한 일에 성내고 나면 금방, 내가 왜 이러지, 싫어지니까. 아무것도 아닌 것에 시도 때도 없이 목숨 거는 내가 싫으면서, 고쳐지지도 않는다. 우길 거면 길게나 우기든지.

"정말 그랬어."

첫째 동생이 말했다.

"난 몰라."

막내.

"그거 도서지역 책 보내기 운동 한다고, 학교에서 책 내라고 해서 내가 갖다 냈어."

둘째 동생이 말했다.

"그걸? 표지도 없, 고 책장도 떨, 어진 걸?"

달려들 것처럼, 내가 말했다.

"그럼 어떡해. 집에 있는 책이라곤 그것뿐이었는걸."

"하기야, 그랬지……"

첫째 동생.

"하기야는, 무슨 하, 기야야. 도서지역, 이라면 우리 고향이 도서, 지역이잖아."

내가 말했지만, 말하고 보니 정말 그랬다. 가난한 섬 학생에게 도서 지역에 보낸다며 책 가져오라던 섬 선생은 누구였을까? 그 선생, 누구였냐? 따지려다 말았다.

"책이 너무 좀 그래서…… 내가 표지도 새로 만들고 제목도 그럭 저럭 예쁘게 써서 냈거든. 그래서 알아. 모란꽃이야."

구질구질한 책을 어느 섬 어느 학생이 받았을까. 그 학생도 참 한숨 이 나왔겠다 싶으니 웃을 수밖에 없었다.

"맞는 것 같다, 언니. 언니도 영 틀린 건 아니잖아. 모란이라고 했으니까…… 완전 틀린 건 나지. 들국화랬잖아. 나는 그걸 읽었는지조차 모르겠어. 내용이 전혀 떠오르지 않아."

"모란이가 주, 인공이잖아. 주인마, 님 몸종." 내가 말했다. "그러면서 주, 인댁 도련님을 사랑, 했어. 당돌하게."

"당돌하긴……"

또 너니, 싫어 둘째를 째려봤다. 둘째가 움찔하며 말했다.

"……난 불쌍하던데."

"불쌍, 하긴. 주인댁 도령 앞에서 고, 개 똑바로 들고, 말도 또박또박, 사랑한, 다고 말하고, 분수에 넘, 치는 짓을 얼마나 잘했는, 데."

"허구한 날 울었잖아. 모란만 나오면 나는 가슴이 아팠는걸."

"매사에 너, 어쭙잖게 센, 티해서 모란이가 그렇게 보인 것, 뿐이야."

"상대가 잘생긴 유대인 남자여서 더 그렇게 보였나?"

"중국, 얘기야 그거. 유대인, 은 무슨."

"언니는…… 모란이 사랑했던 게 유대인 집안의 아들이었잖아. 이름이 대비든가 데이비든가 그랬어."

"너, 딴 소설하고, 헷, 갈리는 거다."

"아니야."

"기야."

첫째 동생이 조용히 나섰다.

"언니는 위아래가 분명한 사람이니까 모란이 좀 당돌하게 보였을 거고, 너는 센티해서 걔가 불쌍하게 보인 거겠지."

"그래. 뭔 상관이야?"

막내가 거들었다.

아무 상관, 없다고? 얘가 우, 기잖아. 내가 언제 우겼다고 그래. 우긴 건 언니잖아. 티격태격했다. 첫째가 하 참, 기운도 많으시네들, 하며 말렸다. 마흔이 되면서 걸핏하면 짜증을 내는 내가 또 금방 싫어졌다.

끝내 오빠에게 전화를 걸었다. 동생들이 돌아가고 난 뒤였다.

"그 책, 건넌방 아버지 목, 침 곁이나 시렁 위에 있, 곤 했잖아. 표지, 다 떨어진 거."

오빠는 응, 응, 건성으로 대답하더니,

"그 방에 무슨 시렁이 있었냐? 시렁은 작은방에 있었어."

라고 말했다.

"그 책 제목이 뭐, 였는지 아느냐니까 시렁은, 웬……"

"니가 건넌방에 시렁이 있었다고 하니까 그러지. 그 집에 안 간 지 4, 5년 됐다고 벌써 감감하냐?"

"건, 넌방에 시렁이 있었지 왜, 없었어?"

나도 모르게 빼락, 소리를 질렀다. 눈물이 날 만큼 내가 낯설었다.

책 제목을 알려다 시렁으로 옮겨가버렸다. 언니나 동생들에게 또 시렁을 확인해야 할까. 그러다 또다른 걸로 옮겨가버리면? 골치 아파 수화기를 떨어뜨렸다. 이유 모를 상실감이 몰려왔다. 삶이 나에게서 한 발짝 더 멀어지는 것 같았다. 아득히 멀어진 걸 무시로 느끼고 있었지만.

*

시렁 얘기가 책 때문에 나왔듯이, 책 얘기는 토주 때문에 나온 거였다.

엄마가 돌아가신 뒤로 시골집은 폐가로 방치돼 있다가, 지난겨울 새 주인에게 팔렸다. 건물을 새로 짓는다고 했다. 기반공사를 해야 하니 토주를 치워달랬다나.

집 판 돈 반을 오빠가 가졌으니 그 일은 오빠가 알아서 할 일이었으나, 직장을 핑계로 미꾸라지처럼 빠졌다. 오냐오냐 키워서 그래. 좋은 건 혼자 다 갖고, 싫은 건 죽어도 안 하고…… 옛날부터 못됐던 오빠를 탓하며, 서울의 세 자매가 모였다. 누가 토주를 치울 것인가로.

공사하는 사람이 알아서 치울 일이지 어째서 우리한테 치우라지? 라고 말하지 못했다. 겁났기 때문이었다. 치우는 사람도 치우는 사람이지만, 누가 치우든 재앙이 우리에게 닥칠 것 같았다.

시골집 장독대 곁의 그것. 물건도 아니고 장소도 아닌 그걸 토주라 불렀다. 영락없는, 막힌 아궁이였다. 작은 아궁이 입구 같은 걸 널판으로 막아놓은 것.

물론 아궁이는 아니어서 주변에 그을음 같은 건 없었다. 부뚜막 같은 것도 있을 리 없었다. 작은 흙둔덕 밑을 사각으로 파고 널판때기로 막아놓은 거였다. 위에는 뿌리뱅이가 무성하게 자랐다.

아무도 그걸 열 수 없었다. 열기는커녕 건드리지도 못했다. 동티가 난다고 했으니까. 토주는 집집마다 있었던 모양인데, 당시 마을에는 그게 두 집밖에 없었다. 우리집과 달기네 집. 다른 집에도 건드리면 동티나는 물건이 있기는 했다. 그것은 장독대 주변에, 작은 짚도롱이 모양으로 삐죽하니 서 있었다.

막힌 아궁이 모양도 작은 짚도롱이 모양도, 이름이 다 토주였다. 터주 아냐? 다른 지역 출신들은 그렇게 물었으나 우리 마을에선 하여튼, 토주였다.

누가 만든 건지는 아버지도 몰랐다. 그곳에 처음 집을 짓고 살았던 몇 대조 할아버지였겠지, 그렇게만 짐작했다. 누가 언제 어째서 만들었는지는 알려고도 하지 않았다. 함부로 손대거나 훼손하면 큰일난다는 게 무서웠을 뿐이다.

두 집에만 남아 있던 걸 봐도, 아주 오래된 건 분명했다. 오래된 만큼, 잘못 건드리면 재앙도 클 것 같았다. 우리는 토주 근처를 지날 때 부들부들 떨었다. 무언가가 그 안에, 수백 년 동안 웅크리고 있는 것 같았다.

우리가 볼 수 있었던 건, 입구를 막은, 오래돼서 나뭇결이 완연히 도드라진 널빤지뿐이었다. 옹이와 나뭇결무늬가 <u>으스스</u>했다. 구리종의 비천상 같기도 하고 구름 문양 같기도 했다. 슬쩍 보기만 해도 기분이 나빠졌다. 된장을 푸러 가다 그 무늬를 보면 발바닥이 땅에 쩔걱 달라붙었다. 우리에게 치워달라는 이유가 있었다. 그들도 겁나는 거였다.

"터주라는 게 그냥, 도자기 같은 것에 곡식이나 뭐 그런 거 넣어놓는 거래. 아니면 기껏해야 한지라던데. 집 지은 날짜나 가옥의 방위, 그런 거 쓴 종이."

첫째 동생이 말했고,

"터주가 아니라 토주잖아, 언니. 도자기라면 무서울 거 뭐 있어. 아무래도 난 겁나고 싫어. 그 속에 뭐가 있을까, 생각만 해도 오싹해."

둘째 동생이 말했다.

"뭐, 특별한 걸까? 기껏해야 사리탑 같은 데서 나오는 함 종류 아닐까?"

"그럼 언니가 가서 치워."

"으, 싫어 애. 내가 왜 치워?"

둘은 서로 눈치만 봤다. 늘 그렇듯 막내는 자기와는 상관없는 일이라는 식이었다. 동생들의 시선이 슬슬, 잠자코 있던 나한테 모아졌다.

"배, 고프다. 칼국수 끓, 일게."

나는 자리에서 일어섰다. 토주를 떠올리니 다리가 후들거렸다.

되는 일이 없다고, 술 먹고 토주에 발길질했던 재학이네 아버지는 수로에 빠져 죽었다. 사흘 만에 건졌는데 눈구멍이며 귓구멍이며 콧구멍에 장어가 득실거렸단다. 발로 찬 게 아니라, 발로 차려다 벗겨진 고무신만 가 부딪쳤을 뿐이었다는데도 그랬다. 장독대 갈 때마다 토주를 바라보며 시부렁거렸던 효숙이네 엄마는 육손이를 내리 둘이나 낳았다. 이유 없이 산속에 들어가 파라티온 먹고 자살한 이장집 둘째, 학교에서 점심 도시락 잘 까먹고 수업 받다 느닷없이 바닷가로 달려가 물속으로 들어간 뒤 한 달 만에 광양만에서 발견되었다는 근필이 동생도, 어떻게든 토주를 잘못 건드렸을 것이라고 사람들은 믿었다.

토주를 업신여겨 화를 입었다는 얘기는, 다 모으면, 국사 교과서보다 두꺼울 것이다. 수십, 수백 년 전 얘기부터 몇 년, 며칠 전 얘기까지 망라했으니까. 마을에 닥쳤던 모든 불행은 결국 토주 때문이란 것. 어르신들의 그 어떤 당부나 호통보다 말없는 토주의 위력이 훨씬 셌다.

토주에 쌀뜨물을 잘못 끼얹어 시름시름 앓게 된 처녀에게, 죽기 전 짝이나 지어주자고 마을 사람들이 나섰다. 뜨내기로 흘러들어와 이집 저집 허드렛일 거들던 청년과.

바닷가 헌 집을 손보아, 그곳에 두 젊은이를 들였다. 곧 죽을 여자란 걸 알면서도, 청년은 처녀를 지극정성으로 사랑했다. 처녀는 아주 예뻤고, 청년이 평소 그녀를 사모했다는 걸 마을 사람들은 알고 있었다.

여자의 창백한 낯빛은, 노을을 받으면 겨우 조금 핏기가 살아났다. 그래서인지 처녀는 노을이 질 때마다 마당가 바위에 나앉아 지는 해를 바라보았다. 그런 그녀의 모습을 나도 몇 번 본 적 있다. 어렸던 내 눈에 그녀의 희고 갸름한 얼굴은 서양 인형처럼 예뻤다. 눈이 마주치면, 그녀는 힘 하나 없는 얼굴로 살짝 웃어주었다. 불쌍하고 무섭고, 동티가 나에게 옮는 거 아닌가 싶어 마주 웃어주지도 못했다.

어느 날 노을이 지는데도 그녀가 보이지 않았다. 죽었다고 했고, 청년은 그녀를 이불에 싸서 칡밭 구렁에 묻었다고 했다. 그뒤로 청년도 마을에서 자취를 감추었다. 내가 고등학교에 다니느라 순천으로 나와 살 때, 청년이 잠시 섬에 들러갔다는 얘길 들었다. 새 아내와 아이 둘과 함께. 그들은 죽은 여자의 부모를 찾아 자식처럼 절을 했고, 여자의 부모는 눈물로 그들을 맞았고, 그들은 자주 찾아뵙겠노라 인사를 남기고 섬을 떠났다고 했다. 그뒤로 정말 다시 섬을 찾았는지는 알 수 없었다.

그 이야기는 마을에 전설처럼 남았다. 죽음을 앞둔 예쁜 처녀와 청년의 곡진한 사랑, 진홍빛 노을과 바닷가 언덕의 작은 집, 여자 부모와 청년의 새 가족에게도 애틋하기만 했던 사연이어서 그랬을 것이다. 그 애절한 얘기는 토주의 위력을 더, 의심의 여지없이, 받아들이게 했다. 노을에 붉게 물들던 그녀의 창백하면서도 비현실적인 얼굴을 떠올리면, 지금도 나는, 대체 그 막힌 아궁이 속에는 무엇이 웅크리고 있는 걸까 소스라치게 궁금해진다.

그래서였을까. 칼국수를 끓여내며 나는 딴소리를 했다. 시골집 툇마루와 우물가와 고욤나무 얘기. 지붕 위로 기어오르던 박덩굴 얘기. 그러다 건넌방에 뒹굴던 책 얘기로 옮아갔고, 동생들도 덩달아 책 얘기에 열을 올렸다. 모두들, 토주에서 도망치고 싶었을 것이다.

그랬던 것인데, 책 제목부터 내용까지 다 헷갈리게 됐다. 건넌방에 시렁이 있었는지도. 오빠라고 제대로 안다고는 할 수 없는 일. 그리고, 그 많은 소문의 진원이었던 토주도 다시금 궁금해졌다.

*

화장대 위에, 책이 놓여 있었다. 모란꽃. 빛바랜 청회색 하드커버. 표지엔 제목이 없었다. 책꽂이에 책을 꽂을 경우 보이는 부분, 그곳에 금박의 '모 - 란 - 꽃'이 세로쓰기로 적혀 있을 뿐이었다. 그리고 제목보다 조금 작은 글씨, '펄 벅 著'. 그 밑에, 도서관 분류번호인 듯한 흰색의 '823.8855.pe한'이 더 작은 가로글씨로 씌어 있었다. 표지에 제목이 없는, 걸 보니 겉표지가 따, 로 있었던 거야, 라고 나는 중얼거렸다.

얼른 집어들지 못하고, 엄지와 검지로 책 모서리를 살짝 잡은 채,

어디가 앞이야? 한 번 뒤집었다 다시 뒤집었다. 낯설었다. 고향집에 있던 책은 아닌 것 같았다.

—될 수, 있으면 좀, 오래, 된 걸로요.

딸애의 영어 과외 선생한테 부탁했다. 부탁하기 전 공립도서관과 몇 개의 대학도서관 도서 목록을 인터넷으로 검색했다. 교보문고, 영풍문고, 예스24, 알라딘에는, 재고는커녕 품절 표시도 없었다. 목록 자체가 없었다. 과외 선생의 대학에도 여러 권의『모란꽃』이 있었다.

도서관에는 생각보다 많은『모란꽃』들이 있었다. 재출간본을 포함해 국립중앙도서관 같은 곳엔 아홉 권, 대학도서관들에는 대략 다섯 권 정도의『모란꽃』이 있었다. 서로 다른 출판사의. 시골집에 있던 것과 똑같은 책을 골라낼 수 없었다. 시골집에 있던 책 자체가 불분명했으니까.

각각 1959, 1975, 1962, 1962, 1976, 1978, 1976, 1972, 1974년도에 출간된 책들. 아무거나 찍을까 하다가 과외 선생이 왔길래 말했다. 그냥, 좀 오래, 된 걸로……

굳이 책을 구해볼 생각까진 없었다. 그날, 그 정도에서 그칠 일이었다. 토주 때문에 책이 딸려나온 것뿐이었으니까.

그런데 둘째 언니가, 생각났다, 며 전화를 해왔다.

"목련꽃이었던 것 같아."

"됐어 그, 만해."

전화를 끊으려고 했다. 모란꽃이든 목, 련꽃이든 상, 관없어, 라며.

"일부러 전화를 해줘도 지랄이야. 궁금하다며? 나도 그거 읽었단 말이야."

지랄, 이라니? 걸핏하면 속을 긁는 언니에게 을러댔다.

"너 옛날부터 그 잘나빠진 공부 하나 잘한다고 세도 부렸잖아. 그런 니가 어째 소설책 제목 하나 기억 못한다니 그래. 이제 그 머리 망가진 거냐?"

내가 언제, 세도를 부렸다, 고 그래? 소리를 질렀다.

"유대인이 혈통을 보전하느냐 중국인과 피를 섞느냐 그런 소설이었잖아."

내 말에는 아랑곳 않고 언니는 크고 빠르게 말했다. 크고 빠르게만 말하면 나를 당해낼 수 있다고 착각하는 자매들이 지겨웠다. 한가하게 펄, 벅이 그런 소설 썼겠다, 글쎄 아, 안녕히 계시라니깐요, 말하고 끊었다. 공부 잘한다는 생각은 고릿적에 접었고, 잊어버렸네요, 혼자 중얼거렸다. 그런데 나 아닌 사람들은 그걸 갖고 아직도 나를 쑤셔댄다. 혹시 나도 아주 잊은 건 아니지 않을까. 이토록 따분하게 살고 있다는 게 부당하다고 여기는 따위로.

전화는 둘째 언니에게서만 온 게 아니었다. 첫째 동생도 무슨 통화 끝에 꼬리를 달았다.

"내 생각에도…… 당돌하진 않았던 것 같았는데, 모란이."

협공당하는 기분이었다. 내가 뭘 잘못했다고 이러지들?

막내까지 전화를 걸어,

"토주 그거…… 미신이래. 믿을 거 못 된다. 다른 사람이라면 몰라도 언니는 그런 미신 안 믿을 거 아냐?"

결국 나한테 치우라는 건가? 그런가 하면 오빠는,

"시렁은 분명 작은방에 있었어. 그 위에 이불, 베개 올려놨었잖아.

책은 모르겠고."

라며 툇마루, 신방돌, 펌프 물, 헛간, 문짝들, 옥수수 기직, 쟁기며 보습이 어디에 어떤 모습으로 있었는지 시시콜콜 늘어놓더니, 나중에는 마당에서 토장국 끓여먹던 얘기며 모기장 치던 얘기, 술 먹고 쓰러진 아버지 찾아 풀숲을 뒤지던 얘기까지 쉬지 않고 쏟아냈다. 그러면서, 생각나냐? 생각나냐? 되물었다. 생각이나 나겠냐는 투였다. 시렁도 모르는 게. 도대체 형제들의 저 적개심은 어디서 생겨난 걸까.

책이 있었는지도 모르는 주제에, 시렁은 무슨. 오빠는 오빠가 알고 있는 게 전부라고 믿는 거겠지.

일거에 뭔가를, 본때 있게 평정해버려야겠다는 심사로 책을 신청한 걸까. 『모란꽃』의 오리지널한 모습을 보면, 저 왕왕거리는 형제들의 거품 같은 고집들이 깨끗이 정리될 것 같아서였을까.

어쩌면 어떤 실체와 맞닥뜨리고 싶었을 것이다. 나를 둘러싼 모든 것들은 지금껏, 나와 동떨어져 있었으니까. 무엇 하나 나와 착 붙어 있질 않았다. 늘 거리감이 있었고, 비켜났고, 부유하는 듯했고, 비위가 상했고, 불명확했다. 애착을 못 느꼈다. 그랬으면서, 그랬기 때문에, 바로 이거다! 라는 기분을 언제나 목말라했다. 어딘가에 내 진짜 삶이 준비돼 있는데 길을 잘못 들어 그곳을 못 찾고 있을 뿐이라 생각하면 애가 탔다.

차라리 피켓 하나 만들어 들고 길거리에 나가 구걸하는 게 낫지 않을까 생각한 적이 있었다. 내 별로 돌아가게 한 푼만 줍쇼, 라는 피켓. 보름간의 유럽여행에서 돌아오던 날이었다.

재작년 가을에 불쑥, 유럽여행을 떠났었다. 뭔가에 쫓기듯 무작정 떠났다. '아이 러브 스쿨'에 초등학교 동창회가 떴다는 소문을 듣고 들어가 한 줄 메모를 남겼던 게 그렇게 됐다. 늘 뭔가를 쓰던 버릇대로 아이들과 남편 얘기를 네댓 줄로 남겼다.

—네가 결혼할 줄은 몰랐어.

댓글이 달렸고, 정희 너 정말 결혼한 거 맞아? 라는 댓글이 또 달렸다. 나는 누구에게도, 결혼하여 이렇게 살 사람이 아니었다. 내 생각도 같았다. 유럽 갈 거야! 남편은 입을 다물었다. 남들 다 가는 해외여행을 어째서 여태껏 가지 못했을까를 생각하니, 다른 건 다 그만두고, 그런 각성 없이 산 내가 견딜 수 없었다. 일주일 뒤 집을 나섰다. 남편이 공항까지 태워다주었다. 공항까지 가면서 아무 말 하지 않았다.

보름은 눈 깜짝할 사이에 지났다. 스위스 산골짝 차가운 옥빛 물에 얼도록 발을 담그고 있었던 순간을, 돌아오는 비행기 안에서 수백 번도 더 떠올렸다.

리무진 버스에서 택시로 갈아탔다. 택시에서 내려, 아파트 단지까지의 완만한 경사를 캐리어를 끌고 올랐다. 들들들, 캐리어 바퀴 돌아가는 소리가 났다. 한낮이었다.

505동이 보였고, 나는 잠깐 걸음을 멈추어 18층을 올려다봤다. 그리고 다섯 걸음 걸었고, 다시 멈추었다. 다시 네 걸음 걷고 멈추고…… 집이 점점 가까워졌다. 뒤돌아, 왔던 길로 가버리고 싶었다. 어딘가에 있을 내 별로.

그 별 같은 것과, 맞닥뜨리고 싶었던 걸까. 나는 대학생인 과외 선생에게 책 대출을 부탁했다. 만지고, 느끼고, 직접 확인하고 싶었다.

*

    시골집에 있던 책이 정확히 어떤 거였는지도 모르면서, 화장대 위의 책이 낯설었다. 『모란꽃』. 펄 벅. 그 책이 아닐 수 없는데, 아닌 것만 같았다.

    잠든 짐승 만지듯 손가락 끝으로 조심스레 책장을 들췄다. '펄 S 벅 著. 元昌燁 譯. 哲理文化社 刊. 定價 1200圓. 檀紀 4294年 9月 5日 發行.' 단기 4294 밑에 누군가 연필로 '-2333' '1961년'이라고 적어놓은 게 보였다. 나보다 8년이나 먼저 세상에 나온, 화폐개혁 이전의 책이었다. 언니는 그 오래된 책을 어디서 구했던 걸까. 언니가 구한 건 맞을까. 혹시 부모님이? 연필 쥔 엄마를 보지 못했듯 책 읽는 모습도 나는 못 봤다. 아버지는 농지개량조합이나 어촌계에서 나온 서류들을, 눈을 심하게 찡그리고 훑어보는 게 전부였다.

    "북쪽 호남성(湖南省)에 있는 개풍(開封)에 늦은 봄이 찾아왔다"라고 소설은 시작됐다. 세로쓰기였다. 활자는 아주 작았고, 조판이 엉성해 삐뚤어진 글자들이 보였다. 얼른 책을 닫았다. 눈이 금방 피로해졌고 가슴이 답답했다. 내처 읽을 수 없었다. 다 읽기나 할 수 있을까. 무엇보다, 바로 그 책이야! 라는 확신이 없었다. 우리집에 있던, 내가 봤던 그 책은 지금, 어디에 있을까, 중얼거렸다. 꼭 그 책이 아니더라도, 그것과 똑같은 판형의 소설이 어디엔가는 있을 것 같았다. 그 책과 이 책은 다른 걸까.

    책을 곧 돌려줘야 했으므로 애들 다니는 문방구로 가져가 전권을 복사했다. 청회색 하드커버의 책은 A4용지로 바뀌었다. 한 장에 두

페이지씩, 전부 276페이지였다. 문갑 서랍에 넣어두었다. 읽어야겠다는 맘이 좀처럼 생기지 않았다. 내용이야 다 같을 거였는데 여전히 낯설었고, 자꾸만 그 책이 이 책이 아니란 생각만 들었다.

둘째 언니에게서 전화가 왔다. 또 무슨 말로 속을 긁으려는 걸까. 너, 아무래도 그거 아직도 모르는 것 같더라. 언니가 말했다. 웬일로 은밀한 목소리였다.

"경희가 준식이 좋아했던 거."

경희라면 첫째 동생.

"준, 식이?"

누구지? 이름의 주인공을 떠올리느라 나는 눈을 껌벅거렸다.

"준식이 때문에 경희 죽으려고도 했어."

"아, 걔, 허당?"

나와 같은 학년이었던 초등학교 동창. 겉모습 멀쩡한 걸 빼면 뭐 하나 쓸 만한 게 없었던 남자아이였다.

"봐. 니가 걜 허당이라고 하니까, 다들 너한테는 그 얘길 못했던 거야. 경희 상처가, 너무 컸어."

듣고 있자니 조금 혼란해졌다. 경희가 준식이를? 그 때문에 죽으려고도 했다? 말도 안 돼, 라고 하려다 언니의 목소리가 예전 같지 않게 은밀해서 참았다.

"그, 랬어?"

"넌 너만 알고, 딴 사람 맘은 그렇게도 몰랐어야. 경희가 도대체 몇 달을 울었는지 알아?"

딴 사람 맘은 그렇게도 몰라…… 얼마 전에도 딸한테서 비슷한 말을 들은 적 있었다. 아이들과 남편과 고깃집에서 저녁을 먹었다. 맛이 있어서 맛있다고 했더니, 엄마 그런 말 첨 하는 거 알아? 라고 딸이 말했다. 내가 그랬, 니? 몇 번쯤은 한 걸로 아, 는데…… 그러자 남편이 쏘듯이 말했다. 단 한 번도 안 했어! 말에 잔뜩 힘이 들어 있었다. 맛있는 저녁 대접받았으니 아빠한테 사랑한다고 말해봐. 딸의 말을 못 들은 척 창밖을 내다보았다. 외식이라면 당연히 맛있어야 하니까, 맛있어도 말을 안 했던 것 같다. 하지만 맛이 없을 땐, 뭘 이런 델 데려와? 분명하게 짜증을 냈다. 엄만 엄마만 알지. 딸은 그렇게 말했고, 나는 내가 왜 거기에 앉아 그런 말을 들어야 하는 건지 알 수 없어 혼란했다.

둘째 언니의 말을 듣고 혼란해질 수밖에 없었다.

경희는 준식이에게 관심조차 없었으니까. 그건 누구보다 내가 잘 알았다. 경희에 관한 거라면 내가 모르는 게 없을 정도였다. 서울로 올라오기 전 나와 경희는 순천에서 자취를 했다. 성깔 없는 경희가 나는 좋았고, 경희도 내 말이라면 다 믿어주었다. 그런 경희만은 정말 언니답게 보살폈다. 그때나 지금이나 숨기는 것 없이 잘 지냈고, 맘도 가장 잘 맞았디.

군에 간 준식이가 경희에게 편지를 보낸 적은 있었다. 순천에서 자취를 할 때였다. 경희는 답장을 하지 않았다. 왜, 안 해? 내가 묻자, 남자들 군대 가면 아무한테나 편지하는 거잖아, 라며 통 관심을 보이지 않았다. 그래도 좀 그, 렇잖아. 내가 대신 답장을 써주었다. 물론 경희 이름으로. 그때도 나는 아무거나 버릇처럼 쓰고 있었으니까. 그러고 보니 뭔가를 끼적인 역사가 길긴 길었다. 하여튼 그러거나 말거

나 경희는 상관하지 않았고, 준식에게서 온 편지를 읽으려고도 하지
않았다.

　몇 통의 편지를 주고받았는지는 정확히 알 수 없었다. 준식이 제대
를 하고 한참이나 더 시간이 지났을 때 나는 그에게 말했다. 그거, 사
실은 내가 쓴, 거였어. 준식이는 떡볶이를 먹으며 말했다. 그런 줄 알
았어. 글투를 보면 알잖아.

　허당다운 싱거운 말인 줄 알았는데 준식이는 나한테 걸핏하면 떡볶
이를 먹자고 했다. 지겹게 따라다니더니, 나를 좋아한다고 했다. 떡볶
이 맛을 확 잡쳐서 다시는 만나지 않았다. 놈이 어떻게 되든 상관없었
다. 언젠가부터 순천 바닥에서 그의 모습이 보이지 않았다.

　"경희는 왜, 준식이에게 답장, 하지 않았던 걸까?"

　언니에게 물었다.

　"경희는 이미 알고 있었던 거지. 준식이가 널 좋아한다는 걸."

　"허당 걘 어째서, 나한테가 아니라 경희, 한테 썼지?"

　"니가 오죽 깐깐했냐? 그러니까 경희한테 보내도 니가 읽어볼 거라
고 생각했던 거지."

　"웃기네, 걔."

　"웃기긴. 어쨌든 니가 답장 써주었잖아. 결국 너하고 편지 주고받
은 거잖아. 그런데도 걔가 허당이냐?"

　"경희는 바보같이, 왜 말, 안 했을까?"

　"준식이 맘 빤히 뵈는데 어쩌? 경희, 그런 애잖아."

　"죽으려, 고 했다고?"

　"많이 아팠어, 걔."

짠해지려는 게 싫었다.

"그깟, 일 갖고……"

"그렇지. 너에겐 그깟 일이지. 아무렴."

"그래도……"

"괜한 말 했다, 내가. 좋아하는 사람이 언닐 좋아해서 아닌 척 꾹 참는 것도 죽을 맛이었을 텐데, 그 사람이 언니한테 보기 좋게 차이고 자취를 감추었어. 허당이니 바보니 그러지 마. 넌 순정이 얼마나 무서운 건지를 몰라."

언니가 긁는 방식은 이전과 확실히 달랐다. 내 대꾸가 수그러들긴 처음이었다. 누구보다 경희를 잘 안다고 믿었던 나였다. 죽으려 했다고? 왜 내가 몰랐을까. 몇 달 동안 울었다면 몰랐을 리 없었다. 어떤 식으로 죽으려 했을까. 몇 달 동안이나 울고 있었을 때 나는 어디에 있었던 걸까. 경희와는 하루도 떨어져 있던 날이 없었다. 기억에만 없는 걸까. 가장 가깝고 잘 알고 좋아했고 믿었던 사람의 끔찍한 슬픔을 기억 못하다니. 바로 곁에서 고통으로 몸부림치고 있었다는데.

어떻게 된, 거야? 중얼거리면서도 나는 경희에게 전화하지 못했다. 몸이 떨렸다. 떨리는 손으로, 수화기 대신 서랍을 끌어당겼다. 『모란꽃』이, 비밀문서처럼 얼굴을 내밀었다. 난 무얼, 얼마나 알고 있는 걸까.

*

"성안에 심어진 살구나무는 성벽을 향하여 꽃을 활짝 피웠다." 소설은 이어졌다. "허나 성밖에 늘어선 넓은 들의 나무는 붉으레한 봉오리 채로 유월절(逾越節)을 맞고 있다."

소설 시작 세번째 문장에서 유월절이 등장했다. 유대인 축제일. 바로 이어진 문장은 "며칠 전부터 에즈라 벤 이스라엘네 집 정원은 잔치에 알맞도록 잘 가꾸어놓았다"였다. 중국 호남성 개풍이란 곳이 큰 배경이지만 작은 배경은 분명 유대인 집안이었다.

세 줄만 읽어도 다 드러나는 것을, 딴 소설과 헷갈리는 거라며 둘째 동생을 타박했다. 그런 책 있었느냐던 둘째 언니마저 유대인 얘기라고 했다. 내가 잘못 안 거였다. 유대인이란 독일이나 미국 쪽하고만 관련 있을 거라 여긴 탓일까. 어쨌든 틀렸다. 생각도, 기억도.

읽어갈수록 더 낯설었다. 번역이 매끄럽지 못한 건지, 60년대식 어투 때문인지 문장이 어색했다. "기분이 들군 했다." "이러나서 축배를 마셨다." "시므룩하게 앉아 있는" "젖메기들을 놓고 맺은 약속" "대비드에게 닥아섰다." "다시는 안 그럴테야요." "아푸리카나 유롭을 거쳐 여러 나라에 보내여 물건을 사오게 하는 장사였다" 등등. 이야기에 몰입되지 않았다.

모란이 등장하면서 겨우 읽혔다. 데이비드의 편지를 허락도 없이 가필하는 것도 모자라, 분부도 내리지 않았는데 제멋대로 그것을 쿵 첸의 딸에게 전해주는 모란이 나왔다. 봐, 내가 맞아. 나는 중얼거렸다. 다시 읽어도 애처롭거나 불쌍한 모란은 안 보였다. 잠시 잠깐 그런 인상이 없진 않았으나, 종이라는 신분에 대한 동정일 뿐 모란 개인에 대한 느낌은 아니었다. 모란은 당돌했다.

내가 맞다는 생각이 들자, '장난'을 '작난'이라 쓴 것도, '머금고'를

'먹음고'라 표기한 것도 타당하게 보였다. 장난이 작난(作亂)에서 온 것 아닌가, 머금고도 먹음고에서 온 것 아니던가.

그러다, 다시 혼란해졌다. 모란이 사랑하던 데이비드와 끝내는 함께 사는 줄 알았는데 여승이 되었다. 데이비드는 유대인 목사의 딸 리아와 혼인하려다 결국엔 중국인 거상의 딸 쿠에일랑과 결혼하여 아이를 다섯이나 낳았다. 맥 빠지는 결말은 기억에도 없었고 믿기지도 않았다.

'페이킹'이란 지명도 이상했다. 데이비드가 아내와 여행중 오래 머물렀던 '페이킹'에는 섭정중인 서태후가 있었다. 그들은 서태후를 직접 만나기도 했다. '베이징'이거나 '북경'이어야 하지 않았을까. 202페이지에서 237페이지에 이르는 동안 '페이킹'이란 지명은 수도 없이 반복됐다. 펄 벅의 원본은 어떨까.

그러고 보니 서랍 속 『모란꽃』도 번역본이며 복사본이었다. 각기 다른 출판사의, 연도를 달리한 여러 번역판 중 하나. 다른 번역본들은 어떨까. 중국이나 일본이나 유럽에 있을 더 많은 번역본들. 미국에서 출간된 영어판 『모란꽃』들은 내용이 다 같을까.

갑자기 세계 각지의 도서관에 수도 없이 피어 있을 『모란꽃』들이 한꺼번에 떠올라 어지러웠다. 모란꽃으로 뒤덮인 지구. 사람들 머릿속에 남아 있는 숱한 『모란꽃』들. 초판은 어디 있을까. 그것은 펄 벅의 원고를 충실히 조판하고 교정했을까. 엄격히 말해 원고만이 원본이라면 그것은 펄 벅 유족들이 보관하고 있을까. 원고에 기록된 내용은 정확한 걸까. 펄 벅도 더러는, 어디선가 누구에게 들은 정확지 않은 소문들을 인용한 건 아닐까. 원고에 기록된 느낌이나 생각들은 진정 펄 벅 자신의 것일까. 그 또한 선대 누군가의 복사된 느낌과 생각들을 복사한 건 아닐까…… 그만! 모란꽃을 다시 서랍에 던져넣고, 탁, 소리가 나게 닫았다. 내가 쓴, 천 페이지도 넘는 글들이 머릿속에서 뭉게뭉게 피어올랐다. 컴퓨터는 꺼져 있었다. 검은 모니터를 노려보았다. 안쪽 어딘가에 내가 중얼거리며 갈겨쓴 글들이 거대한 짐승처럼 웅크리고 있을.

잃어버린 일기장과 잡기장까지 더하면 내가 시도 때도 없이 썼던 글들은 대체 얼마나 될까. 그것들은 컴퓨터 혹은 벽 저편에, 검고 무겁고 형체 불분명한 흙더미로 쌓여 있었다. 가끔은 고래처럼 한숨을 쉬고, 두엄처럼 열기를 내며, 풀썩 주저앉았다 다시 들썩거리는 어두운 한천질. 그 혐오스러운 인상에 압도되어 몸이 오싹 움츠러들었다.

소용없고 쓸데없는 것들의 무덤. 지금까지 살아오며 내뱉은 푸념과 허텅지거리, 시샘과 원망의 썩은 물웅덩이었다. 일없이 반복되고, 그러면서 그치지도 않고, 뭐 하나 분명치도 않은 느낌들과 경험들이, 까닭 없이 오가는 바람처럼 배회하다 중얼거리며 가라앉은 티끌과 먼지들이었다. 사실도 진실도 진심도 아닌 글더미. 내 것도 아닌 것들. 소용없고 쓸모없는 짓의 무심한 반복을, 수십 년이나 지속해오다니. 무엇 때문일까.

*

"나, 야."
경희에게, 전화했다.

"응, 언니. 왜?"

미안해.

"그냥."

"언니 뭐해, 지금?"

난 왜 그때 몰랐을까?

"그냥 있, 지 뭐."

"슬기는?"

정말 미안하다.

"학원, 갔어."

"지웅이는?"

"걔도, 학원."

"언니 심심하구나?"

"매일 그, 렇지 뭐. 늘 똑, 같지."

"우리집에 올래?"

"아니. 곧 저녁, 인데……"

"언니, 좀 이상해. 무슨 일 있어?"

"없어. 뭐, 가 있겠니."

"싱겁긴."

내가 생각해도 정말 싱거워.

"이런 내가 너, 싫지 않, 니?"

"무슨 소리야? 언니가 왜 싫어?"

정말이니?

"그럼 좋, 아?"

"우리 언니 아무래도 무슨 일 있는 것 같다. 시골집 그 토주 때문에 그래? 그건 오빠가 알아서 해야 해."

"그건 내가 하, 기로 했어."

스윽, 나온 말이었다.

"오빠가 그러래? 치사하게. 아님 큰언니가 그러래?"

"그냥, 내가 하기로 했, 다니까."

"오빠, 언니들도 알아?"

"지금 결, 정한 거야."

"지금?"

"응, 지금."

"왜?"

"몰, 라."

"언니 무슨 일이 있긴 있구나. 말 좀 해봐, 답답해."

경희 목소리는 맑고 높고 빨랐다. 내가 전화로 듣고 싶었던 게 그거 였다. 고마워, 속으로 중얼거렸다.

금방 말이 퍼졌다.

"그래, 미안하다. 내가 좀 바빠서……"

미안한 기색 하나 없이 오빠가 전화했다. 괜찮겠니? 라는 말조차 안 했다.

"내려오면 나한테 들러. 말린 전어 잔뜩 있어."

큰언니도 전화했다. 오빠 친구가 토주 때문에 당한 적 있지 않느냐 며 언니는 오빠를 두둔했다. 나도 그 일은 알고 있었다. 교회에 다니 던 오빠 친구가 토주에 흙을 끼얹었다. 많이도 아니고 모래 한 줌이었다나. 섬에는 교회가 없었다. 부모 모르게 뭍의 교회를 다니던 그가 꼬리연한테 죽임을 당했다. 연줄 끊어진 누군가의 꼬리연이 하필 그의 집 외양간에 떨어져내렸다. 코앞으로 펄렁이며 떨어지는 꼬리연에 기겁한 소가 외양간을 뛰쳐나오다 바닥의 낫을 밟고 미끄러졌다. 낫이 부메랑처럼 튀어올라 오빠 친구의 뒷목에 꽂혔다. 사태는 농담 같았지만 죽음은 가차없고 처참했다.

그를 죽게 한 것이 낫이었고 소였으나, 마을 사람들은 꼬리연이 그를 죽였다고 여전히 농담 같은 말을 했다. 그를 죽인 게 토주였다고 말하기가 겁났던 걸까, 아니면 운명이었다고 말하기가 싫었던 걸까. 이도 저도 아니라면 정말로 꼬리연이 죽였다고 믿었던 걸까.

오빠 친구가 정말 토주에 모래를 뿌렸는지는 아무도 몰랐다. 다만 그가 교회엘 다녔고, 미신을 업신여겼다는 소문만 돌았다. 그것으로 죽음의 이유는 충분했다. 어떤 곳이든 사람은 다치고 죽었다. 어이없는 사고들을 고향에서는 토주 탓으로 돌렸을 뿐이다. 살아 있는 사람들에겐 어쨌든, 이유라는 게 필요했을 테니까.

토주를 처리하러 가겠다는 나에게 오빠 친구 얘길 들먹이다니. 태평한 언니. 말린 전어 얘길 하다가, 참 그 책, 해당화 맞지? 라고 물었다. 맞아, 라고 나는 대답했다. 해당화가 아니라는 게 언니에게 무슨 상관일까. 나에게도 이미 오빠 친구 얘기 따위는 상관없었다. 결정한 뒤였으니까. 누군가 토주를 치워야 한다면 내가 치우겠다고.

이유는 없었다. 경희와 통화하던 중 나도 모르게 해버린 말이었다. 몸속 깊은 곳에서 서서히 부상하다가 어느 순간 그 말이 수면 위로 툭 튀어올랐다. 못할 것 없지, 중얼거렸다. 경희에게 미안했던 것과 관련 있을까. 알 수 없었다. 막연한 예감에 나를 맡겼을 뿐이다. 아무래도 내가 하게 될 거라는. 어째서인지는 모르지만 그곳에 가야 될 것 같았다. 그런 예감의 일부가 슬며시 욕구로 변했다. 가고 싶다…… 소문에 대한 두려움은 없었다. 기대나 호기심도 없었다. 가고 싶다, 가야 하지 않을까, 라고 되풀이해 중얼거리는 내가 낯설긴 했다. 예감도 욕구도 아닌, 이끌림 같은 거였을까.

둘째 언니가 전화했다.

"내, 가, 치울, 까?"

나보다 더 말이 느렸다.

"아니 내가 치워."

나는 빠르게 대답했다.

*

고향 섬을 찾을 때마다 길은 점점 좁아졌고 건물들도 더 낮아졌다. 손을 뻗으면 석면 슬레이트 추녀에 닿았다. 분홍색 수성페인트를 칠한 초등학교와 중학교 건물이 쌍둥이처럼 보였다. 9년을 한결같이 그곳에서 배우고 뛰어다녔다는 사실이 꿈같았다. 길, 집, 학교는 옛 모습 그대로였으나, 그대로여서 낯설었다. 액셀러레이터에 발을 살짝 올려놓고, 멈추지 않은 채, 텅 빈 운동장을 천천히 한 바퀴 돌아 나왔다.

보리가 누렇게 익던 언덕 밭, 바닷바람에 종일 나부끼던 콩밭, 근필이 동생이 돌연 뛰어들었다던 앞바다도 그대로였다. 많은 사람이 살았고, 많은 사람이 떠났는데도, 울적할 만큼 고즈넉했던 고향 섬은 예전 그대로 적막했다.

고향집을 지척에 두고 마을을 배돌았다. 자귀나무 서 있던 친구 집을 바라보고, 돌미나리 자라던 개울을 지났다. 지는 노을에 쓸쓸해지던 바닷가의 그 집, 처녀의 짧은 사랑이 안타깝게 사그라지던 풍경이 되살아났다.

그러다 모란꽃을 보고 차를 멈추었다. 집도 축사도 폐쇄되어 햇살만 가득한 어떤 집 뒤뜰이었다. 누구네 집이었는지 기억나지 않았다. 모란꽃을 보고서야, 그 꽃이 어떤 계절에 피는지도 몰랐다는 걸 깨달았다.

예전 한때 모란꽃이 빨갛다고만 생각했던 적도 있었다. 왜 그렇게 생각해? 누군가의 질문에 김영랑 시를 들이대며 기고만장했었다. 「모란이 피기까지는」! 거기에 그렇게 나오잖아. 그 뒤 10여 년이 지나서야 모란꽃이 빨갛지 않다는 사실을 알았다. 자색이었다. 자주색이거나, 검은빛을 띤 붉은색. 빨간색이 전혀 아니라고는 할 수 없었다. 참담했던 건 다시 찾아본 김영랑의 시 어디에도 빨갛다고 씌어 있지 않았다는 점이었다. 빨갛다고도 자색이라고도 검붉다고도 씌어 있지 않았을 뿐 아니라, 색깔에 대한 언급 자체가 없었다.

그런 모란이, 폐가 뒤뜰에 수북이 피어 있었다. 모란밭이라 할 만했다. 검푸른 잎이 무성했고 줄기는 굵고 거칠었다. 한눈에 보아도 그곳에서 백수십 년을 피고 지고 자라고 뻗으며 얼크러진 것 같았다. 꽃밭을 처음 보다니. 나는 대체 무얼 보고 느끼며 자랐던가.

주인의 손길은 멈추었지만 꽃들은 대체로 탐스러웠다. 검붉은 날개의 큼지막한 새들이 떼 지어 내려앉은 듯했다. 꽃의 무게를 견디지 못한 줄기와 가지가 휘었다. 노란색 알고명 같은 많은 수술들과, 그 더 안쪽 수줍은 듯 상기된 암술 몇 개를 보듬고 있는 꽃송이들. 모습이 똑같지는 않았다. 작고 크고, 오므리고 펴진 꽃들. 더러는 영랑 시에서처럼 뚝뚝 떨어져내린 것도 있었다.

매년 가지마다 피어올랐고, 피어오를 꽃들이었다. 100년이 넘도록 수도 없는 꽃이 그 자리에서 저토록 피었다가, 역시 영랑의 시에서처럼 천지에 모란은 자취도 없어졌다가, 다시 5월이 되면 피어오르는 꽃들. 이미 지고 없어진 수천수만의 꽃들과 새롭게 필 수천수만의 꽃들은 분명 다른 꽃일 테지만, 그것들은 모두 눈앞에 피어 있는 것과 다름없는, 모란꽃이었다. 그 어떤 하나만을 일컬어 진정 모란꽃이라 할 수 있단 말인가.

고향집 터는 황량했다. 철거를 막 끝낸 뒤였다. 붉은 흙 속에, 부서진 벽과 지붕의 잔해가 언뜻언뜻 보였다. 바다에서 불어온 바람이 메마른 땅 위를 훑고 지나갔다. 몇 대를 살아왔던 고향집 최후의 모습은 처참했다. 우리집 터가 맞을까 싶게, 부지는 좁았고 초라했다. 헐려 평평해진 땅 위에 포클레인 바킷자국이 어지러웠다.

여기가, 마당이었던가? 발 디딘 땅을 내려다보며 중얼거렸다. 부엌이었나? 이리저리 옮겨다니면서 안방이며 건넌방의 위치를 가늠했다. 감을 깎아 말리던 광, 시렁이 있었다던 작은방, 개똥참외 먹던 마루, 김칫독 묻었던 고욤나무 밑을, 겅둥거리며 짚었다.

제대로 알 수 없었다. 제대로 짚었다고 말해줄 그 무엇도 없었다. 눈에 보이는 것은, 모든 게 무너져내린 평지뿐이었다. 메말라 흐리흐리해진 흙 가운데 서서 눈을 감았다. 아련히 떠오르던 고향집은, 눈을 뜨자 감쪽같이 사라졌다.

감은 눈 속에만 서 있는 집. 나는 중얼거렸다. 이곳을 떠나면, 다시 이곳에 와보지 않는다면, 고향집은 오래오래 서 있겠지. 이곳에 오지 말라고 해야겠어. 언니, 오빠, 동생 들에게도. 시렁이 건넌방에 있었든 작은방에 있었든 무슨 상관일까. 오빠가 기억하는 것, 내가 기억하는 것, 다른 형제들이 기억하는 그 모든 것들이 다 내 고향집인걸……

마른 흙더미 몇 곳에 눈길을 주었다. 그중 어디엔가 있었을 모란꽃을 떠올렸다. 표지가 뜯기고 페이지가 떨어져나가 제목조차 알 수 없었던 낡은 책. 바람이 불어와 땅 위의 먼지들이며 검불들을 쓸고 지나갔다. 책의 낱장들이 휘리릭 넘어가는 것 같았다. 책의 낱장들도 마른 흙 빛깔이었다.

형제들마다 제목이며 내용을 다르게 알고 있는 책. 그리고 읽을 때마다 자꾸 달라지는 책이었다. 책은 한 권이 아니라 여러 권인 셈이었고, 내용을 조금씩 달리 알고 있다 해도 그것 모두 모란꽃이었다.

*

나는 놀라지 않았다. 고추 묘목 지지대였을, 지팡이만한 나무막대기를 주워 토주를 열었을 때 나는 아무렇지도 않았다. 열기 전부터 대수롭지 않다고 여겼는지도 모른다.

무너진 집터 한쪽 끝에 토주가 있었다. 저게 그거였나 싶게 작고 초라했다. 소꿉장난하려고 만든 부뚜막 같았다. 사람이 떠나고 집도 무너져서였을까. 소문의 위력 따위는 느껴지지 않았다. 그곳 주변이 장독대였다는 사실만큼은 분명했다. 널빤지로 막아놓은 보잘것없는 사각 구멍. 널빤지 나뭇결무늬는 예전 모습 그대로였다.

나무막대기 뾰족한 끝으로 널빤지 한쪽 가장자리를 쿡 찔렀다. 틈이 생기며 흙이 쏟아졌다. 힘을 주어 두어 번 더 틈을 찔렀다. 벌어진 틈새로 막대기를 깊이 밀어넣고 비틀었다. 널빤지는 맥없이 떨어져내렸다.

생일케이크 박스 하나 정도의 어두운 사각 공간이 열렸다. 바닥과 천장, 좌우 벽과 뒷벽이 모두 구들장 같은 넓적한 돌이었다. 오랜 세월 빛이 차단됐던 구멍치고는 깨끗했다. 텅 비어 있었으나 나는 놀라지 않았다.

그 안에 어떤 용기가 놓여 있든, 용기 안에 무엇이 들었든, 나는 그걸 처리해야 했다. 다른 땅에 옮겨 묻을 것인가, 불에 태울 것인가, 아니면 바다에 던져버릴 것인가. 처리하기 전에 약식으로라도 의식 같은 걸 치러야 하는 것 아닌가. 서울을 떠나오기 전에 궁리했어야 했다. 북어나 막걸리 한 통 정도는 준비했을 만했다. 나는 아무런 궁리도 하지 않았다. 그런 나에게 놀라지 않았다.

경희에게 전화를 걸어, 그건 내가 하기로 했어, 라는 말을 스윽 뱉었을 때 이미 예감했던 걸까. 내가 만지고 보고 있었던 건 널빤지뿐이었다. 검은 옹이 주위를 여러 줄기 나뭇결이 휘도는 묘한 무늬. 나를 놀래키고 식구들의 오금을 저리게 했던 건 그 널빤지와 그 무늬였다. 널빤지는 안쪽에 무언가를 숨기고 있었던 게 아니라, 아무것도 없다는 걸 숨기고 있었던 것이다.

별것 아닌 널빤지를 한 손에 들고, 멀리 바다를 내려다보았다. 어린 시절 나는, 작은 섬을 뒤덮던 무섭고 황당한 소문들 때문에 간이 콩알만해지곤 했다. 토주가 아니었다면 그 많은 사람들이 사고를 당하지 않았을까.

바닷바람을 한껏 들이켜고 천천히 내뱉었다. 널빤지는 제법 무거웠다. 차문을 열고 뒷좌석에 내려놓았다. 형제들이 알면 나가자빠질지 모르지만, 거실 한켠에 놓으면 그럭저럭 그윽한 인테리어가 될 것 같았다.

나는 이 얘길 쓰기로 했다. 쓸데없는 글더미에 티끌과 먼지를 더하는, 또 한번 무심한 짓의 반복일지라도.

그 속절없는 일에 애초부터 무슨 이유나 목적이, 있었던 건, 아니었질 않은가. 버릇처럼 숨처럼 그래온 것뿐이니까. 40년간 하염없이 이어져오기만 한 거였으니까. 그리고 이어져갈 거니까.

차가 연륙교를 빠져나와 뭍에 막 다다랐을 때 엄마의 중얼거리는 소리가 들렸다. 시상 참 모를 것투성이여, 나가 왜 사는 중 알았으면 진즉 못 살았을 거이다……

6431 – 워딩.hwp

형 제사에 간다. 오늘은 2011년 11월 27일. 날이 흐리다. 춥진 않다.

함께 가자.
어제 신정동 누나에게 문자로 부탁했다.
그러마.
누나가 답했다.
고마워 정말.
얼른 휴대전화 문자 버튼을 눌렀다.
내일 데리러 갈게. 2시에.
누나에게서도 또 금방 답이 날아왔다.
　나 때문에 형제들 모두 문자를 잘한다. 누나는 환갑이 넘었다. 2남 4녀 중 둘째다. 작년부터 나는 글을 읽거나 입력할 때만 잠깐씩 돋보기를 쓴다. 누나는 서른 살부터 안경을 쓰기 시작해 지금껏 두꺼운

졸보기를 쓴다. 나보다 작은 글씨를 잘 본다. 나는 막내다. 말을 할
줄 모른다.

될 수 있으면 옷은 검은색으로 입어라.

알았어. 입구에 나가 기다리고 있을게.

나는 말을 못했고 누나는 보지 못했다. 나는 말을 전혀 못했으나 누
나는 희미하게나마 보았다. 실눈을 뜨느라 누나는 어려서부터 얼굴을
자주, 몹시 찡그렸다.

병신처럼 저년은……

아버지가 야단쳤다. 누나는 화들짝 놀라며 눈을 크게 떴다. 아버지
가 무서워서가 아니었다. 병신이라는 말이 내 귀에 들릴까봐서였다.

생후 일주일 되던 날 나는 엎어진 채 한나절을 버르적거렸다. 아버
지 엉덩이 뒤로, 가는 똥처럼 줄줄이 비어져나온 새끼가 타래를 틀었
다. 아버지는 겨우내 안방에 앉아 가마니 짤 때 쓸 새끼를 꼬았다. 방
구들이 따뜻했던 건 안방뿐이었다. 어머니와 누나들은 추운 건넌방에
서 무명을 짰다. 겨울 바다엔 성엣장이 떠다녔다. 염하 건너 연백 땅
이 바라보이는 집은 언제나 추웠다.

나는 새끼 타래에 밀려 엎어졌다. 숨을 제대로 쉬지 못해 뇌세포가
많이 죽었다. 말을 못하는 것도 그 때문일 거라고, 열네 살 적 서울로
올라오고도 4년이 지나서야 처음 가본 병원 의사에게서 들었다.

계성원 현관까지 갈 테니 나와 있지 마. 추워.

그럼 여기 식구들 다 듣게 현관에서 내 이름을 크게 불러줘. ㅋㅋ

전송 버튼을 누르고 후회했다. 형 제사에 가는 일로 문자를 주고받
던 중이었다. 'ㅋㅋ'는 안 어울렸다. 계성원은 내가 사는 시설이다. 좋

은 곳이다.

제사라는 말도 안 어울릴지 모른다. 형은 죽은 게 아니었다. 사라졌을 뿐이다.

행불 신고를 한 지 1년이 지났다.

아무래도……

2주 전 형수에게서 연락이 왔다.

상을 치러야 할까봐요.

형수는 상이라고 했다. 죽은 걸로 간주하고 행방불명된 지 1년 만에 치르는 걸 상이라고 해야 할지 제사라고 해야 할지 나는 알 수 없었다.

형은 병실에서 없어졌다. 폐암 말기 환자였다. 계기판과 약물에 연결된 전선과 호스를 온몸에 주렁주렁 달고 누워 있었다. 그런 형이 어느 저녁 사라졌다.

나는 잠시도 자지 않았다구요. 간병인의 말을 믿을 수 없었다. 소변주머니 비우고 돌아보니 없었다니까요. 가족과 병원과 경찰은 간병인을 의심했다. 의식도 없는 사람을 어떻게 1분 만에 빼돌려요? 뭣하러? 간호기록부를 확인한 경찰과 병원은 간병인의 말을 믿을 수밖에 없었다. 병실을 순회한 간호사가 미처 스테이션에 당도하기도 전에 간병인이 먼저 뛰어와 환자가 없어졌다고 소리쳤다. 1분도 걸리지 않았다. 스테이션에는 네 명의 간호사가 있었다. 복도에는 다른 환자와 가족들이 오갔다. 그럴 시각이었다. 모든 엘리베이터와 로비에도 적지 않은 사람들이 있었다. 목격자는 한 사람도 없었다.

에고, 귀신이 곡할 노릇이네.

담당 수사관이 했다는 말을 둘째 누나가 나에게 전송했다. 이어 형이 누웠던 자리, 흔적, 상태를 전하며 마무리했다.

떠난 자리가 글쎄 너무도 얌전했다지 뭐니.

나도 놀랐지만, 곧 고개를 끄덕였다. 오래전 형이 했던 말이 떠올랐다. 30년도 더 지난 말을 나는 잊지 않고 있었다. 난 그냥 사라질 거라구…… 나에게만 했던 말. 형은 나를 믿었다. 내가 형의 말을 믿었기 때문이었다. 말을 할 줄 몰랐던 나는 형의 더 많은 말을 기억했다.

친형이 아니었다. 외삼촌의 아들이었다. 형이라고 각인되지도 않았다. 그냥 성근이였다. 어른들이 모두 그렇게 불렀기 때문이다. 성근이. 세 살 때 부모를 다 잃었다.

성근이 형과 한 살 터울인 친형도 형이라 각인되지 않았다. 역시, 그냥, 진호였다. 나보다 열 살 많았다. 형이나 형님은, 말로만 듣던 서울이나 가풍 있는 집에서나 쓰는 호칭이었다.

간신히 누나들을 누나라 새겼다. 큰누님은 일흔이 넘었지만, 아직 누나일 뿐이다. 문자를 보낼 때만 누님이고 형일 뿐이다.

외삼촌이 전쟁 때 북한군 물자를 배로 실어날랐다. 나룻배를 가진 게 죄였다. 마을이 수복되던 날 외삼촌은 자취를 감추었다. 영영 돌아오지 않았다. 자유청년단이 외삼촌의 재산을 몰수했다. 외숙모는 외로움과 두려움과 화병이 겹쳐 이듬해 죽었다. 형은 홀몸인 외할머니와 움막에 버려졌다. 외할머니가 죽을 때까지 10년을 그곳에서 살았다. 성근이라는 이름은, 마을에서, 가난을 대신하는 말이었다.

그 형이 세상에서 사라졌고, 오늘 상을 치르는 날이다. 시신이 없으니 상이랄 것도 없다. 초우제인 셈이니 제사라 해도 괜찮을 것 같다. 나는 둘째 누나와 함께 이천 형네 집에 간다.

애들도 다 도착했다는구나.

누나가 휴대전화를 들여다보며 말한다.

형은 자식 넷을 두고 갔다. 원래는 다섯이었다. 아들 하나가 고등학생 때 친구들과 오토바이를 타다 트럭에 받혀 죽었다. 둘만 낳는 시류가 시작될 즈음 형은 아이를 다섯이나 낳았다. 정말 기가 막혀서. 어머니가 늘 하던 말이었다. 쥐뿔도 없는 주제에, 건사도 못할 거면서 싸질러대긴…… 어머니 말은 욕 같지 않았다. 첫째, 둘째를 어머니에게 떠넘기고 형은 형수와 헤어졌다.

부러워. 작은 글씨 읽는 거.

나는 천천히 쓴다. 일요일이라 길이 막힌다. 누나는 운전하며 문자를 읽고 쓴다. 이천은 멀다. 문자가 습관이 된 건 친척들도 마찬가지다. 형은 문자 전송의 도사였다.

나는 노안이 안 와. 지독한 근시잖아.

안 보였던 게 아니라, 누나는 근시였다. 근시라는 걸, 시집가서 애를 둘 낳은 뒤 알았다. 서른 살에 안경을 꼈다. 인상을 찡그리지 않는 누나는 예뻤다.

신기했어. 안경 쓰기 전엔 몰랐어. 원래 세상이 그런 줄 알았단다. 남들도 다 그렇게 보고 살겠거니 했던 거야. 안경 끼고 너무 기뻐서, 지난 세월을 서러워할 새도, 부모를 원망할 겨를도 없었지.

나는 문자를 적어 누나의 코앞에 들이민다. 휴대전화는 내 입이다. 두 번 더 들으면 백 번.

웃느라 누나가 잠깐 핸들을 놓친다. 차가 흔들린다. 누나는 그런 눈으로 애 둘을 낳고 시부모를 모셨다.

누나는 안경을 끼고 세상을 얻었다. 나는 글을 쓰며 세상을 알아갔다. 내게 글을 깨우쳐준 게 성근이 형이었다.

형은 스무 살도 안 되어 타지를 떠돌았다. 연륙교도 없던 섬에서 김포와 인천과 서울을 두루 다녀본 사람은 드물었다. 한 바퀴씩 돌고 와 잠시 머무는 곳이 우리집이었다.

어려서부터 형은 나의 어머니를 고모가 아닌 고모님이라 불렀다. 아버지를 고모부님이라 불렀다. 깍듯하지 않으면 오래 머물 수 없었다. 아버지는 형을 싫어했다. 입 하나 느는 걸 못마땅해했다.

말 못하고 운신도 못하는 나 덕분에 형은 한두 달쯤 집에 머물 수 있었다. 나는 형의 등에 업혀 개울에 나갔고 버들강아지를 따 먹었다. 그러다 글을 배웠다.

애당초 학교 같은 건 꿈도 꾸지 않았다. 형제도 부모도 학교 선생들도 그랬다. 학교까지 왕복 20리였다. 휠체어를 탄 것은 서울에 와서였다. 학교까지의 거리도 거리였지만, 세상은 내가 글을 읽고 쓸 수 없을 거라 여겼다. 나조차 그리 생각할 때 형만은 예외였다.

글쓰기는 간단했다. 대처를 떠돈 형 덕에 나는 글을 깨쳤다. 초등학교에 다니다 만 형이었으나 나를 가르치기엔 충분했다.

형은 둑길 흙 위에다 깍두기공책 같은 빈칸들을 큼지막하게 그렸다. 빈칸에 ㄱ ㄴ ㄷ과 ㅏ ㅑ ㅓ ㅕ 따위를 뒤섞어 넣었다. 버들가지로

짚으며 소리를 조합해냈다. 나중에는 내가 직접, 그중 움직임이 수월
한 왼손으로 버들가지를 잡고, 형이 했던 원리대로 이것저것 번갈아
찍었다. 형은 각! 강! 톡! 소리를 냈다. 찍는 것마다 말이 되었다. 왼
손도 움직임이 온전한 건 아니었으나 나는 미친듯이 찍었다. 퉤! 적!
걈! 형도 미친듯 소리질렀다. 새들이 놀라 도망갔다. 해가 지기 전에
나는 스무 개도 넘는 글자를 익혔다. 순서를 거꾸로도 해봤으니까. 형
이 소리를 내면 내가 글자를 찾아 찍었다.

아느냐? 형이 물었다. 동생이 말을 하기 시작했단 것을 말이다! 스
무 살도 안 된 소년의 목소리라 할 수 없었다. 형의 음성은 침착했고
서늘했고 어른스러웠다.

알아? 나에게는 형이 안경이었어.

누나가 내 휴대전화 액정과 얼굴을 번갈아 바라본다.

두 번 더 들으면 백 번.

보복하는 누나가 밉지 않다.

나한테 글을 가르쳐준 게 형이었는데, 그랬다고 아버지는 형을 내쫓았
어.

그랬지.

왜 그랬을까?

그러게.

아버지는 걱정이었을까? 말 못하고 운신 못하는 내가 글을 안다는
게? 아무것도 모르고 사는 게 낫다고 생각했던 걸까? 그걸 사랑이라
고 여겼던 걸까?

대처를 떠돈 형은 알고 있었다. 타자기라는 물건. 형은 둑길 위에다

자판을 그렸던 것이다. 정확하게는 아니었지만. 그랬다는 걸, 나는 서울에 올라와서야 알았다. 중학 2학년 때 경방 크로바 타자기를 샀다.

착하고 말 잘 듣고 일도 잘했는데 결국 형은 떠나곤 했어. 아버지 앞에선 고개도 못 들었어.

고갤 못 든 건 어머니였어.

나도 아버지가 무서웠어. 무지 소심한 사람이었다는 건 돌아가신 다음에야 알았어.

어머니가 맘고생이 심했지.

형 때문에.

형 때문에. 그리고 아버지 때문에.

형이 나타나면 어머니는 안절부절못했다. 금방 내칠 수 없었다.

한 사흘 있다 간다네요.

어머니가 아버지에게 말했다. 형은 그런 말 한 적 없었다.

아버지가 뭐라 하기 전에 어머니가 먼저 형을 홍달구곤 했다. 어머니 맘을 형은 잘 알았다. 어머니의 앞선 지청을 고마워했다. 형이 집을 떠날 때면 아버지의 감시가 심해졌다. 혹시 뭐라도 줘서 보낼까봐서였다. 형이 동구 밖으로 모습을 감출 때까지 어머니는 대문 밖에 오래오래 붙박여 있었다. 가난하고 소심한 가장이 아버지였다. 모질고 무서웠다.

전쟁 뒤 형이 외할머니와 함께 내쳐졌던, 굴뚝도 없는 움막이 어머니에겐 친정이었다. 길 아랫마을이었다. 아랫마을로 물 길러 가는 큰누님의 빈 동이 속에 묽은 죽을 숨겨 보냈다. 아버지에게 들킬까봐 큰누님은 다리가 후들거렸다. 큰누님도 허기에 시달렸으나 죽에 입을 대는 법 없이 고스란히 외가에 전했다. 어머니는 큰누님에게 착하다고 착하다고 했다. 몰래 죽을 떠먹고 착하지 않은 딸이 되고 싶었다고 큰누님은 말했다. 조카를 빈손으로 떠나보내는 어머니 마음을 형이 모를 리 없었다. 형이 떠나고 없는 동구 밖엔, 하늘에 닿을 듯 미루나무만 푸르렀다.

하늘만 봐도 배고팠어.

그랬어.

그래도 진호하고 너는 가끔 쌀밥 먹었어. 아들이라고.

그랬……나?

쌀밥 푸고 난 주걱을 딸들은 서로 차지하려고 싸웠지. 찌꺼기 긁어 먹으려고.

두 번 더 들으면 백 번. 쓰려다 그만둔다.

나는 글을 쓸 줄 알게 되었다. 듣고 말하지만 보지 못하는 사람이나, 보기는 해도 듣거나 말하지 못하는 사람보다 훨씬 빨리 배웠다. 나는 듣고 보았다. 자음과 모음이 섞인 깍두기공책을 꼭 챙겼다. 더뎠으나 왼손 검지로 힘주어 찍었다. 아홉 살에 학교에 들어갔다. 일기도 썼다. 내가 찍는 대로 성근이 형이 공책에 옮겨주었다. 형이 떠난 뒤로는 누나들이 해주었다. 나는 글을 쓸 줄 알게 되었다. 글자는 물론 글을 쓸 줄 알게 되었다. 잘 쓸 줄 알게 되었다.

학년 대표로 나가도 되겠는걸.

담임은 나를 1학년 대표로 추천했다. 넷째 누나와 함께 군내 글짓기 대회에 참가했다. 내가 찍었고 누나가 받아썼다. 1등을 했으나 상을 받지 못했다. 한 심사위원이 이의를 제기했다. 내가 쓴 글인지 누나가 쓴 글인지 판명할 수 없다고 했다. 뒤늦게 1등 상이 취소됐다. 나때문에 대회장이 술렁였다. 내년에 반드시 다시 참가할 것이오. 그때는 경찰이 받아쓰도록 해주시오. 담임이 대들었다. 나는 다음 대회에 참가하지 않았다. 경찰 앞에서 글짓기하고 싶지 않았다. 상 받는 게 중요하지 않았다. 내 글은 이미 1등이었으니까. 담임은 내 머리를 아프도록 쓰다듬었다.

나중에 그 사실을 알고 형이 분개했다. 형은 다시 김포와 인천과 서울을 떠돌다 왔다. 더 성숙해진 모습이었다. 문제다, 불신 풍조가. 형은 낮게 읊조렸다. 불환인지부기지. 남이 나를 알아주지 않는 것을 근심하지 말자고 했다. 형의 어려운 말이 격려가 되었다.

집에 오래 있지 못하고 형은 다시 쫓겨났다. 왕성한 식욕 때문만은 아니었다. 잘난 척하는 게 아버지 눈에 거슬렸다. 그 점을 꼬집어 말하지는 않았으나 아버지는 자주 인상을 찡그렸다. 불환인지부기지. 이 말이 형의 입에서 튀어나왔을 때 아버지가 참지 못하고 중얼거렸다. 가당찮아서, 당최 가당찮아서 원……

형은 말을 잘했다. 학교를 그만두기 전까지 공부도 잘했다. 웅변으로 상을 받았다. 서예 신동이라 불렸다. 열두 살에 마을의 경계비문을 쓰고 면장에게 칭찬받았다. 잘난 척하는 게 아니라 잘난 형이었다. 거만할 만큼 표정도 어른스러웠다. 진호 형은 그러지 못했다. 또래라 매사에 비교됐다. 나는 사람 축에도 못 들었으니 아버지에겐 진호 형이 유일한 아들이었다. 그 아들이 성근이 형에게 한참 못 미쳤다. 외가가 소멸해버렸어도 처가에 대한 아버지의 자격지심은 끈질겼다.

똥구멍이나 막히던 놈이……

형을 멸시할 때 아버지가 쓰던 말이었다. 먹을 게 없어 아무 풀이나 뜯어먹다 항문이 막혔던 적이 있었다. 올챙이처럼 배가 불렀고 시름 시름 죽어갔다. 외할머니가 고욤나무 가지로 어린 형의 똥구멍을 파내 살렸다. 그런 놈이 잘났으면 얼마나 잘났냐는 거였다.

나는 형을 좋아했다. 나를 업어주고 글자와 말을 가르쳤다. 형은 내 이름을 함부로 부르지 않았다. 모두 나를 야, 애, 정호야, 라고 불렀다. 형은 점잖았다. 동생이라 불렀다. 동생, 젓가락으로 국수 먹었나? 그런 것 정도는 동생도 충분히 할 수 있지…… 진호 형도 누나들도 그렇게 대하지 않았다. 동생이라 불러줘서 나는 동생이 된 것 같았다. 동생이라 부르기 전 나는 동생이 아니었다. 야, 애, 정호야, 였다. 관계와 유대라는 말노 형에게서 배웠다. 내가 보는 하늘은 두 배로 넓어졌다. 외로웠던 별들이 별자리로 이어졌다. 나도 진작 형을 형이라 부를 것을……

동생이라 불러서 동생이 되었듯, 노을이라 부르면 노을이 되었다. 없던 노을도 형이 노을이라 말하면 노을이 됐다. 하늘이 붉게 물들었다. 나는 놀라운 걸 보았다. 형은 요술을 부리듯 내 눈을 손으로 가리고 속삭였다. 동생, 저 앞에 산이 있어. 알지? 그 산 한가운데로 폭포가 흐르게 해줄까? 아니면 거대한 구렁이가 기어오르게 해줄까? 나는 깍두기공책을 찍었다. 눈을 감고도 할 수 있는 유일한 것이었다. 장난스럽게 대답했다.

구렁이로 해줘. 아주 크고 징그러운.

자아, 구렁이! 형이 손을 뗐다. 크고 길고 구불구불하고 징그러운

구렁이가 앞산을 느리게 넘었다. 등 비늘을 번쩍거렸다. 무서워 숨이
막혔다. 형에게 안긴 채 까무러쳤다. 나를 둘러업고 형이 겅둥겅둥 뛰
었다. 늑골이 충격받아 숨이 돌아왔다. 그때까지도 구렁이는 앞산을
넘고 있었다. 형의 말은 현실이 되었다.

돈이라고 말해봐.

어느 날 내가 말했다.

백 원짜리 지폐 백 장이라고 말해봐.

돈은 왜?

필요하잖아. 그거 한 장이면 오징어 한 마리, 카스테라 다섯 개, 카라멜
세 봉지, 사이다 두 병을 사고도 남아.

배탈나겠다.

형도 필요하잖아. 그거 없어서 떠돌잖아. 있으면 좋잖아. 말해봐, 돈이
라고.

하하하.

왜 웃어?

내가 필요해서 말한다고 다 되는 게 아니야. 중요한 건 반응이야.
거울 같은 거. 세상의 이치는 아무거나 비추지 않아. 진심만을 비춰.

진심으로 말해봐.

진심을 말한대도 진심이 아닐 때는 이루어지지 않아.

내가 내 진심을 모를 수 있다는 거야?

역시 내 동생! 돈이라고 말해도 똥을 비출 수 있어. 나 지금 똥 마려
우니까.

노을은? 구렁이는?

126

진심이었던 거지. 무심코 말하는 게 진심일 때가 있어. 그래서 실언이 진심이 되기도 하는 거야. 말은 한숨 같은 거지. 한숨이 말이고.

엉터리, 라고 나는 말하지 않았다. 형의 말이 엉터리가 아니라면 엉터리라 말해도 엉터리가 될 것 같지 않았다. 형과 대화를 나누다보면 나는 깊어졌다. 그게 소중해서 나는 형의 말을 믿었다. 형도 나를 믿은 까닭이었다. 아버지에겐 가당찮은 일이었겠지만. 가당찮다고 말할수록 가당찮아지는 것은 형이 아니라 아버지였다.

생각한 걸 말하는 게 아니라, 말한 것을 생각하는 거야, 사람은.

언젠가 형이 말했다.

닭이 먼저가 아니고 달걀이 먼저일 수 있는 것처럼?

너는 멋진 동생이야.

멋진 건 형이었다.

누나의 통화가 5분 넘게 이어지고 있다. 차는 시속 40킬로미터를 넘지 못한다. 핸들을 잡은 누나의 왼손이 든든하다. 누나도 왼손잡이다.

웬일이라니 그래? 나는 이왕 나선 길이니 뭐, 하여튼, 갈게. 오늘 못 치르면 상 차린 건 다 어떡한다니? 누가 다 먹어.

폴더가 탁 소리를 내며 닫힌다. 누나가 혀를 찬다.

이천 형수?

응.

왜?

목격자가 나타났대.

하필 오늘?

경찰이 만나러 갔대. 제사 못 지낼지도 몰라.

형수도 가나?

안 간대. 상 치를 준비 다 해놓은 사람이 가겠어?

가끔 목격자라는 사람이 나타났다. 형의 행불사건은 화제가 되었다. 말 못하고 운신도 못하는 폐암 말기 환자의 증발이었다. 유에프오가 데려갔다는 주장이 가장 그럴듯했다. 목격자가 줄어들지 않았다. 신문 방송은 물론 인터넷에도 파다했었다. 인터넷에는 아직 형의 모습이 떠 있다. 진지한 말을 툭 던질 것 같은, 근심을 감춘 엄숙한 표정. 그러나 그저 그런 평범한 얼굴.

경찰은 단순 행불사건으로 분류하고 매뉴얼대로 수사를 진행했다. 진척이 없자 자칭 전문가라는 사람들이 나서기 시작했다. 건물 진동과 공기 흐름의 관계를 연구하는 건축학자가 병원 창문 수와 모양을 분석했다. 사람들은 알 수 없는 기류에 휩쓸린 환자가 대기권 밖으로 날아가는 상상을 했다. 측정 범위 0.01마이크로미터 미세먼지 측정기를 출시한 회사에서는 병실과 병상에 남겼을 형의 흔적을 찾았다. 형이 그 병실에 입원해 있지 않았다는 것이 그들의 디엔에이 분석 결과였다. 병원의 폐회로 티브이 담당자도 형수만큼이나 시달렸다. 사건이 코미디처럼 되는 것을 참을 수 없던 병원과 경찰은 가족의 동의를 얻어 한시적으로 병실을 폐쇄했다. 무성해진 건 유에프오 관련 소문이었다. 시공간을 임의로 통제하여 존재의 여부를 조작하는 기술은 지구상에 존재하지 않았으니까. 이따금 형이 턱을 떤 건 환자의 무의식이 아니랬다. 이를 부딪쳐 외계와 교신한 거랬다.

나는 복잡하게 생각하지 않는다. 나는 사라진다, 라고 말하는 형을 떠올릴 뿐이다. 말이 끝나는 순간 '사라지는' 형의 모습을. 형과 형의 말을 믿는 한 그것은 간단하다. 나도 형처럼, 생각을 말하지 않으려는 걸까. 말을 생각하려는 걸까. 이 처지로 이 나이까지 살아온 걸 보면……

그러다 죽으면 어떡해?

군에 가서 폭발물처리반이 되겠다고 했을 때 내가 물었다. 형은 어언 스무 살이었다.

난 죽지 않아.

죽지 않는다구?

늙어 죽게 되더라도, 난 그냥 사라질 거라구.

그때는 맥아더 원수만 떠올렸었다.

그걸 누가 다 먹어……

누나는 여전히 남을 음식 걱정이다.

누가 주부 아니랄까봐.

길이 조금씩 트인다.

음식 남으면 근심이지.

근심이 남은 음식.

해가 지나도 형은 정처가 없었다. 대처를 돌았으나 빈손이었다. 아버지의 눈치를 보았고 어머니에게 단속당했고 내가 치는 글을 옮겨 적다가 쫓겨나다시피 집을 떠났다. 멋진 형이 아니었다.

어느 곳에도 발을 붙이지 못했다. 초등학교도 졸업하지 못한 고아였다. 정점도 없는 내리막길이었다. 말만 앞세운다고 아버지와 어머니는 형을 구박했다. 말만 앞세우는 건 아니었다. 형의 말은 바람이 되고 비행기가 되고 푸른 딸기를 빨갛게 물들였다.

내가 몇 살 더 나이를 먹어서였을까. 형의 인생이 부질없게 느껴졌다. 부초 같아 안쓰러웠다. 말만 앞세우는 사람이라고 여기진 않았다. 그런데도 형은 피지 못한 채 잎마름병으로 시드는 신갈나무 같았다.

형은 자원하여 입대했다. 스무 살이 되기만 기다렸던 걸까. 군대가 형의 정처였다. 폭발물처리반은 되지 못했다. 박박 기는 일빵빵이란다. 자조 섞인 형의 말이 처음으로 싫었다. 첫 휴가 때 나를 위해 열차에서 샀다는 소설은 값도 수준도 형편없이 낮았다. 형에게 위문편지를 썼다. 형도 꼬박꼬박 답장했다. 지금도 형의 부대 이름과 군번을 왼다. 육군 제3355부대 7중대 3소대. 군번 11983384. 계급은 철따라 바뀌었다.

병장이 되어도 형은 제대하지 않았다. 군대를 영구적인 정처로 삼을 모양이었다. 말뚝 박았댄다, 공병으로. 어머니가 말했다. 돌아갈 날짜가 정해져 있어서 아버지는 휴가 온 형에게 눈총을 주지 않았다.

형의 계급은 중사에서 더 오르지 않았다. 상사 진급 신원조회 부적격자였다. 휴가 나온 어느 겨울, 형은 나를 데리고 바닷가로 나가 숭어 새끼를 잡았다. 고향에서 동어라고 불리는 그것을, 배도 따지 않고 초장에 찍어 먹었다. 먹기 전에 형은 바닷가에 소주를 뿌렸다. 빤히 바라다보이는 이북 땅을 향해 절했다. 잘 지내고 계신가요? 한마디하고 형은 남은 소주를 쭉 들이켰다. 그리고 제대를 했다.

군에서 사귀었던 여자와 살림을 차렸다. 내 가족이 고향을 떠나 서울 변두리에 전세를 얻어 살 때였다. 형은 공사판에서 목수 일을 하며 우리집을 예전처럼 드나들었다. 경방 크로바 타자기가 있어서 더는 형의 도움이 필요 없었다. 여자아이 둘을 낳고 형은 형수와 헤어졌다. 바닥을 박박 기는 일빵빵 주특기를 버리지 못했던 걸까. 애들을 어머니에게 던지듯 맡기고 사라졌다. 집에선 난리가 났다.

두 아이를 보육원에 맡겼다. 어머니는 아버지 몰래 철따라 옷가지를 사다주었다. 직접 가지 않고 큰누님을 시켰다. 큰누님은 또 다리가 후들거렸다.

두 애가 다 중학생이 되었을 무렵 형의 소식이 바람에 실려왔다. 형수와 재결합했다는 거였다. 반가운 소식이 아니라 청천벽력이었다. 그새 아이를 셋이나 더 낳았다고 했다. 무슨 놈의 씨알머리가…… 어머니는 분통을 터뜨렸다. 주책을 질질 흘리고 다니나그래. 남사스러워서……

두 아이는 고등학교를 마칠 때까지 보육원에서 자랐다.

큰아이는 졸업하고 피아노 대리점에 취직했다. 작은아이는 어린이집 보조교사가 되었다. 두 아이가 첫 월급을 타 부모를 상봉하러 갈 때까지 형 부부는 애들을 찾지 않았다.

멀쩡한 게 하는 짓이라곤……

형을 두고 아버지가 하던 말이었다. 멀쩡하지 않다는 말을 아버지는 멀쩡하다고 했다. 말뜻 그대로 형을 멀쩡하게 본 건 나뿐이었다. 그러나 애 둘을 보육원에 맡긴 채 애 셋을 더 낳은 형이 나에게도 멀쩡하지 않게 보이기 시작했다.

아니래?

휴대전화를 귀에 댄 누나의 목소리가 비틀어진다. 얼마간 통화가 이어진다. 누나는 듣기만 하다가,

알았어.

폴더를 닫는다. 이천시입니다, 라는 표지판이 차창 밖으로 빠르게 지나간다.

아니래?

내가 묻는다.

아니래애.

대답 끝이 흥, 웃음이 된다.

남을 음식 걱정 안 해도 되겠네.

자꾸 깐죽거릴래?

엉뚱한 사람이 또 형으로 오인된 거라고, 형수가 말했겠지. 금방 판명이 나서 그나마 다행이라고.

인터넷에서 형 사진을 뒤늦게 본 사람들이 경찰에 전화했다. 출동하지 않을 수 없었다. 매번 허탕이었다. 떡 방앗간 주인아저씨, 폐휴지 줍는 노인, 양말 행상인 들이었다. 상가 건물 여섯 채를 소유한 지역 갑부가 신고되기도 했다. 최근의 신고자들은 대개, 방에 틀어박혔다가 며칠에 한 번 바깥바람 쐬는 인터넷 폐인들이었다. 그들은 자기 집 번지수도, 주변에 누가 사는지도 몰랐다. 어디가 비슷하니, 어디가, 응? 신고된 인물에게 사진을 들이대며 경찰이 물었다. 유에프오가 데려간 게 맞는 것 같아요…… 신고자는 머리를 긁다가 경찰에 대들었다. 신고한 게 죄예요? 대동했던 형수가 간간이 전해오던 내용이었다.

한번은 형을 만날 뻔했다. 신고한 사람은 젊은 부동산 중개업자였다. 육십대 초반의 야윈 남자가 보증금 500에 월세 20만 원짜리 원룸을 찾았다. 행불사건을 익히 알고 있던 중개업자였다. 사진과 똑같았으나 공연한 실례가 될 것 같아 묻지 못했다. 묻지 않아도 알게 되었다. 남자가 계약금 50만 원을 내밀었던 것이다. 계약서에 주소, 주민등록번호, 이름을 적어나갔다.

나이도 같았다. 결정적으로, 이름이 같았다. 강성근. 형수는 경찰과 함께 잔돈 치르러 올 형을 기다렸다. 계약서에 적힌 주민등록번호는 한 자리도 틀리지 않았다.

중개업소에서 세 사람이 떨고 있었다. 단순가출한 사람을 기다리는 게 아니었다. 임종을 눈앞에 둔 의식불명자였다. 불가사의한 증발이었다. 만나더라도 귀신일 것 같았다. 약속한 시각이 다가왔고 상봉은 이루어지지 않았다. 중개업자가 미친놈이 되는 순간이었다. 그렇게 되기 전까지 누구도 중개업자를 이상하게 여기지 않았다. 이후로도 젊은 중개업자는 한 치도 이상한 점을 보이지 않았다. 형은 그런 식으로 왔다 갔다. 형에게서 받은 거라며 중개업자는 5만 원권 열 장을 형수에게 건넸다. 무서워서라는 말은 하지 않았다.

그걸로 상을 차리는 거니 오죽 많이 차렸겠니. 못 치르면 어쩔 뻔했어?

누나는 여전히 음식 걱정이다.

제발, 누나.

나, 뭐?

죽은 사람이 와서 먹어주는 거 아니거든. 제사 지내나 못 지내나 같아.

어차피 산 사람들이 먹는 거니까. 걱정도 팔자.

니 말 들으니 그렇다.

바보.

나 원래 투미하잖아. 서른 살까지 세상이 뿌연 줄만 알았어.

오늘은 2011년 11월 27일. 춥진 않지만 세상이 뿌옇다.

형이 가당찮게 보였던 적이 있었다. 형의 아들이 죽었을 때였다.

박살났어.

내게 조카였던 그 아이는 고등학생이었다. 친구들과 오토바이를 타고 질주하다 마주 오는 트럭에 부딪혔고 즉사했다. 박살났겠지만, 박살났다고 말하는 형이 싫었다. 참척을 당하다니, 얼마나 가슴이 미어질까…… 위로하고 싶은 맘이 싹 가셨다.

아들의 영정 앞에 쭈그려앉은 형은, 멀쩡했다. 아버지가 말하던 그대로였다. 누가 뭐래도 표정 없이 말갛던 얼굴. 어머니의 지청에도 하늘 한번 스윽 흘겨보고 아무렇지 않게 잠잠해지던 낯. 그 무엇도 상관하지 않고 끝 간 데 없는 곳을 응시하던 눈빛. 폭풍우가 쳐도, 그러거나 말거나 맹하게만 서 있던 동구 밖 장승이었다. 청대 같은 자식이 죽었는데 처연하기만 할 뿐 눈물 한 방울 흘리지 않았다. 박살났어, 라니. 형은 가당찮고 비겁했다.

언제 가도 인생 한 번 가는 건데 뭐.

아비가 할말이 아니었다. 가족과 조문객은 말을 잃었다. 위로의 말을 형이 먼저 가로챘다.

다 그런 거지…… 생각하면 뭣해. 있던 게 없어지는 건, 없던 게 태어나는 이치와 같아. 잊어야지.

　예전처럼 말했으나 멋져 보이지 않았다. 초연하지도 의젓하지도 않았다. 몽롱한 눈빛에는 사기꾼 기운마저 비쳤다. 나는 나에게 우겼다. 온 힘을 다해 형은 아픔을 참고 있는 것이라고. 스스로 우기지 않고는, 형을 후려칠 것 같았다. 다행히 내 팔은 언제나 말을 듣지 않았다.

　장례를 치르는 내내 형의 모습을 주시했다. 안 보는 곳에서 오열하는 형을 놓치고 싶지 않았다. 형은 영정 앞에 우두커니 앉아 있다 육개장을 먹었다. 새벽이면 남들처럼 새우잠을 잤고, 오줌이 마려우면 비칠비칠 화장실에 다녀왔다. 다녀오는 복도에서 트림하는 모습을 보고 나는 형을 외면했다. 장례 때도, 장례가 끝났을 때도 형은 변함이 없었다. 형수라는 사람도 알 수 없기는 마찬가지였다. 왕래가 없던 친척들을 한꺼번에 봐서 그런지 걸핏하면 쑥스러운 웃음을 지었다. 어머니는 주방 끄트머리에서 형 부부를 노려보았다. 어머니가 꾸역꾸역 삼켰을 말을 나는 알았다. 씨알머리들…… 형은 가끔 형수의 등을 토닥이며 낮은 소리로 중얼거렸다. 궁금하지 않았다. 세상을 말로만 어물쩍 건너려는, 사기꾼의 심사일 게 분명했다.

　거의 다 왔다고 해.
　두꺼운 안경을 꼈지만, 누나의 운전 실력은 언제나 믿을 만하다.
　거의 다 왔어요.
　형수에게 문자를 보내고 폴더를 닫는다.
　보내라니까.
　다시 폴더를 연다.

보냈어.

손이 더 빨라진 것 같네.

그럴 리가.

그렇게 보일 뿐이다. 자음에서 모음으로 가는 데 남들보다 세 배쯤 시간이 더 걸린다. 또박또박 누르지도 못한다. 손가락 끝이 흔들려 스마트폰을 쓰지 못한다.

네가 할 수 있는 것 중 그래도 문자 치는 게 가장 빨라.

그렇긴 해.

깍두기공책으로 시작한 일이었다. 나는 모든 말을 두드렸다. 고교 2학년 때 경방 크로바 타자기를 버렸다. 소음 때문에 선생님과 친구들에게 미안했다. 새로 산 르모 투 워드프로세서는 소리가 거의 없었다. 스물다섯에 대만산 중고 노트북을 샀다. 멀어서 보이지 않는 사람과도 인터넷으로 연락했다. 문자 전송이 가능한 휴대전화가 나왔을 때 나는 국내에서 열세번째 구매자가 되었다. 공원에서도 전철 안에서도 나는 말을 하는 사람이었다.

누르는 대로 말이 되는 기기가 신의 선물 같았다. ㄱ을 누르면 ㄱ이 뜨고 ㅏ를 누르면 ㅏ가 떴다. 남들에겐 당연한 일이 나에겐 놀랍고 놀라웠다. 모든 말이 문자로 가능하다는 사실이 문득문득 믿기지 않았다. 사람의 입에서 나오는 숱한 말들을 스물여섯 개의 버튼으로 대신할 수 있다는 게 거짓말 같았다. 열 개로도 충분해요. 휴대전화 판매원에게서 그 말을 들었을 때는 사기 당하는 기분이었다. 여전히 손이 느리긴 해도 어떨 땐 혀보다 빨랐다. 상대가 없어도 끝없이 혼자 말했다. 두드리지 않으면 진짜 벙어리가 될 것 같았다.

타자기 이후로 대필자가 필요 없었다. 글짓기 대회에서 수상이 취소되는 일도 없었다. 나는 자주 상을 탔다. 휠체어에 탄 채 타자기를 들고 나타난 나를 곤혹스러워했지만, 백일장 주최측은 나를 물리치지 못했다. 문예장학생으로 대학에 갈 수 있을 거야…… 선생님의 말을 나도 믿었다. 수없이 대상을 받았고, 문교부장관상과 국회의장상을 각각 두 차례 탔다. 대학엔 가지 못했다. 모든 특기자전형 면접에서 떨어졌다. 결과에 놀란 건 아니었다. 말 못하고 스스로 휠체어조차 작동하지 못하는 뇌병변장애 1급이었다. 놀랐던 건 혼자 중얼거린 말이었다.

다 그런 거지……

습관처럼 손가락이 움직였고, 문자가 되어 내 눈을 찔렀다. 형이 중얼거리던, 비겁한 말이었다.

그뒤로 그런 말은 생각하지도 적지도 않았다. 체념을 정당화하는 자기암시. 해악이 될 거라고만 생각했다.

요즘도 글 많이 써?

형의 집 석면 슬레이트 지붕이 보인다.

지금도 쓰고 있잖아.

주변은 예전처럼 밭이다. 누나가 속도를 줄인다.

그런 것 말고.

따로 없어. 말하는 것과 글쓰는 거, 나에겐 구별 안 돼. 눈만 뜨면 쓰잖아.

숨쉬듯 쓰는 거구나.

숨쉬듯 누나가 말하는 것처럼.

숨이나 말이나 글이나 같은 건가?

그게 다지. 그거 말고 뭐 있을까?

그게 달까?

삐딱하게 먼 데를 응시하는 형. 스냅 사진을 확대한 영정의 화소가 모래처럼 거칠다. 생전의 느낌을 자아내기엔 부족함이 없다. 삐딱한 저 모습이 한때는 멋졌지. 어째서 늘 먼 곳이었을까가 지금은 더 궁금하다. 삐딱한 것은 먼 곳을 바라봐서이기 때문일 테니까. 사람도 카메라도 형은 똑바로 바라보지 않았다. 눈을 마주쳤다 싶으면 어느새 싱거운 미소의 흔적만 냄새처럼 허공에 흩어졌다.

형수도 형의 자식들도 제사라는 걸 지낼 줄 모른다. 내가 아는 법식에 따라 진설의 위치를 바꾸고 형의 막내아들로 하여금 초헌을 올리게 한다. 축문은 생략한다. 문자는 소리를 낼 줄 모른다. 순서가 바뀔 때마다 상주가 내 휴대전화 액정에 코를 박고 지시를 따른다. 안경 끼고 제사 지내는 거 아니라고 해서요…… 상주가 멋쩍게 웃는다. 이집 식구들은 저 속없는 웃음이 병이다. 누가 그러디? 누나가 상주를 흘긴다. 초헌과 재배를 끝내고서야 지방문이 잘못된 것을 알고 고친다. 첨잔은 내가 하기로 한다. 형의 세 딸과 손주들은 곡도 절도 안 한다. 뒤에서 고개를 숙이고 부스럭거릴 뿐이다.

까이꺼 뭐……

그 말을 할 때도 형은 먼 데만 바라봤다. 혼전 임신한 둘째 딸의 결혼을 서두를 때 형은 그 말밖에 안 했다. 둘째 딸은 스무 살이었다. 남편에게 날마다 얻어터지고, 스물둘에 애와 함께 친정으로 영영 쫓겨

왔을 때도 까이꺼 뭐……라고만 했다. 지 애비가 급물살 거스르며 똥 빠지게 노 저을 때 똑 저렇게 시부렁거리더니…… 어머니가 말했다. 세상에 별걸 다 닮아…… 어머니가 살아 이 광경을 본다면 또 뭐라 말할까. 아버지라면 가당찮다고 할까.

뒤에서 부스럭거리는 둘째 딸도 어느새 사십에 가까웠는가. 눈가에 주름이 늘었다. 둘째만 보면 아직도 까이꺼 뭐…… 형의 음성이 들리는 듯하다. 어머니의 말 때문이었는지, 그 소리를 노 저을 때 나는 소리로 한동안 착각했다. 글자로 찍을 수 없을 것 같은 소리. 그러나 못 찍을 것도 없을 것 같은 소리. 물살을 가르고 강 건너는 소리. 까이꺼 뭐……

유시가 되니 절로 술 생각이라.

형이 말했다. 말한다.

초우제를 마치니 어둡다. 종일 흐리더니 어둠도 빠르다. 아, 〈나가수〉! 밭 가장자리에 나를 놔두고 몇번째 손주인지 모를 놈이 외치며 집으로 튀어들어간다. 휠체어에 혼자다. 춥진 않다.

저녁 5시부터 7시까지를 유시라 하거든. 왜 그런지 알아?

형이 물었다. 묻는다.

밭 너머 마을의 불빛이 띄엄띄엄 밝아진다. 집 쪽에서 인순이 노래가 들린다.

이유가 있겠……지.

존대할까, 망설이다 말은 놓는다.

자축인묘진사오미신유술해의 유.

그래서?

유는 술병 모양이야. 삼수변 붙으면 술 주.

한자라면…… 형이 좀 알았지.

초등학교 때 썼다던 마을 경계비도 한자였다.

공연히 유시가 아니라는 말이지. 술 먹기 딱 좋은 시각이야.

술, 아까 막내가 줬는데 안 마셨어? 나도 반 잔 올렸잖아.

소주가 좋아. 정종이 술이니?

아버지 소주 훔쳐먹다 들켰었지. 된통 혼났지.

모두 텔레비전 앞에 모여 앉은 모양이다. 노래만 들릴 뿐 식구들은 조용하다.

나 고모부님 원망 안 해.

그럭저럭 형은 아버지를 견디는 방법을 알았던 것 같으니까.

견딜 것도 없었어.

만날 혼나고 쫓겨났잖아.

고모부님의 언어를 이해했으니까.

언어…… 형의 자리는 여전히 멋스러움과 가당찮음의 경계다. 아버지는 말이 없는 사람이었다.

모질고 무서웠을 뿐이잖아.

하지만 동생도 알잖니.

뭘?

가난하고 소심했을 뿐이야, 고모부님은.

아버지의 언어라는 게…… 그거라구?

그게 다지.

그나저나 형은 어떻게 된 거야?

형의 집에서도 밭 건너 불빛에서도 같은 소리가 흘러나온다. 한 방송을 보는 모양이다. 노래는 어둠과 함께 궁륭을 이룬다.

없어진 거?

산 거야 죽은 거야?

사라진 거야. 그런다고 했잖아.

그런다고 하면 그렇게 돼?

워딩은 그런 거야.

워……

되묻지 않는다. 한자가 아닌 외래어일 때는 조심해야 한다. 되물으면 숨이 턱에 찬 사람처럼 형의 얼굴이 붉어진다. 붉어졌다. 초등학교 중퇴. 잘못된 거긴 하지만 영어는 영원히 요원하다는 게 형의 믿음이었다. 그러면서도 불쑥불쑥 썼다. 태스크포스, 론칭, 로망, 레시피, 컨셉. 자기도 모르게 썼다가, 썼다는 사실을 자각하면 뒤늦게 얼굴을 붉혔다. 워딩…… 정확히 어떤 뜻으로 쓴 건지 모르겠다.

진심을 실어 말한다면?

응. 세상의 이치가 진심으로 받아 반응할 수 있는 진심이라면.

그걸 한숨처럼 실언처럼 내뱉는 걸 워딩이라고 하는 걸까. 까이꺼 뭐, 같은 것? 묻지 않는다.

형은 지금 어떤 상태야? 귀신? 영혼 아니면 유령?

그것들을 구별할 수 있니? 그냥 이 상태. 동생이랑 말하고 있는.

노랫소리 들려?

형이 하늘을 올려다본다.

들려.

어때?

좋아. 그런데 동생은 왜 여기 혼자 이러고 있어?

걸핏하면 혼자인걸 뭐. 평생 그러겠지. 이유 따위 있을 리 있겠어?

쓸쓸하잖아.

다 그런 거지……

내 말에, 형이 나보다 먼저 웃는다. 외래어를 쓰고 얼굴을 붉히던 형처럼 나는 뒤늦게야 형이 웃는 이유를 알고 크게 따라 웃는다. 다 그런 거지…… 내 것이 돼 있었다니. 웃음과 활력이 되다니.

워딩이라는 말의 뜻을 찾는 대신 그냥 내 안 어디에다 담아두기로 한다.

형이 하는 말의 뜻은 자주 사전과 달랐다. 따지고 보면, 같고 다르고는 영혼과 유령만큼의 차이일 뿐이다. 생각이 되는 말, 현실을 움직이는 말은 언제나 새롭게 쓰이기만 할 뿐 사전 속에 머물 리 없다. 그런, 말밖에 없다. 아무려나 삶의 중압과 죽음의 공포마저 개의치 않고 건너게 할 것은.

밤은 춥지 않고, 불빛은 아스라이 따뜻하고, 노래는 동생과 나를 궁륭으로 감싸고, 시각은 유시라. 정말 한잔 안 할 수 없어…… 형은 밭길을 더듬어 어둠 속으로 사라졌다. 슈퍼까지는 10분쯤 걸릴 것이다.

나에겐 말과 글이 따로일 수 없다. 허공에 흩어지되 무시로 부메랑처럼 되돌아와 거듭 뜻을 일깨우는 게 형의 말이라면, 내 말은 언제든 다시 들춰볼 수 있는 글이 된다. 그렇게 지금껏 적은 글이 6430개의 파일로 남았다.

말의 궤적이었다. 지나온 자국으로서의 궤적이 아니라, 내 삶이 나아가고자 했던 이정표로서의 궤적. 형이 그랬고 아버지가 그랬고 어머니가 그랬고 누나가 그랬고 내가 그랬다. 말이 생각을 앞질렀다. 생각은 늘 말의 뒤를 따랐을 뿐이다.

오늘 이야기를 글로 적는다면 6431개째 파일이 될 것이다. 파일명은 워딩으로 할까.

저기 밭 끝에서 형이 모습을 드러낸다. 어둠 속에서도 소주병의 푸른빛이 선명하다. 나는 말 - 한 - 다.

이건 꿈도 환각도 아닌, 현실이다.

산딸나무가 있는 풍경

당신은 그 나무를 심자고 했다.

그, 나, 나무를?

나는 찜찜했으나, 당신은 고집했다. 잎이 더 억세지기 전에 옮겨 심어야 나무가 몸살을 앓지 않는다며 서둘렀다.

어째서 꼭 그 나무라는 걸까. 40년 전 마을의 한 청년이 목매 죽은 나무였다. 그때도 작은 나무는 아니었다. 청년의 사연이 잊힐 동안 나무는 저 혼자 비밀을 안고 더 자랐다. 마을 한복판에다 그 나무를 옮기려는 것이다. 나무는 마을을 한참 벗어난 산자락에 서 있었다.

정화백 생가 복원사업이 막바지에 이르렀다. 사업 시행 초기에 당신은 자문 위원으로 위촉되었다. 마을에는 당신보다 나이가 많은 이가 없었다. 가옥의 방위, 주춧돌의 숫자, 추녀의 기울기가 당신의 말 한마디로 결정되거나 수정됐다. 마당가 나무의 수종을 판정하는 것도 당신 몫이었다.

산딸나무예요.

설계 지원팀장이 펼친 정화백의 화집을 보며 당신이 중얼거렸다.

그림 속의 것과 같은 나무여야 해요. 근처에서 구할 수 있을까요?

당신은 고개를 끄덕였다. 그 나무를 떠올리고 있을 거란 짐작을 누구도 할 수 없었다.

팀장이 내보인 건 〈고향집Ⅱ〉라는 그림이었다. 돌담 두른 초가집이었다. 닭이 모이를 찾는 마당가에 한 그루 커다란 나무가 짙은 그늘을 드리운, 풍경화였다.

닭도…… 키울 건가요?

당신이 물었고, 팀장이 웃었다.

그러면 더 좋겠지요.

그림 속 나무는 산딸나무가 아니었다. 어떤 나무도 아니었다. 정화백 고향집 마당가에는 나무가 없었다. 그림에만 그려진 나무였다. 없던 나무를 왜 그려넣었는지는 화가만 알 일이었다. 아무려나 상관없었다. 그림은 그림일 뿐이었다.

그런데 그게 아니게 됐다. 사람들이 마을을 찾아들었다. 정화백은 저명한 화가였다. 영국 여왕의 방한 일정에 그의 회고전 관람이 포함돼 있었다. 여왕은 정화백의 〈고향집〉 시리즈 앞에서 8분간 머물렀다.

존 컨스터블이 한국에도 살았던 것 같군요. 미소와 더불어 여왕이 수행원들에게 던진 말이었다. 당시에는 알려지지 않은 일화였다. 정화백의 평전이 출판되고, 공중파 텔레비전 문화강좌에서 어느 미학

전공 교수가 일화를 언급한 뒤로 조금씩 알려졌다.

강의를 맡았던 교수는 끔찍한 독설가로, 젊은이들로부터 연예인 못지않은 인기를 누리는 사람이었다. 텔레비전 강연이 끝날 때까지 스무 차례 넘는 독설을 뿜었으나 모두 영국 여왕을 향한 것이었다. 정화백과 그의 그림에 대해서는 호평 일색이었을 뿐 단 한마디의 독설도 날리지 않았다. 그 사실이 화제가 되었다. 처음 마을을 찾았던 사람들은 젊은이들이었으나 차츰 연령층이 다양해졌다.

그들은 마을에 와서 이구동성으로 말했다. 그림과 다르네. 정화백 고향집이 어디지? 이 마을 맞아?

그림에 표현된 산과 개울과 들판을 찾아다니며 그들은 비교했다. 실세의 산은 더 멀었고 개울가 버드나무는 성글었고 들판은 평평했다. 반세기 동안 마을은 변했다. 농지는 정리되었고 물길은 방향을 틀며 메말랐다. 나무들은 죽거나 새로 자랐다. 곡물 건조 토방들도 대부분 헐리거나 시멘트 구조물로 바뀌었다.

많은 것들이 없어졌다. 그러나 애초부터 없던 것도 그림에는 있었다. 그렇다는 걸, 마을을 찾는 이들이 알 리 없었다. 아는 사람은 당신과 나 정도였다. 당신과 나를 빼고는, 정화백의 그림을 제대로 살펴본 마을 주민도 없었다.

방문객들은 그림에 재현된 풍경을 기대했다. 실망을 안고 발걸음을 돌리자 정화백의 동창들이 나섰다. 이웃 마을에 흩어져 사는 동창은 넷이었다. 마을에 유일했던 동창은 지난겨울 출혈성 패혈증으로 세상을 떠났다.

동창들은 정화백 생가 터를 군 예산으로 확보해달라는 민원을 넣었다. 생가를 복원하고 기념관으로 활용할 방안을 짰다. 이장 둘과 문화원장을 앞세웠다. 작가와 시인, 화가의 생가를 복원한 전국 지자체들의 사업 내용을 수집하고 답사했다.

마을 공동회관에 모여 막걸리만 마시던 동창들은 모처럼 일다운 일을 한다고 여겼다. 아들과 사위까지 동원해 군 의원을 움직였다. 그들의 입에 콘텐츠라는 말이 붙어다녔다. 전시업체를 수배하고 견적을 뽑았다.

군에 변변한 문화 콘텐츠 하나 없잖소. 동창들은 군수 집무실로 달려갔다. 제 발로 찾아오는 방문자들을 그냥 돌려보낼 거요? 토지와 건물과 운영권 모두 군에 귀속되는 건데 못할 거 없잖소.

그렇지요. 군수가 말했다. 정화백의 마을은 그러니까, 명작의 고향이 되는 겁니다. 동창 대표께서 군 의회도 방문해 취지를 설명해주시기 바랍니다.

군 건설과와 문화예술과가 공동으로 시행 책임을 졌다. 당신을 마을 자문역으로 추천한 동창들은 마을 공동회관으로 돌아가 예전처럼 막걸리를 마셨다. 가끔 복원사업 현장을 둘러보며 전시업체 대표에게 말을 거는 게 전부였다. 내가 말이오, 정화백의 불알친구요.

당신이 정화백 생가 복원사업의 마을 자문역이 된 내력은 그러했다. 그때부터 당신의 말 한마디로 돌절구가 나무절구로 바뀌고 부뚜막의 높이가 65센티미터로 조정되었다. 당신은 이제 그 나무를 옮겨 심으려는 것이다.

산딸나무냐 아니냐를 판별하기 전에, 마당가에 나무가 있었느냐 없었느냐부터 따지는 게 순서였다. 그보다 먼저 분명히 해야 할 것이 있었다. 정화백 생가 터였다. 생가는 정씨 문중의 사당이 있는 복숭아밭 아래쪽 20미터 지점이었다.

당신이 모를 리 없었다. 채소밭으로 변한 그곳에 30년 전까지만 해도 폐가인 채로 정화백의 생가가 남아 있었다. 당신의 지적을 따라 기초공사가 진행된 지점은, 한쪽 팔 없는 안씨네 종손이 고향을 떠나 서울로 가기 전까지 살던 집터였다.

당신이 지적한 곳은 마을 한가운데여서 방문객을 맞기에는 더할 바없이 좋은 위치였다. 미술기념관을 겸할 생가의 외관과도 어울릴 장소였다. 건축과 조경이 완성되면 마을 전체가 훤해질 게 분명했다. 그러나 정화백의 생가 터가 아닌 것도 분명했다.

당신은 우겼다. 정화백이 사당 아랫집에서 산 것은 열 살 이후며, 그전에는 지금 복원공사가 진행되는 지점에서 유년을 보냈다고. 태어난 곳도 거기라고.

최고령이긴 하지만 당신은 본래부터 이 마을 사람이 아니었다. 열아홉 나이로 떠돌다 이 마을에 흘러든 당신이었다. 누구에게 들어서안 거라면 모를까, 당신은 정화백의 유년을 직접 보지 못했다. 그 집터는, 곰배팔이라 놀림받던 종손이 고향을 떠날 때까지 안씨네가 누대에 거쳐 살던 곳이었다.

생가가 그곳이었든 사당 아랫집이었든, 마당가에는 어떤 나무도 서있지 않았다. 산딸나무라니. 게다가 원혼 붙은 홍목이라니. 말도 안되는 처사였으나, 아닌 집터에 없던 나무까지 심게 되었다. 당신은 복원사업의 마을 자문 위원이었다. 당신의 고증을 고증할 사람은 없었다. 그림은 그림일 뿐이었으나 이제 그게 아니게 됐다.

민석아, 산딸나무가 맞아.

순호라는 이름 대신, 당신은 나를 민석이라고 불렀다.

나, 나무가 어, 어, 없었잖아요.

라고 응대하기도 전에,

봐, 그림에도 있잖아.

당신이 말했다.

그, 그렇다 쳐도 어, 어, 어째서 꼭 그, 그 나무를……

그림 속 나무와 똑같은 건 그 나무뿐이라니까.

똑같지도 닮지도 않았다. 마을 공판장 곁 회화나무가 훨씬 비슷했다. 내가 고개를 끄덕이지 않자 당신의 부름이 간곡해졌다.

민석아……

당신의 음성은 숲에 이는 바람 소리 같았다. 다른 이들의 이름은 그런 식으로 부르지 않았다. 민석아…… 이 이름을 부를 때만 당신은 은근해졌다.

민석은 큰애 이름이었다. 항렬을 따르지 않았다. 따르지 않은 걸 당신은 당신의 영향이라 여겼다.

내가 정씨 핏줄이 아니라는 사실을 알려준 게 당신이었다. 발육장애에다 말을 더듬는 연유와도 관련 있는 비밀이었다. 핏줄이 아니면서도 정씨 성과 항렬자를 얻었으나, 아이 이름만큼은 따르지 않았다. 따른다면 끝에 '식'을 넣어야 했다. 점 하나 더 찍어 '석'을 넣었다. 성까지는 어찌할 수 없었다.

작은아이도 조카들과는 점 하나 다른 이름을 갖게 되었다. 당신 영
향이 아니라 할 수 없었다. 항렬을 피해 이름을 지었는데도 집안 어른
들은 뭐라 하지 않았다. 정씨 핏줄이 아닌 게 분명했다. 항렬 따른 이
름 대신 당신은 나를 항렬 따르지 않은 아이 이름으로 불렀다. 민석
아…… 성도 항렬자도 없는 호칭이었다.

자식 없이 늙던 오촌 당숙이 부모 잃은 근동의 어린 처녀를 데려다
부엌살림을 맡겼다. 그 처녀와 결혼을 앞둔 내게 어느 날 당신이 찾아
와 말했다.

일가를 이루게도 되었으니 언제까지 모르고 살 수는 없지 않나 싶
어서……

내가 정씨 집안 핏줄이 아니라는 거였다. 많이 놀라지는 않았다. 자
라면서 수없이 부닥쳤던, 석연찮았으나 까닭을 알 수 없었던 집안의
묘한 낌새와 기미의 정체가 확연해졌을 뿐이다. 달라질 건 없었다. 아
버지는 아버지, 일찍 세상을 떠났지만 어머니도 어머니, 형님도 형님
이었다. 성도 이름도 바뀔 수 없었다.

달라진 건 당신과의 관계였다. 내 출생의 비밀을 말해주기 전에 당
신은 당신 자신의 비밀부터 밝혔다. 당신 것에 비하면 정씨 집안 핏줄
이 아니라는 내 비밀은 아무것도 아니었다.

어느 쪽이 더 놀라운지는 중요하지 않았다. 서로의 비밀을 주고받
았다는 것, 그리하여 이전과 다르게 둘 사이가 좀더 각별해졌다는 걸
알게 되었을 뿐이다. 결혼을 앞둔 나를 찾아온 까닭이 그것이었다. 당
신은 말하지 않았지만 느껴졌다. 앞으로 둘이 더 의지하며 살자는 것.

스스로 밝힌 당신의 비밀이 놀라웠던 나머지, 정씨 집안 핏줄이 아니라는 사실을 나는 쉽게 받아들였다. 당신이 다녀간 엿새 뒤 결혼식을 올렸다. 더는 석연찮을 게 없게 되어 결혼식 내내 마음이 후련했다. 예식장에 붙은 신랑 이름은 정순호, 그대로였다. 곁에 선 신부가 예쁘고 고맙고 애틋했다.

첫아이를 낳았고 이름을 민석이라 지었다. 벼른 것은 아니나 항렬자에 점 하나를 더 찍었다.

이름 좋네. 민석.

그때도 당신의 음성은 숲에 이는 바람 소리 같았다. 순호라 부르던 것을 민석애비로 바꾸었다. 나중에는 그냥 민석이라고 했다. 당신이 민석이라고 나를 부를 때마다 아이를 열이나 열둘쯤 낳고 싶었다.

마음은 맹렬했지만, 아내는 아들 둘을 낳고 다시는 애를 갖지 못했다. 아내를 탓하고 싶은 생각은 없었으나 분한 마음이 들었다. 어머니에게도 자식이라곤 달랑 나 하나뿐이었다.

내게 형님이 있었으나 아버지 전 부인의 소생이었다. 첫 부인이 세상을 떠난 몇 해 뒤 아버지는 새장가를 들었다. 어머니가 시집온 거였다. 형님과 이복형제라는 건 일찌감치 알았다. 당신이 말해주기 전까지 정씨 집안의 피가 섞이지 않았다는 사실은 몰랐다.

혼인 전에 어머니는 임신중이었다. 어머니도 첫 혼인이 아니었다. 지아비가 죽어 네 살배기 아들과 친정에 붙어살았다. 정씨네 쪽에서 중매를 넣어 어머니를 살폈다. 네 살배기를 떼어놓고 어머니가 아버지에게 올 때, 친정도 본인도 임신 사실을 몰랐다. 사당에서 약식 혼례를 치르다 입덧을 했다. 사람들은 합근례 때 마신 술 탓으로 알았다.

어머니는 친정 마을의 홀아비를 떠올리지 않았다. 친정 마을과 가족이 그리워도 그 홀아비는 떠올리지 않았다. 모든 걸 다 떠올려도 해질녘 꽃 붉던 자귀나무 그늘과 홀아비는 떠올리지 않았다.

어머니는 아이를 떼야 했다. 높은 데서 껑충껑충 뛰어내리고, 산을 모조리 뒤져 가막살나무 유리산누에나방 고치를 따 모았다. 푹푹 달여 하루에 두 대접씩 퍼먹었다. 아이는 죽지 않고 열 달을 채워 나왔으나 팔삭둥이로 불렸다. 아이는 다행히 발육이 더뎠고 말을 더듬었다.

어머니의 혼전 임신 사실을 당신은 누구에게서 들었던 걸까. 집안과 마을 어른들은 알고 있었던 걸까. 사람들의 석연찮았던 눈빛이 지진아를 측은하게 여기던 탓만은 아니었을까.

결혼을 엿새 앞두고 알게 되었으니 나의 아버지가 아버지가 아닐 수도, 형님이 형님이 아닐 수도 없었다. 다만, 정씨 집안과의 인력(引力)이 이전보다 약해졌다. 정씨 성과 항렬을 따른 만큼 가까울 수밖에 없었으나, 아들 이름을 민식으로 짓지 않은 만큼 멀어졌다.

아이 이름에 점 하나 더 찍은 건 분명 당신 영향이었다. 당신의 영향은 이름에서 끝나지 않았다. 점 하나만큼 멀어진 정씨 집안과의 거리. 당신이 바란 바가 그것이었고 그 의도는 지속적으로 작용했다.

정씨네와 멀어지길, 어째서 당신은 바랐던 걸까. 행동이 부자연스럽고 말까지 더듬는 사람을 좀더 가까이 두고자 한 까닭이 무엇이었을까.

마을은 정씨 집성촌이었다. 드러내려 하지 않아도 집안의 세도는 묻히는 게 아니었다. 나서지 말고 근신하는 법을 후손들에게 가르쳤다. 마을은 평온했다. 정씨네 탓에 시끄러웠던 적이 없었다. 원한을 살 일도 없었다. 그런 정씨네와 거리 두길 바랐다. 정씨 집안에 문제가 있어서가 아니었다. 당신의 필요 때문이었다. 그것이 무엇일까 궁금했다.

쉬 알 수 없었으나 분명한 건 있었다. 가까이 하고 싶은 사람에게는 남에 앞선 배려를 베풀기 마련이라는 사실. 태생부터 변변치 않아 모든 일에서 도외시되었던 사람에겐 반가운 일이었다.

당신은 머뭇거리지 않고 내 편이 되어주었다. 당신이 점점 고마워졌다. 당신이 무슨 일을 하든 묻지 않고 따지지 않으려 했던 것도 그 때문이었다.

산딸나무를 심겠다는 당신을 반대하는 것도 아니었다. 원혼 서린 나무인 것이 궁금했을 뿐이다. 썩 내키지 않았으나 당신이 그러하겠다면 어쩔 수 없다고 생각했다. 반대도 저지도 하지 않을 거라는 걸 당신이 더 잘 알았다.

그런데도 당신은 간곡히, 동의를 구했다. 가까이 두고 싶은 사람을 향한 배려였을까. 민석아…… 바람 소리 같은 당신의 부름엔 마법의 힘이 있었다. 무기력해지면서도 몽롱하니 기분이 좋았다.

동창들도 정화백 생가 터를 잘 몰랐다. 바닷가로 이어지는 한길의 모양과, 마을을 에두르는 개울의 흐름은 모르지 않았으나, 정화백이 어디서 태어났고 어디서 자랐는지, 생가 마당의 크기는 어땠든지, 마당가에 나무가 있었는지 없었는지, 있었다면 무슨 나무였는지 알지 못했다.

동창들은 5리에서 10리쯤 떨어진 마을 사람들이었다. 초등학교를 마친 정화백은 경찰공무원이었던 부친을 따라 서울로 이사했다. 정화백 없는 마을을 지나다닐 기회는 잦았으나 동창들은 망둥이 물때에만 정신이 팔렸을 뿐 친구가 살던 집터 따위에는 관심이 없었다.

그것이 당신을 자문역으로 내세운 까닭이었다. 산딸나무가 마당가에 있었다고 해도 뭐라 할 동창이 없었다. 정화백이 오늘날의 정화백이 될 거라 예상했던 동창도 없었다.

마을 사람들도 마찬가지였다. 생가 터든 산딸나무든, 당신의 판단과 결정에 아무도 이의를 달지 않았다. 군에서 시행하는 규모 큰 사업이 마을에 들어선다는 사실을 반겼을 뿐이다. 마을 전경이 멋스럽게 바뀌고 타지 사람들이 다투어 몰려들 기대로 부풀었다.

집안에서도 동창들 간에도 정화백은 정화백으로 불렸다. 신문과 텔레비전에 등장한 인물은 이웃 마을을 통틀어 정화백이 유일했다. 신문과 텔레비전에서 지칭하는 대로 따랐다.

정화백은 명절 성묘와 시제에 참석했다. 집안 어른과 형님들도 정화백을 정화백이라 불렀다. 동창들은 욕을 섞어 친구의 이름을 부르면서도 정화백만큼은 정화백이라 불렀다. 군수나 면장에게는 정화백을 죽마고우라 소개하고, 이웃이나 시장터 같은 데서는 불알친구라 자랑했다.

그럴 때마다 정화백은 멋쩍어 친구의 옆구리를 찔렀다. 다른 친구가 소주잔을 거절하면 욕을 하다가도 정화백이 거절하면 "싼 술은 많이 마시면 안 좋지……" 하고 슬그머니 손을 거두었다. 군수는 정화백에게 '고향을 빛낸 자랑스러운 예술가상'을 수여했다.

정화백은 당신의 육촌 손위 처남이었다. 당신의 장인과 정화백의 부친이 사촌 간이었다. 나에게 정화백은 팔촌 형님이었다. 그러나 처남이나 형님으로 불리지 않았다.

정화백은 언제 어디서나 정화백이었다. 당신은 나의 팔촌 손위 매부였다. 촌수를 복잡하게 따질 일은 없었다. 정씨 집성촌이었다. 정화백과 당신과 나는 한집안이었다.

당신이 정씨 집안 사람이 된 내력은 의문스러우면서도 자연스러웠다. 마을에 흘러들 당시 당신의 나이는 열아홉이었다. 열아홉이라고 했다. 농사일이 손에 익지도 건장하지도 않았으나 일꾼을 자청했다.

논밭 없이 남의 농사를 대신 짓고 새경을 받는 머슴을 마을에선 일꾼이라 불렀다. 말도 표정도 없었던 당신에 관해 알 수 있는 것이라곤 아무것도 없었다. 모든 게 의문이었다. 당신 없는 자리에서 마을 사람들은 당신을 근본 없는 사람이라 했고, 틀리지 않은 말이었다.

딸만 여섯이어서 일손이 부족했던 나의 칠촌 아저씨가 당신을 일꾼으로 들였다. 외양간과 헛간이 딸린 사랑채 작은방에 기거하며 당신은 빠르게 농사를 배웠다. 새경이 오르지 않은 채 해가 바뀌어도 거처를 바꾸거나 어딘가로 돌아갈 낌새를 보이지 않았다.

당신은 식구 같았다. 칠촌 아저씨가 폐렴으로 죽고 첫째, 둘째 딸이 출가하면서 당신의 일은 늘어났다. 여섯 해 동안 일꾼을 살던 당신은 본채 건넌방으로 들어갔다. 심하게 다리를 저는 셋째 딸 방이었다. 칠촌 아주머니의 바람대로 당신은 그 집 식구가 되었고 정씨네 집안 사람이 되었다.

근본 없는 사람을 식구로 맞아들인 것을 집안 남자들은 탐탁잖게 여겼다. 그러나 칠촌 아주머니의 해소가 깊어지고 나머지 딸들이 대처로 떠나던 형편이어서 당신의 거취를 자연스러운 일로 받아들였다.

매부라는 호칭으로 바꿔 불러야 하는 형님들과, 엊그제까지 이름으로 하대당하던 당신 모두 쑥스러워했다. 뜸들이다 멋쩍게 새로운 호칭을 뱉어내던 형님들이나 그것을 듣는 당신이나 귀밑이 빨개지긴 마찬가지였다.

곧 익숙해질 것 같았으나 어색한 기미는 세월이 흘러도 쉽게 가시지 않았다. 막내딸도 대처로 나가버리고 해소에 시달리던 아주머니마저 세상을 떠나자 당신은 안방으로 옮겼다.

똘똘한 아들 둘을 낳았다. 집도 예전 집이고 사람도 예전 사람이었으나 더는 정씨네가 아니었다. 황씨 성을 가진 세 남자와 정씨 성의 한 여자가 사는 집이었다. 황씨네였으나 사람들은 그렇게 부르지 않았다. 마을은 정씨 집성촌이었다. 세월이 흘러도 어색함이 쉽게 가시지 않은 까닭이었다.

안방으로 자리를 옮긴·당신은 한 가정의 가장이었다. 장인 장모가 죽고 처형들과 처제들이 집을 떠났으므로 당신이 할 일은 일꾼으로 불릴 때보다 많아졌다.

마을은 여전히 정씨네가 중심이었다. 집안 대소사에 당신은 일꾼으로만 참여할 수는 없는 처지였다. 가족의 일원으로서 벌초와 성묘와 시제, 결혼식과 장례식과 생일잔치에 한 발짝 더 들여놓아야 했다.

그러나 말 그대로 한 발짝, 거기까지였다. 당신은 정씨가 아닌 황씨였고, 처가의 집과 땅에 눌러앉은 거였고, 당신의 정체는 시간이 지나도 알려지지 않았다.

큰소리로 웃고 떠들고 화내고 싸우는 건 정씨네 남자들이었다. 정씨네 남자들이 군불 땐 사랑방에 모여 앉아 가족묘와 종중 재산을 상의하고 따질 때도 당신은 부엌을 오가며 막걸리 주전자를 날랐다. 사랑방 문턱을 넘지 못하고 바깥을 배도는 나와 자주 눈이 마주쳤다.

자네도 들어오지그래…… 형님 중 누군가가 말했지만 지나가는 말이라는 걸 당신은 모르지 않았다. 그래요, 매부도 들어와요, 라는 말은 이어지지 않았다. 당신은 뒤꼍 추녀 밑으로 돌아가 잠바 안주머니에서 담배를 꺼냈다.

눈으로 담배 개수를 하릴없이 세고, 그중 하나를 꺼내 무는 당신의 손동작은 느리고 느렸다. 먼 산을 바라보며 푸른 연기를 뿜었다. 눈에서 하늘빛이 흔들렸다.

나의 절름발이 팔촌 누님, 당신의 아내가 엉덩이를 밀다시피 하여 사랑방으로 들어갔다. 형님들에게 큰소리로 따지는 누님의 우렁우렁한 목소리가 들릴 때마다 당신은 연기 사레가 들려 기침을 했다.

당신은 가늘고 길었다. 어떤 옷을 입어도 어깨선이 처졌다. 누구와 부딪혀도 매번 먼저 넘어질 것 같았다. 그래서였을까. 언제나 당신이 먼저 길을 비켰다. 상대가 누구든, 10미터도 전에서 당신은 길 한쪽으로 비켜서며 몸을 틀었다. 그러는 것이 스스로도 멋쩍어 길가의 뿌리뱅이 풀대를 뽑거나 신발 뒤축으로 흙을 비볐다.

집안사람들은 당신을 그토록 소심한 남자로 알았다. 어쩌다 눈이 마주칠 때 먼저 눈길을 돌리는 것도 언제나 당신이었다. 그런 당신의 지게 짐은 가장 무거웠다. 쌀 두 가마니를 지게로 질 수 있는 사람은 마을에서 당신이 유일했다. 말이 적고 천천히 걷고 느리게 먹는 당신이었으나 일은 가장 많이, 빨리 했다.

타작 끝난 풍물판이나 대보름 윷판의 술추렴, 입하 소만의 천렵 같은 자리에서도 당신은 에두른 끝 선에, 바깥을 향해 앉았다. 개들이나 얼씬거리는 자리였다. 누구도 당신을 밀어낸 적이 없었다. 가까이 오라고 해야 엉덩이를 조금 안으로 들여놓았다. 한 발짝 이상은 아니었다.

사람이든 사물이든 당신은 똑바로 바라보지 않았다. 당신의 시선은 언제나 당신 앞에 있는 사람과 사물과의 거리를 벗어난 지점을 맴돌았다. 정면을 향해 있으나 당신의 고개가 항상 조금 왼쪽으로 틀어져 보이는 것도 그래서였다.

당신은 동의와 거절의 의사를 모두 소리 없는 웃음으로 대신했다. 사람들은 종종 당신의 뜻을 오해할 수밖에 없었다. 아무려나 상관하지 않았다. 당신의 뜻과 의사로 달라질 마을 일은 없다는 것. 당신은 그 사실을 잘 알았다.

스스로 배돈 게 아니라, 배돌 수밖에 없게 하는 마을의 기운을 당신은 이기려 하지 않거나 이기지 못했다. 거리감 없이 당신이 똑바로 대했던 유일한 대상은 나였다. 탄생의 비밀을 전해 듣고 나서야 이유를 알았다. 이유를 알고 나서는 더듬던 말조차 줄였다. 나도 당신처럼 웃음으로 말을 대신하는 경우가 많아졌다.

권세란 드러내려 하지 않는다 하여 묻히는 것도 아니었다. 당신은 한 발짝 내쳐진 거지만 나는 한 발짝, 혹은 점 하나만큼 스스로 물러났다. 아이의 이름을 민석으로 지었다. 당신 영향이었다. 내쳐지고 물러난 자리는 서로 가까웠다. 민석아…… 필요할 때 당신이 간곡히 나를 부르는 까닭이었다.

정화백 생가 복원사업은 마을 조경사업으로 이어졌다. 개천이 정비되고, 없던 오솔길이 두 개 생겼다. 정화백의 풍경에 맞추어 마을이 변해갔다. 공사 과정이 공중파 텔레비전에 소개됐다. 군 의회는 군수의 추경예산안을 통과시켰다. 인근의 더 많은 인부들이 마을로 모여들었고, 길과 개울이 그림처럼 변모할 때마다 주민의 표정이 밝아졌다.

조경업체와 석재상을 지정하는 것은 군 건설과와 문화예술과의 몫이었으나 수종과 돌의 크기 따위를 선정하는 것은 당신의 일이었다. 농지정리사업 이후 30여 년 동안 곧게 흐르던 개울이 곡선을 회복했다. 길가의 시멘트 도료를 뜯어내고 길섶을 조성하게 한 것도 당신 뜻이었다.

당신의 말 한마디에 종물 수급업자와 석물 거래처의 희비가 엇갈렸다. 당신 집을 방문하는 사람들이 늘어났다. 민석아…… 당신은 가끔 저물녘에 문을 두드렸다. 문을 열면 당신 모습은 보이지 않았고, 대신 네덜란드산 고급 가습기라든가 쇠갈비 상자가 툇마루에 놓여 있었다.

당신의 독단을 묵인하는, 말 없는 파트너를 위한 선물이었다. 당신이 얼마나 많은 사람을 만나며 얼마나 많은 물건을 받는지 알 수 없었다. 알고 싶지도 않았다. 정화백 생가 복원사업으로 얼마간의 뇌물을 챙기려는 게 당신의 뜻은 아니었다.

당신이 했던 말을 신뢰하자면, 당신의 바람은 복원되는 생가 겸 미술기념관의 관리인이 되는 거였다. 직접 기거하며 건물을 상시 양호한 상태로 유지, 보존하는 책임자.

일방적인 바람이 아니었다. 기거형 관리 책임자 규정은 복원사업 사후관리 방침에 애초부터 포함된 사항이었다. 당신이 적임자임을 스스로 자처할 뿐이었다. 누구도 당신 아닌 사람을 적임자로 떠올리지 않았다. 협력업체의 선물은 선물에 지나지 않았다. 내 생각은 그러했다. 그 이상은 알 수 없었다.

개울이 곡선을 회복하는 데는 시간이 걸렸다. 집채만한 바위들은 대형 굴착기로도 어찌할 수 없었다. 30미터 정도를 우회하는 데 스무 그루의 버드나무와 열다섯 가마니 분량의 종물이 추가됐다.

당신의 복숭아밭 일부가 수용될 수밖에 없는 과정에서 지가가 한 배 반으로 올랐다. 당신이 얻게 된 선물과 현금의 규모가 그만큼 커졌다. 원래 개울의 흐름과 크게 달라졌다는 여론이 없지 않았으나 정화백 그림에 비춰볼 때 꼭 그런 것만은 아니었다.

정화백의 풍경화가 설계 도면인 셈이었다. 원래의 마을 풍경이라는 건 없었다. 정화백의 그림, 당신의 기억, 그리고 나의 묵인이 있을 뿐이었다.

길섶에 뿌린 풀씨들이 뿌리를 내리고, 옮겨 심은 버드나무와 은백양에도 물이 올랐다. 바람이 불 때마다 은백양 잎들이 하얗게 뒤집혔다. 마을이 점차 그림의 모습을 갖추면서 외지 방문객이 늘었고 마을 사람들도 새로 난 길을 따라 안 하던 산책을 시작했다.

공판장 판매대에 라면과 어묵과 과자가 늘었다. 마을 입구에는 안내소와 주차장이 생겼다. 생가의 흙 마당을 다지기 전에 산딸나무를 옮겨 심어야 했다. 오래되어 많이 자라긴 했으나 그 산딸나무는 그림 속 나무를 감당하기엔 벅차 보였다.

정화백 〈고향집〉 시리즈의 마당가 나무는 줄기가 굵은 대신 키는 크지 않았다. 옮겨 심으려는 산딸나무도 아주 높지는 않았다. 줄기가 가늘 뿐이었다. 빈약한 체형의 산딸나무로는 그림 속 경치가 제대로 재현될 것 같지 않았다.

없던 나무를 심자는 데는 동의하지 않을 수 없었다. 그림 속엔 나무가 있었고, 방문하는 사람들은 마을에서 그림의 풍경을 보려 했다. 내 기억 따위는 믿지 못할 것이 돼버렸다.

그래도 산딸나무는 어울리지 않았다. 좀더 자라면 그림 속 나무와 같아질 거라고 당신은 말했지만, 산딸나무는 그런 나무가 아니었다. 아무리 자라도 산딸나무 줄기의 외양과 특성은 달라질 리 없었다. 표피는 매끈했고 일정한 둘레 이상으로 굵어지지 않는 나무였다. 서너 그루가 바투 서 있어야 운치가 사는 나무였다. 세월이 흘러도 한 그루만으로는 빈약한 모양새를 벗어날 수 없었다.

게다가 한 청년이 목을 매달았던 흉목이라니. 당신의 제안을 내가 얼른 받아들이지 못했던 이유를 당신도 모르지 않았다. 설명 대신 당신은 고집했다. 정화백 생가 복원사업에 관해서라면 당신의 고집을 꺾을 사람이 마을에는 없었다. 산딸나무는 옮겨 심게 돼 있었다.

그 산딸나무가 지금처럼 크지 않았을 때는 당연히 줄기는 더 가늘었고 표피는 반들거렸다. 청년은 나무를 타고 올라가 우듬지에 왕골 새끼줄을 맸다. 땅으로 내려온 청년은 새끼줄의 다른 한쪽 끝을 열 발짝 옆 산딸나무 밑동에 둘렀다. 온 힘을 다해 당기는 동안 우듬지 묶인 나무가 서서히 고개를 숙였다. 큰 활처럼 휘기 시작했다. 광경을 본 사람은 아무도 없었으나, 청년이 그랬을 거라 짐작하지 못하는 사람 또한 아무도 없었다.

청년은 정화백의 배다른 동생이었다. 시골에서는 드물게, 정화백의 부친은 경찰공무원이었다. 해방 전부터 임지를 돌아다니느라 이틀 이상 시골집에 머물지 못했다. 바깥에 따로 살림을 차렸기 때문이었다는 사실이 뒤늦게 밝혀졌다. 정씨 성과 항렬을 따른 청년이 어느 날 마을에 나타났던 것이다. 그때 청년의 나이 열하나였다.

세력 있는 사람이 작은 부인을 두는 일이 드물지 않던 때였다. 바깥에 따로 차린 살림이 파국을 맞는 일도, 서자를 본가에 맡기는 일도 마찬가지였다. 그러나 예사로운 일에 가까웠다고 해서 청년의 처지마저 대수롭지 않았을까. 청년은 끝내 산딸나무에 목매 죽었다.

부친의 임지가 서울로 바뀌면서 정화백이 따라 상경했다. 시골 땅과 집을 건사하느라 청년의 의모(義母)는 한동안 서울과 시골을 오갔다. 청년은 마을을 떠나지 않고 전답과 선영을 지켰다. 고향의 가산 관리는 청년 몫으로 남겨졌다.

뒤곁으로 정씨네 사당이 바라보이는 집에 혼자 살며 청년은 스물도 되기 전에 잔뼈가 굵었다. 봉당마루에 누워 이인권의 〈귀국선〉을 부르는 것이 청년의 유일한 취미였다. 안씨네 넷째 딸을 속으로만 좋아했다.

명절과 성묘 때가 아니더라도 정화백과 그의 부모는 종종 시골집을 찾았다. 집과 전답이 있는, 고향이었다. 부친은 곧장 상경하곤 했으나 의모와 정화백은 방학의 반 이상을 보내기도 했다.

대학생과 농부였던 만큼, 정화백과 청년은 형제였으나 옷차림과 외모가 확연히 달랐다. 정화백은 스케치북을 겨드랑이에 끼고 다녔다. 개울 따라 난 길을 천천히 걷다가 언제라도 멈추어 앉아 하늘과 들판과 나무와 시골집을 그렸다. 그럴 동안 청년은 군불을 때고 닭을 삶았다. 그들이 올 때도, 머물 때도, 돌아갈 때도, 청년은 묵묵히 마당을 쓸고 지게를 지고 논을 오갔다.

집안에서 큰소리가 나는 일은 없었다. 그들의 작별을 마을 사람들은 멀찍이서 바라보곤 했다. 정화백은 경중경중 뛰어 마을을 벗어났다. 작별의 아쉬움 따위는 보이지 않았다. 그 스무 발짝 뒤를, 의모가 치맛단을 들고 천천히 따랐다. 다시 그 스무 발짝 뒤에서 부친이 청년의 어깨를 두드리며 무어라 말했다. 청년은 고개를 숙인 채 발등에서 눈을 떼지 않았다.

붙임성은 없었으나 집성촌의 육촌들, 팔촌들과 못 지낼 일도 없었다. 마을의 형제들도 청년처럼 일하고 먹고 자는 일이 전부였다. 집안의 위계를 떠나 농사꾼으로 가까웠다. 청년은 말없이 부지런하기만 한 사람이었다.

산딸나무에 목맨 이유를 사람들은 얼른 알지 못했다. 종가에 제사가 있던 다음날이었다. 청년도 제사에 참예했다. 음복까지 하고 평소처럼 말없이 돌아갔으므로 집안에서도 까닭을 알 수 없기는 마찬가지였다.

해 뜨기 전 여명의 시각, 방을 빠져나가 산딸나무 숲에 이르는 청년을 본 사람은 없었다. 발견됐을 때 그는 지상에서 두 길쯤 되는 허공에 매달려 있었다.

청년은 질긴 왕골 새끼줄을 힘껏 당겨 나무를 휘었다. 희붐한 하늘 아래 길고 검은 나무 하나가 절을 하듯 천천히 몸을 숙였다. 나무가 깊이 고개를 숙이자 새끼줄은 철선처럼 곧게 펴져 시위만큼 단단해졌다. 그것은 활 같고 무지개 같은 궁륭이었다. 팽팽한 줄이 현처럼 울었다.

줄을 고정하고, 그 줄의 키 높이 어디쯤 둥근 고리를 만들어 달았다. 벼린 낫을 한 손에 쥐고 고리 안에다 목을 넣었다. 팽팽한 줄 위에 날을 얹었다. 잠시 후, 산딸나무가 진저리를 치며 길고 높이 고개를 치켜들었다.

청년의 몸이 로켓처럼 솟구쳤다. 땅 위의 낙엽들이 덩달아 따라올랐다. 고개 든 산딸나무가 한차례 부르르 떨더니 고요해졌다. 어지럽게 솟아올랐던 낙엽들이 하나둘 떨어져내릴 때 청년의 숨도 멈추었다. 본 사람은 없었으나, 그랬을 거라 짐작하지 못하는 사람도 없었다.

산딸나무를 옮겨 심는 날 한 무리의 초등학생들이 몰려왔다. 지도 교사가 아이들에게 마을에 온 까닭을 설명했다. 화구를 든 아이들이 재잘거리며 흩어졌다. 비닐 매트 위에 크레파스와 도화지를 펼쳤다.

마당가에 누워 있던 산딸나무를 크레인이 끌어 세웠다. 날은 더없이 화창했다. 산딸나무 잎들이 도리질쳤다.

기지개 켜며 일어서는 산딸나무를 당신은 마당 한가운데 서서 바라보았다. 금방 엮어 얹은 이엉으로 생가 지붕은 옅은 겨잣빛을 띠었다. 당신이 살 집이기도 했다. 곧은 기둥과 질 좋은 황토벽이 생경했다.

방과 마루에는 당신이 서둘러 옮겨다놓은 살림들이 보였다. 장롱과 뒤주와 액자는 군 예산으로 장만한 거였다. 아궁이와 가마솥과 부뚜막도 당신의 도움으로 개수와 크기와 높이가 정해졌다.

크레인 쇠줄에 매달린 산딸나무가 쉽게 방향을 잡지 못했다. 당신은 크레인 기사에게 연신 손짓했다. 멀리서는 당신의 눈빛을 볼 수 없었다. 산딸나무에서 청년을 끌어내렸던 것도 당신이었다. 허공에 대롱대롱 매달린 산딸나무를 당신도 보아내기 어려웠을 것이다. 산딸나무 큰 가지가 정남을 향했을 때 기사가 재빠르게 줄을 풀었다. 나무가 쿵 소리를 내며 비틀거렸다. 눈부신 하늘 한가운데서 나뭇잎들이 검은빛을 발하며 진저리쳤다.

산딸나무에서 시신을 끌어내리는 동안 사람들은 수군거렸다. 대체 무슨 일이 있었던 게야? 당신도 그날의 웅성거림을 잊지 않았을 것이다. 산딸나무 숲에 모였던 사람 중 반 이상이 정씨네였다.

타성들은 물론 정씨네도 죽음의 이유를 몰랐다. 정씨네 형제들이 따로 모여 전날 일을 찬찬히 돌이켰다. 돌이켰을 뿐이다. 어느 순간 모두 입을 다물었고 자살의 원인을 특정짓지 않았다.

종가 제사였던 만큼, 거의 모든 정씨네 남자들이 참예했다. 나도 청년도 당신도 예외일 수 없었다. 늘 있는 일이었다. 그날도 그런 날 중 하나였다. 초헌, 독축, 아헌, 종헌, 첨작으로 이어지는 제사 순서가 세월이 가도 달라지지 않듯, 그날 제사 분위기 역시 마찬가지였다. 두런두런 얘기를 나누며 철상과 음복으로 이어진 것도.

그러다 길 건너 곽씨네 제사 얘기가 나왔다. 제사 자리여서 자연스러웠다. 곽씨네를 흉보려던 것도 아니었다. 누구나 그러하리라 동의할 만한 대수롭지 않은 생각을, 지나가는 말로 했을 뿐이다. '누구나'에 해당하지 않는 사람이 그 자리에 함께 있다는 사실을 당사자 아니고는 몰랐다.

부모 제사에 잔도 못 올리는 처지니 안됐지…… 곽씨네 아들 중 하나가 그런 처지라는 거였다. 말뜻을 못 알아듣는 사람은 없었다. 첩의 자식이기 때문이라는 말까지 굳이 할 필요가 없었다.

정씨네 형제들이 따로 모여 전날 일을 찬찬히 돌이킬 때 당신은 그

자리에 없었다. 목맨 이유를 가장 먼저 알아차린 사람은 당신이었을지도 모른다. 나를 대하는 식구들의 석연찮은 낌새를 나보다 더 잘 알아차린 것도 당신이었으니까. 음복중 실언도 당신은 놓치지 않았을 것이다.

산딸나무가 반듯하게 섰다.

운치가 없지는 않았다.

산딸나무를 옮겨 심자던 당신의 의중을 끝내 몰랐고 따져 묻지도 않았다. 누가 묻는대도 나는 당신이 마을에 나타나기 전 저질렀다는 끔찍한 사건을 함구할 것이다. 당신의 과거든 현재든, 당신에 대한 거라면 침묵할 것이다.

마을의 새로워지는 풍경에 내가 일조할 일이란 그것뿐이라 생각했다. 사람들은 언제까지고 당신을 멋쩍은 웃음밖에 지을 줄 모르는 소심하고 온화한 남자로 기억할 것이다. 풍경이란 잊히거나 감추어진 비밀로 더 그윽해지는 법일 테니까.

말이 될 수 없는 많은 것들을 품고 산딸나무는 새 자리에, 있을 수 있을 만큼 서 있을 것이다. 당신은 새집에서 살 만큼 살 것이다. 나는 마을을 오르내리며 기념관의 지붕과 마당과 산딸나무를 바라볼 것이다. 개울은 원래 그랬다는 듯 흐를 것이고, 은백양 잎은 바람에 하얗게 뒤집힐 것이다. 정화백의 그림처럼.

아이들은 재잘거리며, 금방 일어선 나무를 도화지에 그려넣었다. 산딸나무는 아이들의 그림 속에서 영원할 것이다.

화양연화

그가 광양으로 매화 구경을 간 게 2월이었다. 2월 15일쯤이었을 것이다.

　매화는 2월에 핀다, 고 알고 있었으니까. 왜 그렇게 알고 있었을까. 그가 국문과를 나왔기 때문이라고밖엔 달리 말할 수 없다. 국어교육과였던가?

　그는 종종 인용하곤 했다. 『고문진보』 같은 것. 아니면 완판본 『춘향전』 같은 것. 『홍길동전』이라든가 『매천야록』 같은 것도. 지겨운 인용. 그를 아는 사람들이 하는 말이었다.

　국문과 출신이 아니더라도 입시 공부하느라 다들 한 번씩은 들어 알고 있는 제목들이다. 하지만 제목만 알 뿐 제대로 읽어본 적은 없는. 언어영역 시험 볼 때 제시문으로나 구경하는 정도였을.

　그런데 그는 꽤나 이러쿵저러쿵 아는 척을 했다. 많이 알았다기보다는, 남들이 모르면 아는 척을 더 하게 되는 그런 경우였긴 하지만.

알아도 아는 게 옹글지 않았던 걸까. 2월에 매화 구경을 가다니. 국문과와 썩 연관 있는 사태는 아니었다. 연관이 있다면, 전공보다는 오히려 성격 쪽 아니었을까.

그가 이래저래 읽었던 책 속에 매실나무의 개화 시기가 2월로 돼 있었을 거라는 건 짐작할 수 있다. 음력이었을 테니까. 졸업 논문도 고전문학 쪽이었다.

그런데 양력 2월에 광양엘 갔으니, 전공과는 아무 상관 없는 일이었다고밖에 할 수 없다. '15일쯤'으로 잡은 것도 그랬다. 초순쯤일까 하순쯤일까 생각하다 적당히 중간을 찍은 거였으니까. 그는 그런 사람이었다.

하여튼 광양 청매실 농원에 도착하기까지 그의 머릿속 문장은 전혀 흔들리지 않았다. '매화는 2월에 핀다.'

*

"구례에 가."
대뜸 말해놓고 상대의 반응을 기다리는 게 그의 통화 방식이었다.
"저 보러요?"
송주였다. 김송주. 서른다섯. 구례에서 기간제 교사를 하는. 남편은 그쪽 농협 직원. 유치원 다니는 아들이 하나 있다. 송주와는 가물에 콩 나듯 통화하는 사이였다. 광양으로 떠나기 하루 전의 전화였다.
"응. 뭐, 그런 셈이지."
그런 셈…… 이 말 뒤엔 숨은 게 있었다. 여차하면 튀어나올 매화.

174

광양이 구례에서 멀지 않다는 걸 그는 알고 있었다.

매화가 아니라, 송주를 만나러 가고 싶었다. 매화는 핑계였다. 그런 속내가 드러날까봐 일단 '그런 셈'이라 말해두고, 여의치 않으면 매화를 끌어다댈 참이었다.

"어쩐 일일까, 바흐 아저씨가?"

"내가 왜?"

"생전 온다는 말 안 하더니."

"오라고도 안 했잖아."

"오호, 그래서 안 온 거군요?"

"그래."

"그렇구나."

"그렇다니까."

"그런데 웬 바람이 불어서 온다는 걸까요?"

매화 철이잖아. 꽃바람.

그러려다 내친김에,

"보고 싶어 간다는데 다른 이유가 더 필요하니?"

슬쩍 밀어봤다. 송주가 선선히 물어왔다.

"아저씨, 오리탕 좋아해요?"

"국물이 좋지."

"고기는요?"

"부추 듬뿍 넣으면 고기도 다 먹어버려."

"손님 들끓는 집이 있거든요. 예약해야겠네."

이리하여 매화 얘기는 꺼내지도 않고 구례에 가게 됐다. 천만다행이었다. 매화 얘기 먼저 꺼냈다간 구례든 광양이든 못 갈 뻔했다. 2월이었으니까. 송주마저 못 볼 뻔했던 것이다.

"부추가 듬뿍 들어가야 한다구."

그가 슬쩍 능쳤고,

"오리탕에 부추 안 넣는 집이 어딨어요? 그것보다 그 집 돌미나리 겉절이 한번 먹어보면 뿅갈걸요."

송주가 맞장구쳤다.

*

송주는 서른다섯, 그는 서른아홉이었다. 네 살밖에 차이 나지 않았다. 그런데도 송주는 그를 아저씨라고 불렀다. 대학 다닐 때부터.

과에서 그를 아저씨라고 부른 여학생은 송주가 유일했다. 왜 그랬을까. 다들 형, 오빠, 아니면 선배라고 했는데 송주만 그를 아저씨라고 불렀다. 한 해 재수를 하고 군대를 다녀오고 복학이 조금 늦어지긴 했지만, 그때 나이 겨우 스물다섯이었는데 아저씨라니.

무슨 상관이냐 싶겠지만, 그가 송주를 이만저만 좋아한 게 아니었다. 그런데 아저씨라는 호칭이 딱 막아섰다. 접근을. 옐로카드처럼 딱.

같은 학년인데다 그 친구에 그 교수들이라면 나이 따위 잊은 채 함께 지지고 볶으며 가는 게 대학 생활이었다. 그런데 아저씨라는 말을 들을 때마다 그는 경기를 할 수밖에 없었다. 얼음땡 하는 기분이었으니까.

"아저씨라니, 스물다섯일 뿐인데."

복학하고 두어 달 지나서였던가, 송주에게 간신히 물은 적이 있었다. 간신히 물을 수밖에 없었다. 송주 앞이라면 떨리기부터 했으니까.

"바흐 형은 좀 그렇잖아요. 바흐 오빠도 그렇고. 바흐 선배도 안 어울려." 송주가 찬찬히 말했다. "바흐 선생님이 딱인데, 선생님이라 부르기가 뭣하니까 아저씨라고 하는 거예요. 바흐 할아버지보단 훨 낫잖아요. 응?"

"꼭 바흐여야 하니?"

"그럼, 봉한 아저씨라고 할까요?"

눈물이 날 만큼 송주가 야속했다.

"꼭 아저씨를 붙여야 하느냐는 거지."

"전 그게 편하거든요."

야속한 송주가 예쁘기만 해서 눈물이 날 것 같았다. 나는 안 편하거든…… 그 말을 끝내 입 밖으로 낼 수 없었다.

과제물에 이름을 쓰지 않고 제출한 일로 그는 바흐가 됐다. 그의 이름에 익숙지 않았던 강사가 강의 시간에 물었다.

"첨부 파일 'ㅂㅎ.hwp' 전송한 사람 누구야? 파일명 비읍히읗 쩜 에이치더블유피!"

그때 누군가 장난스레 외쳤다.

"바흐?"

폭소가 한바탕 휩쓸고 간 뒤 강의실 구석에서 슬그머니 손을 드는 사람이 있었다. 그였다. 그때부터 송주는 그를 바흐 아저씨라고 불렀다. 나중에는 아저씨라고만 했다.

바흐라면 나쁘지 않은 별명이라 생각했다. 그도 봉한이라는 이름이 맘에 안 들어 'ㅂㅎ'이라는 이니셜을 쓰곤 했으니까. 바흐. 괜찮은 아이디이라고 생각하면 될 거 같았다. 문제는 그것이 형이나 오빠라는 호칭과 어울리지 않는다는 거였다. 나중에는 그것마저 위성 로켓 추진체처럼 떨어져나가고 생뚱맞게 아저씨만 남았다는 게 더 큰 문제긴 했지만.

새로운 학기가 시작되어 복학생이 모두 셋으로 늘어나면서 아저씨 강박에서 조금 벗어날 수 있었다. 그한테 좀 미안했던지, 송주는 형평성 있게 복학생 모두를 아저씨라 불러줬다.

*

"이제 말해봐요."

오리탕을 다 먹은 뒤 송주가 물었다.

"과연. 맛있었어, 돌미나리 겉절이."

"그거 말고요."

"말고, 뭘?"

"구례까지 온 까닭."

"말했잖아. 보……고 싶어서라고."

"그 말을 내가 믿으라구요?"

"좀 믿으면 안 되니?"

"내가 아저씨 보고 싶었다고 말하면…… 믿을 거예요?"

"정말야?"

"저것 봐…… 그러니 어서 말해봐요."

"어서?"

"네. 어서."

어서라는 말에 말문이 막혔다. 빨리 말하라는 뜻으로 들리지 않았으니까. 솔직히 말해라 아저씨야. 그렇게 들렸던 것이다.

물론 송주가 보고 싶어서 갔다. 매화는 여차하면 들이댈 핑계였고. 하지만 송주가 보고 싶어 왔다고 하면 얘기는 다시 원점으로 돌아가 실랑이만 되풀이될 것 같았다.

실랑이가 되어야만 하는 사정이 조금은 서글펐다. 어서 말하라는 송주의 의중을 모르지 않았으니까. 빨리 말하라는 뜻도, 솔직히 말하라는 뜻도 아니었다. 좀더 진심을 실을 수 없느냐, 그런 뜻이었다. '좀더'라는 게 중요했다. 송주도 이미 알고 있었으니까. 대학 때부터 줄곧 자신을 좋아해왔고, 지금도 그 마음 달라지지 않았다는 것을.

송주나 그나 생각은 비슷했다. '좀더' 진심을 실어 말한다고 해서 두 사람의 관계가 이전과 달라질 것 같지는 않다는 것. 그가 비록 아직 결혼하지 않은 홀몸이긴 해도 송주는 남편과 자식이 있는 유부녀인데 어떡하겠는가.

어서 말하라고 재촉하는 송주도 어쩌자는 맘이 있어 그러는 건 아니었다. 좀더 진심이 담긴 대답을 듣고 싶었던 것뿐이다. 나중에야 어찌되든, 사람의 맘이 그렇잖던가. 그런 말, 일단은 듣고 싶은 것. 굳이 못할 것도 없는 거고.

그렇게 보면 그가 훨씬 소심했다. 구례로 송주 보러 가고 싶었으면서도 매화 핑계나 정성스레 준비하는 깜냥이었으니.

"일어나자."

그가 먼저 자리에서 일어섰다.

"어딜 가게요?"

"갈 데가 있어."

"그럼 그렇지."

차를 몰고 강줄기를 따라 남쪽으로 시원하게 달렸다. 매화를 보러 왔다고 해도 될 것 같았다. 구례에 왔고 송주를 만났으니 매화는 이미 핑계랄 것도 없게 되었으니까.

"세상에…… 저거, 섬진강 아니야? 맞지?"

차창 밖을 내다보던 그가 깜짝 놀라 외쳤다.

"섬진강 보러 온 거 아니었어요?"

웬 능청이냐는 듯 송주가 말했다.

"섬진강 보러 왔으면 내가 놀라겠어? 처음이야. 처음이면서도 왜 나는 섬진강을 잘 안다고 생각했을까. 시인들이 하도 써먹어서 그랬을까. 직접 보니 아, 시 천 편으로는 턱도 없겠다. 저토록 이쁜 강을 이제야 문득 보다니……"

"사진 좀 찍는다는 사람이 섬진강이 처음이라니요?"

"내가 찍는 건 시계, 보석, 전자제품 일색이잖아. 스튜디오에서. 먹고살자고 말야. 물론 섬진강도 사진으론 봤지. 많이."

"섬진강 보러 온 거 아니면 뭐예요? 어딜 가는 거예요?"

"요즘 그림 좀 그려?"

슬쩍 딴소리를 했다.

"언젠간 저 섬진강을 천 개의 화폭에 담을 거예요. 턱도 없으려나. 그래도 기어이, 반드시 하고 말 거예요. 내가 왜 이곳 촌 남자랑 결

혼을 했게. 지금은 그 남편과 애 때문에 꼼짝 못하지만 하여튼 언젠
간…… 아, 시골 살림 만만치 않아요. 서울 사람들은 상상도 못할 거
야. 아저씨는 시 좀 쓰시나?"

"시 없인 하루도 못 살지."

"푸……"

대학 시절부터 '낙방의 시인'으로 불렸던 걸 송주가 모를 리 없었
다. 그는 언제나 시를 썼고 언제나 낙방의 쓴잔을 마셨다. 언제나 시
없이는 못 산다고 말하면서, 그렇게 말하는 걸 행복해했다. 이제껏,
시 쓰는 일보다 시를 향한 짝사랑을 더 사랑했달까.

"'전신응시명월 기생수도매화'라는 구절이 있어."

"왜 안 나오나 했어요."

"백 수가 넘는 퇴계의 매화 시 중 하나야. '내 전생에는 밝은 달이
었지, 몇 생애나 닦아야 매화가 될까……' 크으, 본인을 달로 비유하
는 것도 쩌는데 매화는 감히 도달할 수 없는 그 무엇이라는 말 아니겠
어. 어찌 매화를 보지 않을 수 있나."

결국 매화를 입 밖에 내고 말았다.

그런데 송주의 반응이라는 게,

"그런 거 외우는 거 여전히 재밌어요?"

정도였다.

"매화에 얽힌 퇴계와 두향이라는 관기의 스토리를 들으면 정말 가
슴 저린다, 너."

라고 말해도 송주는,

"아무리 많이 외우면 뭐해, 써야지."

라고 말했다. 아하, 매화 때문에 온 거였구나! 이런 말이 송주의 입에서 튀어나올 줄 알았는데.

*

　청매실 농원 입구에 다다랐을 때야 그는 문득 알았다. 섬진강을 따라 내려올 동안 매화를 전혀 구경할 수 없었다는 사실을.

　매화가 그 농원에만 피었을 리는 만무했다. 휑한 길을 달렸으면서도 그는 눈치채지 못했다. 섬진강 때문이기도 했고 그보다 예쁜 송주 때문이기도 했겠지만.

　목적지가 그 농원이었으니까 더이상 달릴 수 없었다. 차를 세웠다. 황당하고 참담한 맘으로 농원의 둔덕과 섬진강을 휘둘러보았다.

　"알겠다, 이제."

　송주가 말했다.

　그는 시침을 뗐다.

　"뭘?"

　"허탕친 거죠?"

　"'매화는 평생 추워도 향기를 팔지 않는다……' 신흠의 글이야. 매화는 추울 때 피지 않나? 아니었니?"

　"추위보다 향기에 맞춰진 글이네요, 뭘."

　"'뼛속 사무치는 추위 없이 코끝 찌르는 매화 향기 얻을 수 없노라……' 이래도?"

　황벽선사의 시라는 말은 뺐다. 자신 없었으니까.

"그것도 추위가 아니라 향기에 맞춰진 글."

송주도 만만치 않았다. 자기가 아닌 매화를 보러 왔다는 바흐 아저씨 아니었던가.

"보우선사가 거짓말했겠어? '섣달 눈 허공에 가득한데 매화꽃 활짝 피었네. 눈송이 조각조각 흩날리니 눈인지 매화인지 모르겠더라……' 이래도?"

"섣달이랬어요?"

"맞아. 섣달 눈. 납설(臘雪)이라 했으니까. 납은 섣달."

"그런데 아−저−씨."

"지금 이 상황에서 그 아저씨란 말 왠지 제대로 어울리는 것 같다."

"그쵸. 아저씨도 그렇게 생각하죠?"

"응. 좀 쫄리려고 하니까."

"신흠이든 보우선사든, 지금 엄연한 건 여기에 매화가 피지 않았다는 거잖아요."

"그러게 말야."

"설중매는 수사일 뿐이에요. 매화는 다음달에나 펴요."

"그러게 말야."

*

그는 무슨 상관이랴 싶었다. 당초부터 매화는 핑계였을 뿐인걸. 송주가 보고 싶어 왔고, 봤으니, 매화 따위 가을에 핀들 대수겠는가.

서른다섯의 아이 엄마인데도 송주는 여전히 그의 눈에 쏙 들어올

만큼 예뻤다. 촌살림이 만만치 않다고 했지만 송주에게는 애교로 봐줄 주름이나 군살마저 없었으니까. 눈부시게 고운 그녀를 눈앞에 두고 있는 거였다.

어느 학기초 엠티에서의 일이 떠올랐다. 강물이 느리게 흘러가던 양평 어디 미루나무 조림지였을 것이다. 버드나무였던가?

전후 사정은 전혀 기억이 나지 않았다. 워낙 충격이 커서 그만 앞뒤 사정들이 기억에서 깨끗이 증발해버린 거겠지. 화인처럼 뇌리에 박힌 건 오로지 송주의 격렬한 몸짓뿐. 겨우 더 생각나는 게 있다면 양귀비처럼 생긴 1년생 주홍 풀꽃들이 여기저기 피어 있었다는 정도였다.

무슨 게임을 하다 송주가 걸렸다. 벌칙이란 것도 게임만큼이나 지겨운 거였다. 노래 아니면 춤. 노래나 한 마디 하겠지 싶었는데 송주가 갑자기 지랄스럽게 몸을 흔들기 시작했다.

지랄이라는 표현은 좀 그렇긴 하지만 그때 그는 굳이 그렇게 받아들였다. 억하심정 같은 거였겠지. 차마 눈뜨고 볼 수 없었으니까.

송주를 볼 때마다 그는 속으로 중얼거리곤 했다. 일제강점기 국민학교 여선생이 꼭 저랬을 것 같아…… 그만큼 송주는 선생님이라는, 그것도 몇 세대 과거의 틀로 찍어낸 인물 같았으니까. 가장 국어교육과(국어교육과가 맞다)다운 학생이라고 생각했다.

팀을 대표해서 과제물을 발표할 때도 어쩜 그리 상냥하고 반듯하고 낭랑했던지. 살짝살짝 벌어질 때마다 언뜻언뜻 비치던 입안의 핑크빛은 갓 씻어놓은 잘 익은 복숭아 같았다. 치마든 청바지든 언제나 금방 옷장에서 꺼내 입은 듯 정갈했다. 지진이 일어나도 송주만큼은 뗼 것 같지 않았다.

그랬던 송주가 자리를 박차고 일어나 지축을 흔들며 춤을 췄던 것이다. 어깨와 가슴, 허리와 엉덩이가 모질고도 모질게 움직였다. 둘러앉아 있던 애들이 미친듯이 환호하며 박수를 쳤다. 의외였던 만큼 반응이 뜨거웠던 것이다.

그때 그가 느낀 기분은 수치와 모멸 같은 거였다. 나만의 애인이 취객들의 벌건 눈앞에서 함부로 속살을 드러내며 천박하게 춤추는 것 같은.

그러나 송주는 그의 애인도 아니었고 더구나 천박한 춤도 아니었다. 어려서부터 그림도 배우고 무용도 배웠던 사람의 자연스러운 재능이었을 뿐이다. 그 혼자 충격받고 수치스러워했다. 송주의 엄청난 관능을 독점하지 못한 설움, 남학생들의 번득이는 시선을 고스란히 허용한 수치, 그 모든 걸 100분의 1조차 통제할 수 없었던 패배감. 그런 거였다.

그는 수백수천 명한테 밟히고 얻어맞은 것처럼 앓았다. 손끝만 닿아도 비명이 튀어나올 듯, 온몸(마음이었겠지만)의 상처는 풍선처럼 부풀었다. 그러나 송주에 대한 실망은커녕, 열에 들떠 혹독한 홍역을 치르는 동안 그의 몸안은 불가항력의 송주로 가득해졌다. 몸을 추스르고 난 뒤 그가 깨달은 건 그거였다. 자신의 몸이 송주의 온전한 숙주가 돼버리고 말았다는 것.

그리될 거라는 걸, 그는 복학하자마자 예감하고 있었다. 휴학한 지 2년 반 만에 돌아간 강의실에는 처음 보는 얼굴들뿐이었다. 그중에 송주가 있었고, 송주를 보자마자 그는 곧장 돌발성을 동반한 지속적 의욕상실증에 걸리고 말았다. 그런 병증이 있다 치면 말이다.

*

"하이쿠다!"

그가 외쳤다. 하릴없이 청매실 농원 사잇길을 걸어올라가던 중이었다.

"비약하는 건 여전하네요."

"시는 비약이잖아."

"아저씨 비약 따라가다간 가랑이 찢어지겠네. 뜬금없이 하이쿠는……"

"봐, 저기."

그가 가리킨 곳에는 커다란 바위들이 모여 있었다. 아직 꽃을 피우지 못한 매실나무 빈 가지 아래 둥글넓적한 자연석들. 한두 개가 아니었다. 농원 여기저기 수도 없이 널려 있었다.

"매화밭이 아니라 돌밭이네요."

"매화는 져서 자개처럼 박힌다, 검은 상머리."

약간의 비음을 섞어 그가 읊었다.

"하이쿠?"

"작자 이름을 잊어먹었어. 요사 부손인가? 검은 상에 박힌 자개를 보며 매화를 떠올린 거지."

"어쨌다는 거예요, 그게?"

"나도 그게 어쨌다는 건가 싶었는데, 저걸 보라니까."

송주의 눈길이 딱 멈추었다. 한동안 말이 없었다. 그 많은, 커다란 바위들 위에, 하나같이, 매화가 떨어져 쌓여 있었던 것이다.

186

"세상에나……"

"일부러 이런 돌밭을 찾아 매실나무를 심진 않았겠지. 이건 분명……"

"정말로 매화가 바위에 떨어져 스민 거다, 오랜 세월. 그 말 하려는 거예요?"

"매미 소리가 바위에 스며들어 고요해지듯."

"그것도 하이쿠?"

"워낙 유명한 사람이라 알지. 바쇼. 정확한 인용은 아니지만."

두 사람은 바위 무더기로 뛰어갔다. 가까이 가니 돌 속 매화 문양은 외려 더 선명해졌다. 사방을 둘러보았다. 돌마다 매화가 가득했다.

"믿을 수 없어……"

송주가 벌어진 입을 다물지 못하고 그를 쳐다보았다. 얼마나 보고 싶은 얼굴이었던가.

"오랜 세월, 널 사랑했어."

"제 안에 깊이 스며 있거든요, 아저씨도."

하마터면 그런 장면이 연출될 뻔했달까. 그토록 서로의 눈을 깊이 응시한 적이 없었으니까. 하지만 그 순간이 너무도 짧아서 마치 서로를 완강히 외면하는 꼴이 돼버리고 말았지만.

*

그가 매화를 핑계로 구례에 가게 되었던 건 송주가 보내오는, 뭐랄까, 여지 때문이었다. 매번은 아니지만 먼저 전화를 걸어오는 쪽은 송주었으니까.

"내가 왜 이렇게 사는지 모르겠어요."

수업을 마치고 집으로 돌아가는 길에 문득 아저씨 생각이 났다며 송주는 전화를 했다.

"차가 신호등에 걸려 잠깐 숨을 고르는데 문득 운전대 위의 내 손가락이 보이는 거예요."

이런 식으로.

"오른쪽 손가락 두 개의 손톱이 그대로 있는 거예요. 아침에 손톱을 깎았는데 두 개를 빼먹은 거죠. 약지와 새끼손가락. 아이 참."

그럴 때 그가 보인 반응이란,

"시골 신호등이 길지는 않을 텐데 전화하기 괜찮아?"

이런 식이었다. 송주는 대뜸 소리를 높였다.

"지금 갓길에 세운 거거든요! 참 내."

그도 알고 있었다. 송주도 자기를 싫어하지 않았다는 걸. 대학 때부터 죽. 그런데 캠퍼스 커플이나 연인 사이로 발전하진 못했다. 지독한 소심증, 얼마간의 방어 강박, 그로 인한 실기(失期), 송주의 결혼과 낙향, 나중에는 '부적절할 가능성'과 서울 구례 간 거리 따위를 원인으로 여겼으나 진짜 이유는 그도 송주도 잘 몰랐다. 우물쭈물하다가 그리된 거였다.

학창 시절 그도 썩 괜찮은 쪽이었다. 그가 학술답사 보고회장에 발표자로 들어설 때는 뒷자리의 여학생들이 요즘 아이돌 가수 반기듯 함성을 지르곤 했으니까. 그를 좋아한 한 여학생이 앓아누워 장기 결석을 하는 바람에 직접 그 여학생 자취방을 방문해 출석을 권유하기도 했다. 우쿨렐레를 들고 가 카니발의 〈거위의 꿈〉을 들려주자 다음 날 그 여학생이 학교엘 나왔다.

내내 성적 장학금을 받을 만큼 공부도 잘했고(암기력이라면 그를 따를 자가 없었다. 인용의 귀재였으니까) 선배나 교수에게 덤빌 만큼 꽤 결기도 있었다. 무엇보다 당시 드라마 〈프로포즈〉로 데뷔한 원빈을 살짝 닮았다는 게 가장 큰 이유였다. '살짝'은 본인의 오만한 겸손이었고 남들은 '많이'라고 했다.

특별한 이유가 있지 않고서야 송주라고 그를 싫어할 턱이 없었다. 문제는 그가 송주 앞에서만은 거의 모든 의욕을 상실한다는 거였다. 상실이 아니라, 의욕이 지나쳐 오금이 꺾였다.

복학 후 두번째 고시조론 시간이었을 것이다. 숙종 영조조 가단(歌壇)의 이세춘에 대해 조사해온 걸 그가 발표하고 있었다. 그때만 해도 새로운 얼굴들을 거의 익히지 못했을 때였다.

이세춘은 영조조의 유명한 가객으로서…… 입을 떼자마자 그만 얼어붙고 말았다. 다음 시간에 발표할 기회를 다시 주신다면…… 그 말마저 채 끝내지 못하고 단상에서 엉거주춤 내려섰다. 그러곤 고개를 숙이고 제자리로 급히 돌아갔다. 송주 때문에. 송주 이름도 몰랐을 때였다. 강의실 한가운데 작고 환하고 바알간 꽃으로 가만히 피어 있었을 뿐이다. 오연하게.

오연하다, 라는 말은 그럴 때 쓰라고 만들어진 것 같았다. 성미가 거만해 보였다는 말이 아니다. 그 과목의 수강을 신청한 학생으로서 그저 담담하게 강의에 임하고 있었을 뿐이다. 차분하고 평온했을 따름인데 그의 눈에만 돌올하게 보였던 것이다.

디엔에이라든가 무의식 같은 데에 그만의 동그란 원을 갖고 있었다면, 송주는 그 원을 에누리 없이 온전히 가득 채우는 존재로 와락 들어와 박힌 것이었다. 요즘 말로 빽간 것. 그래선지 지금도 이세춘이란 이름만큼은 잊히지 않는다. 전광석화처럼 송주의 모습이 들어와 박히던 그 얼떨결에 덩달아 각인된 이름이니까.

송주와 가장 친했던 단짝의 이름마저 이세춘으로 착각하는 것도 그때문이었다. 송주의 단짝 친구 이름을 그는 까맣게 잊어버렸다.

송주와 맥주 한잔이라도 나눌 기회가 생긴다면 세상에 더 바랄 것이 없겠다, 고 황홀한 생각에 잠겼을 때 그가 떠올렸던 이름이었다. 이세춘. 이세춘은 아니나 이세춘으로만 기억되는 이름. 그래서 이세춘에게 말했다. 오늘 맥주 한잔 어때? 내가 완전 쏜다.

송주를 생각하면 이세춘이 떠오르듯 이세춘 곁에는 언제나 그녀의 단짝인 기숙사 룸메이트 송주가 있었다. 그도 기숙사생이었다. 오후 6시쯤 도서관 앞에서 만난 셋은 교정의 긴 중앙로를 걸어 교문을 빠져나갔다. 중앙로 양쪽으론 너무나 많은, 너무나 활짝 핀 장미들이 붉은 거품 시럽처럼 흘러내리고 있었다.

저녁 바람은 시원했고 학교 앞 술집들이 하나둘 불을 밝히기 시작했다. 천천히 걸어 먹자골목 끝 맥줏집에서 생맥주를 마시고 독일식 소시지를 먹었다. 이세춘의 고향은 강릉이었고 아버지는 중학교 국어 교사였다. 이세춘에게 국어교육학과를 권했던 것도 아버지였다. 어머니는 피아노 학원 원장님. 손가락이 짧아 피아니스트가 되지 못했다고 아직도 가끔 어린애처럼 우셔. 이세춘이 말했고, 손가락이 짧으면 피아니스트가 되지 못하나? 그가 물었다.

이세춘과의 대화중에 간간이, 송주의 고향이 전주라는 사실 따위를 얻어들을 수 있었다. 그랬던 것이다. 대화는 주로 그와 이세춘 사이를 활발히 오갈 뿐이었다. 송주에 대한 궁금증이 터질 듯했지만. 맥줏집에서도 송주는 꼬박꼬박 그를 아저씨라고 불렀다.

그래서 이세춘이 오해했다. 자기를 좋아하는 줄로. 아니라는 사실을 알게 되고 이세춘은 분통을 터뜨렸다. 사과와 위로의 진심을 담아 그는 이세춘에게 노래를 선사했다. 그런데 그 노래라는 것이 우쿨렐레 반주의 〈거위의 꿈〉이었다. 이미 다들 알고 있었다. 장기 결석 여학생과 '자취방 위로 공연'에 얽힌 사연을.

재탕에 불과한 노래를 듣고 속이 상할 대로 상한 이세춘은 송주와 예전처럼 붙어다니지 않았다. 한 달쯤 지나고 나서 다시 단짝이 되긴 했지만 그는 오래오래 미안했다. 이세춘이 아닌 송주에게.

*

"넌 몰랐을 거야. 내가 기숙사 식당 가는 걸 얼마나 두려워했었는지."

매화 무늬 점점이 박힌 큰 바위에 걸터앉으며 그가 말했다. 섬진강 백사장이 시원하게 내려다보였다.

"모르긴요. 등뒤로 다 느꼈는걸."

"등뒤로?"

"아저씨가 나보다 먼저 식당에 도착하는 경우는 없었잖아요."

"알고 있었어?"

"알고 있었지요."

그럴 수밖에 없었다. 송주에게 접근하지 못하고 멀찌감치서 배돌았으니까. 유일한 접근로였던 이세춘은 그와 눈도 마주치려 하지 않았다. 그는 식당에서 늘 송주 뒤에, 최소한 열 명 정도의 간격을 두고 줄을 섰다.

"식탁에 함께 앉은 적도 거의 없었지. 앉게 되더라도 너랑은 대각선 끝 쪽에 앉았고. 그때 학교 기숙사 식당 식탁이라는 게 10인용인가 그랬을 거야."

"12인용."

"내가 밥 먹는 거, 되게 어색하고 불편하고 그랬다는 것도 다 봤어?"

"봤죠. 대각선 끝이었으니까요."

"대각선 끝이라서라니?"

"늘 대각선 끝일 수 있었던 건……"

송주가 잠깐 숨을 멈추었다.

"끝일 수 있었던 건?"

"혼자 그러기는 힘든 거잖아요. 둘이 마음이 같아야 '늘 대각선 끝'이 가능한 거 아닌가?"

갑자기 추워져서 그는 몸을 움츠렸다. 12인용…… 송주의 기억이 더 선명했다.

그는 밥 먹는 송주를 차마 보지 못했으나 송주는 봤던 것이다. '같은 마음'이었지만 그가 훨씬 소심했던 셈이다. 송주는 다 알면서 먼저 식당에 도착했고, 뒷줄에서 자신의 등을 바라보는 그의 시선을 감당한 거니까.

섬진강에서 눈길을 거두어 송주의 옆모습을 슬쩍 바라보았다. 송주는 그걸 어째서 이제야 말하는 것일까. 묻고 싶었으나, 또 그 두려움 같은 게 문득 앞을 막아섰다. 그러던 차에 송주가 불쑥 말해 깜짝 놀랐다.

"밥을 먹지 말지. 식당 가는 게 그토록 두려웠다면요."

원망같이 들려 그제야 송주를 똑바로 바라보았다. 송주는 꽃처럼 해맑게 웃고 있었다. 그도 웃으며 말했다.

"그 두려움이란 건, 꼭, 반드시, 식당엔 가야 한다는 전제에서 오는 거였으니까."

"꼭, 반드시?"

"응. 꼭, 반드시."

그처럼 기숙사 밥을 꼬박꼬박 먹는 학생도 없었을 것이다. 특히 아침에만큼은 반드시 제시간을 지켜 식당엘 갔다. 학생들이 등교하기 훨씬 전, 막 깨어난 기숙사 여학생들이 새벽 기운이 채 가시지 않은 고즈넉한 아침 공기를 헤치며 공동 식당으로 모여들었다. 식당으로 향하는 길엔 철마다 목련과 수국, 칸나와 등꽃이 피었다. 미처 다 마르지 않은 여학생들의 머리카락에선 샴푸향이 났고. 그런 아침, 금방 세수하고 나온 송주의 발그레한 뺨을 보는 것은 굉장한 두려움이었다.

결코 피하고 싶지 않았던 이상한 두려움. 그 많은 날들, 그 많은 밥을 먹으면서도, 그는 가슴 두근거려 무슨 맛인지도 몰랐다. 그런 것까지 정말 송주가 다 알고 있는 걸까. 궁금했으나 그의 입에서 튀어나온 질문은 엉뚱했다.

"이세춘은 뭐해?"

"이세춘?"

"네 단짝 말야."

"아ㅡ저ㅡ씨."

"웅?"

"혜진이거든요, 이혜진!"

여전히, 뭐가 두려운 걸까. 그는 다시 느린 강물을 바라보았다.

*

이세춘 아닌 이혜진은 안성의 한 고등학교에 적을 두고 있다고 했다. 송주보다 이태 늦게 결혼한 이혜진은 교사 연수회에서 만난 남자와 사랑에 빠져 몇 년 전에 이혼을 했다고 했다.

"지금은?"

그가 물었다.

"여전히 그 학교에."

"잘살아?"

"잘사는 게 뭘까요? 그냥 사는 거지."

"그냥?"

"혼자 그렇게 살아요. 애는 친정에 맡기고."

이혜진은 서둘러 이혼을 했지만 남자 쪽에서 차일피일 이혼을 미룬다는 거였다. "가정을 깨고 싶지 않다는 거겠죠 뭐." 송주가 말했다. "그렇고 그런, 지겨운 신파 있잖아요."

"신파."

"그러면서도 죽어도 못 잊겠다니까 더 신파 같아. 온갖 핑계를 대서 몰래몰래 아직도 만나니까. 얼굴이 반쪽이에요, 완전. 봐도 알아볼 수 없을걸요. 지겹지도 않은가봐, 걔."

"그렇구나. 이세…… 이혜진."

"그래도 정규 교사인 걔가 난 왜 그렇게 부러운지. 기간제 교사라는 거 참 더러워요. 땜빵도 이런 땜빵이 없어. 땜빵 교사는 인권도 없는 거 알아요?"

"그 정도야?"

"여교사들이 임신하기만 기다리는 신세를 알까. 출산휴가 끝나고 돌아오면 얌전히 자리 내줘야 해요. 그동안 정들었던 애들과 헤어지는 것도 한두 번도 아니고. 차 몰고 경상도까지 출퇴근한 적도 있다니까요. 그러니 손톱도 제대로 못 깎고 허둥지둥이지. 다 때려치우고 그림이나 실컷 그릴까 싶어요. 교감이 밤 10시에 만나자고 하질 않나."

"돈 벌어오는 남편 있는데 인권까지 무시당한다면서 꼭 그 일을 해야 돼?"

"남편 얘기 하지 말아요. 속 터져. 사람이 없어 자기랑 결혼한 줄 알아. 촌구석 농협 과장인 주제에. 라면도 꼭 끓여 바쳐야 해. 김치, 계란, 파, 김 따로 넣어서. 화장실에 샴푸고 린스고 떨어지면 빈 용기는 내가 치우지 않으면 그 자리에 그대로 있어요. 그런 식으로 칫솔, 비누, 수건이 한정 없이 늘어나고. 화장지 떨어지면 다시 새것 걸어놓는 일도 결국 내가 해야 한다구요. 없으면 티슈 뽑아 들고 다니는 꼴이라니, 차암. 나 같으면 갈아끼우겠구먼. 머리카락은 뭉텅뭉텅 빠지는 주제에 샤워 후에 수채에 걸린 머리카락 집어내라고 해도 절대 안 해요. 한번 꺼내 신은 신발은 현관에 계속 늘어놔서 또 결국은 내가 정리해야 하고. 휴대전화 쓰고는 그 자리에 던져놔서 충전 안 돼 삑삑거리니 제자리 다시 세워놓는 것도 결국은 나…… 진작 임용고시 봐서 살림에서 손 딱 떼는 건데 이젠 다 늦었고."

"그렇게 말해봤자 하나도 안 불행해 보여. 그리고 너 서른다섯일 뿐이야."

"속 모르는 사람에게 더 말해 뭣해."

"말하면서도 웃고 있거든, 너."

"웃는다구요? 기가 막힌 거겠지."

"매화 없어도 네 웃음 때문에 세상이 다 환하다야."

"세상이 환한 건 섬진강 때문이겠죠. 언젠간 저걸 천 폭의 그림으로 담아내겠다는 오기가 있으니까. 내가 사는 이유가 그거니까. 저 물길을 바라보고 있으면 숨통이 트여요. 정말 이쁜 강이야. 아주 이쁜 강."

'니가 이쁘니까.' 그는 속으로 중얼거렸다. 대학 때도 그랬지만 송주의 표정은 여간해서는 어두워지지 않았다. 송주의 모습은 예전 그대로였다. 그나저나 아저씨는 혼자 살기 적적하지 않아요? 송주가 물었다.

"그렇지…… 뭐."

"어떻다는 거예요?"

"적적해죽겠다는 뜻."

"하나도 안 적적해 보이거든요. 오만하고 이기적으로 보여. 자기 분야에서 이름 얻은 사람답게."

"쓸쓸해."

"연애할까요? 아저씨는 독신이니까 나는 혜진이처럼 속 썩지는 않을 것 같아."

풋 소리를 내며 그가 웃었고 조금 있다 송주가 깔깔거리며 따라 웃었다. 그러다 갑자기 무언가에 각성됐는지 둘 다 웃음을 뚝 그치고 서로를 마주 바라보았다. 위선 혹은 위악 뒤에 숨긴 열망마저 온전히 기만할 순 없었던 걸까.

웃다가 웃음이 끊긴 자리에 들어선 침묵이 날카로웠다.

3초도 채 안 됐을 눈길이었지만, 그날의 두번째 깊고 생생한 응시였다. 매화 한 송이 열리는 소리가, 어딘가에서 들려오는 듯했다.

"정말 놀랍지 않아?"

먼저 눈길을 거둔 것은 그였다. 바위마다 새겨진 매화 문양을 가리켰다.

"이것들이 매화가 아니고 무엇이겠어요."

송주가 응답했다.

"그렇지? 이게 매화지?"

"매화예요."

"2월에 와서도 나는 매화를 본 거야."

"본 거예요."

"언제 와도 우린 매화를 볼 수 있는 거야."

"그런 거예요."

"그렇다면 그런 거야."

"그렇지요."

두 사람의 응대가 하릴없이 이어졌다. 화강암에 점점이 박힌 차돌들이 어찌 매화일까마는, 두 사람 중 누구도 아니라고 말하지 않았다. 우겼다. 아직은 차가운 겨울바람이 불었고, 강물은 천천히 흘렀다.

*

마음 바쁘게 그는 서울로 올라왔다. 송주의 말 한마디를 안고 떠나왔기 때문이다.

처음 만났던 오릿집 앞에서 그들은 헤어졌다. 이를 쑤시며 오리집을 나서는 한 무리 중년 남자들을 배경으로 서서, 송주는 손을 흔들었다.

"시 열심히 쓰세요."

송주가 차창 밖에서 말했다.

"그림 열심히 그려. 넌 꼭 할 수 있을 거야."

그가 고개를 빼고 말했다. 헤어짐을 아쉬워하지 않은 건 아니었으나 두 사람의 작별 인사는 간절지도 진지하지도 않아 보였다.

그의 마음속에 줄곧 남아 있었던 건 송주의 작별 인사가 아니었다.

"궁금한 거 있어요."

라고 했던 송주의 질문이었다.

"뭐?"

그가 되물었다. 송주는 말없이 그를 얼핏 바라봤다. 장난기 가득한 눈이었다. 매화가 피면 다시 올 수 있을까 어쩔까 그는 생각하고 있었다. 청매실 농원을 천천히 걸어내려올 때였다.

"뭔데?"

그가 다시 물었고

"왜 답장 안 했어요?"

송주의 질문이 이어졌다. 그동안 가끔씩 그한테 메일을 보냈다는 거였다. 자신의 마음을 담아. 송주는 분명 말했다. 자신의 마음을 담았노라고. 시간이 날 때마다. 가끔씩.

"못 받았으니까. 어디로 보냈는데?"

"천리안. 사진 잡지에서 간간이 아저씨 글 읽었어요. 글 뒤에 적혀 있던 이메일 주소로."

어이쿠. 천리안 주소라면 사용하지 않은 지 오래됐다고 그는 말했다. 많은 아이디와 비밀번호가 헷갈려 이제 하나의 포털만 사용한다고. 천리안은 아니라고. 뒤늦게 송주에게 명함을 건넸다.

"그렇구나…… 그랬던 거네요."

"근데 정말이니, 그거?"

그가 물었다.

"뭐가요?"

"이메일 보냈다는 거."

송주는 잠시 대답을 유보하는 듯했다. 매실 농원을 다 내려와 큰길에 이르렀을 때 입을 뗐다.

"응."

네, 가 아닌 응.

그의 마음속에 줄곧 남아 있었던 건 어쩌면 응, 이라는 송주의 한마디였는지도 몰랐다. 서울로 올라오는 내내 가슴 밑바닥에서 자꾸 울려오는 듯했으니까. 응. 응.

*

서울에 도착하자마자 그는 컴퓨터를 켤 수밖에 없었다. 옛 아이디와 비밀번호를 떠올려 몇 차례 천리안에 접속했으나 모두 실패했다. 시간이 흘러 자동 해지되었거나 비밀번호를 잊은 거였다. 아이디는 과월호 사진 잡지에서 어렵지 않게 확인할 수 있었지만.

그렇게 그는 이틀을 흘려보냈다. 송주의 '마음'은 오래된 메일 계정 깊이 갇혀 있거나, 우주 공간 어딘가로 감쪽같이 사라진 거였다.

이메일이 아닌 종이 편지였다면 비록 읽을 수 없었다 해도 어딘가에는 처박혀 있을 텐데. 불에 탔다면 재라도 있을 텐데. 온라인상의 삭제된 정보라는 것은 질량불변의 법칙에도 해당하지 않는 끔찍한 방식의 부재였다.

구례에 다녀온 지 사흘째 되던 아침이었다. 토스트와 계란 프라이와 커피로 아침을 먹으면서 TV를 보다가, 저 밑바닥 어딘가에서 서서히 부상하는 단어 하나가 점차 오롯해지기 시작하는 걸 느꼈다. '아일랜드'였다.

〈걸어서 세계 속으로〉라는 프로그램이었다. 아일랜드 편이었다. 내레이션 속의 아일랜드라는 말을 거푸 들으면서도 어째서 그 나라의 이름이 금방 확연해지지 않고 시차를 두고 점차 오롯해졌던 걸까.

저 밑바닥에서 떠오른 게 나라 이름이 아닌 영화 제목이었기 때문이었다. 철자는 다르나 한국말로는 둘 다 아일랜드로 쓰는.

그 영화를 본 직후여서였을 것이다. 비밀번호를 아일랜드라고 했던 것은.

그는 토스트 조각을 입에 문 채 천리안에 접속했다. 굳게 닫혀 있던 빗장이 마침내 열렸다. 하마터면 토스트 조각을 바닥에 떨어뜨릴 뻔했다. 송주에게서 온 메일이, 마흔여섯 통이었다. 저 홀로 와서 오랜 시간 기다리다, 마법에서 풀리길 고대하며 잠들어버린 많은 메일들.

마우스를 쥔 그의 손이 떨렸다. '비가 오네요' '두 번 몹시 화난 날' '감자를 쪘는데' '커피가 떨어져서' '심심하다' '캔맥주 두 캔 마셨어요' '아저씨 죽었나?' '여름이 싫다' '부침개를 너무 많이 부쳐'…… 금방이라도 반짝 눈을 뜰 것처럼 메일 제목들이 클릭을 기다리고 있었다.

그는 제목을 읽어내려갔다. 제목만 천천히. 한 개에 20초 정도씩 할애해서.

오래오래 다 읽고 나서 그는 문득 매천(梅泉)이라는 말을 떠올렸다. 그것은 매화가 있는 샘도 아니고, 샘가의 매화도 아닐 거라고. 매천이란, 매화가 샘처럼 솟아나거나 샘이 되어 흐르는 것일 거라고. 마흔여섯 통의 메일을 클릭하면, 매화가 샘처럼 터져나와 끝도 없이 흐를 것 같았으니까. 무진장한 꽃잎에 홀연히 압도당해 뇌졸(腦卒)하고 말 것 같았으니까.

소원한 듯했으면서도 사실은 땅 밑 수맥처럼 소리 없이 다가와서는, 기다리고 지연된 시간만큼의 탄력을 간직하게 된 송주의 마음일 테니까.

서둘러 그는 소장하고 있던 '학림옥로(鶴林玉露)' 파일을 열어 어렴풋이 아는 어느 비구니의 오도송을 찾았다.

盡日尋春不見春
芒鞋踏遍隴頭雲
歸來笑撚梅花嗅
春在枝頭已十分

종일토록 봄을 찾아 헤맸건만 봄은 보지 못하고
짚신이 닳도록 산 위의 구름만 밟고 다녔네
지쳐 돌아와 뜰 안에 웃고 있는 매화 향기 맡으니
봄은 여기 매화 가지 위에 이미 무르익어 있는 것을.

그는 다시 '메일'로 돌아갔다. 서두르지 않고 천천히. '받은 메일'의 '전체' 메뉴를 선택했다. 메일 제목들 앞에 삽시간에 일제히 체크 표시가 떴다.
열다섯 개씩을, 세 번에 걸쳐, '삭제'했다.
나머지 하나까지, 모두.

                              *

청매실 농원에서의 눈 마주침. 짧긴 했으나 깊었던 두 번의 응시. 몇 년이고 또 그녀를 그리워하며 행복해하기엔 그 생생함만으로도 충분한 자양이 될 거라고 그는 생각했다.
"메일 안 들어왔던데."
송주에게 전화했다.

"안 들어갔다구요?"

"비밀번호 쥐어짜내서 들어가봤더니, 꽝."

"아무것도 없었어요?"

"아무것도 없었어."

그러자 송주가 깔깔깔 웃었다. 길게.

하도 웃어 눈물을 흘릴 것 같았다.

"아저씨도 차암."

송주가 딸꾹질하듯 웃음을 멈추며 말했다.

"내가 뭐?"

"그걸 믿었어요?"

"믿었지."

"좋다 말았겠네."

"장난 그만 쳐라 좀."

넌 정말 나와 너무 똑같아서 슬프다, 라는 말은 그의 입에서 나오지 않았다. 그렇게 말하고 싶지도, 슬프지도 않았으니까. 피차 행복한 삶을 위해, 그 삶을 사랑하기 위한 거라고 생각했으니까.

"어쨌든 이렇게 전화하니 좋네."

송주가 말했다.

"나도."

그가 말했다.

저 좀 봐줘요

바람이 멎은 거겠지. 아무 소리도 들리지 않잖아.

한낮이다. 방안은 어둑하다. 하나뿐인 창문이 닫혀 있다.

여자가 의자에서 일어선다. 방안엔 여자뿐이다. 옅은 어둠이 휘청, 흔들린다. 여자의 몸무게를 견디던 의자에서 작은 소리가 난다.

대바구니 모양의 의자는 벽과 벽이 만나는 귀퉁이에 놓여 있다. 댓살들이 0.1밀리미터쯤 제각각 수축하며 내는 소리. 바람이 분다면 들리지 않을 소리. 바람이 멎은 것이다.

포구의 모든 소리는 바람이 일으킨다. 퍼런 바다가 쉴새없이 일렁인다. 바람이 자면 모든 소리가 사라진다. 그렇지 않다. 바람에 묻혔던 것들이 소리를 낸다. 여자가 두어 걸음 움직인다. 방바닥에 여자의 양말 스치는 소리가 난다.

여자는 사십대 중반이다. 문득 움직임을 멈춘다. 흰 얼굴이, 옅은 어둠과 머리카락 그림자까지 드리워져 푸르다. 화색이라곤 찾아볼 수 없는 민얼굴. 곧은 머릿결은 귀밑에서 싹둑 잘려 끝선이 날카롭다. 드러난 목덜미가 서늘하다.

움직임을 멈추고 숨을 들이마시고 고개를 돌린다. 개개의 동작들이 두 박자쯤 사이를 두고 이어진다. 여자가 자세나 자리를 바꾸는 방식이다. 빛과 어둠, 공기의 흐름이나 소리를 방해하지 않는다. 여자의 눈길이 창문에 머문다.

창문은 닫혀 있지 않다. 늘 닫지만 늘 열려 있다. 좌우 문틀에 경첩이 박힌, 전통 대문을 축소한 여닫이다. 유리는 없다. 두 손으로 열고 두 손으로 닫게 돼 있는 목재 창문을, 여자는 연 적이 없다. 언제나 닫을 뿐이다.

얇은 송판을 잇대어 만든 창문엔 나이테 문양이 선명하다. 오랜 세월 바람과 햇살에 풍화되어 나이테 부분만 도드라졌다. 닫으면 한낮에도 방은 밤처럼 어두우나, 창문은 주먹 하나 드나들 만큼 벌어진다. 벌어지고 만다. 걸쇠를 걸어도 바람이 흔들어 연다. 퍼런 바다가 쉴새없이 일렁이는 곳이다. 포구의 바람은 모든 소리를 일으키고 모든 일상에 참견하며 모든 흔들리는 것들을 주관한다. 여자가 움직인다.

또 창문을 닫으려는 건가? 가까이 가볼래?

나는 여자의 어깨 위로 날아가 앉는다. 방안엔 여자뿐이지만 나도 있다. 나는 사람의 눈에 보이지 않는다. 사람들은 나 같은 존재를 유령

208

이나 귀신 혹은 영혼이라 부르나 나의 세상에선 서로 '온비'라고 한다.

무슨 뜻인지 모른다. 온비의 특징은 걷지 않고 허공을 부유한다는 것, 그리고 말의 기원을 따지지 않거나 따질 줄 모른다는 것이다. 능력의 한계가 분명치 않아 무엇을 할 수 있고 무엇을 할 수 없는지 모른다.

해봐서 되면 되고 안 되면 안 되는 것이다. 온비는 혼자면서도 대화식으로 중얼거린다. 온비 안에, 같으면서도 다른 존재가 공존한다는 뜻이다. 두 존재는 거의 동시에 같은 내용의 말을 하고 거의 동시에 같은 내용의 말을 듣지만, 거기엔 0.1초의 간극이 존재한다. 간극은 음파를 간섭하여, 말하는 온비와 듣는 온비를 어지럽게도 간지럽게도 한다. 같으면서도 다른 게 무언지, 어째서 대화 형식이어야 하는지 모른다. 몰라도 궁금하지 않다.

어깨에 앉으면 여자의 서슬이 좀더 분명해진다. 체온과 맥박이 느껴진다. 그것만으로도 여자의 많은 것을 짐작할 수 있다.

여자는 창으로 손을 뻗는다. 햇볕에 온전히 노출되어도 여자의 창백한 손엔 그늘이 걷히지 않는다. 외부의 빛과 상관없이 몸안 깊은 곳에서 배어나오는 그늘. 여자는 양손의 엄지와 검지로 나무 창문 좌우 걸쇠를 쥔다. 창문이 밀려 조금 더 열린다. 방안이 그만큼 밝아진다.

열려는 걸까?

건너다보이는 집은 슬라브 지붕이다. 왜 슬라브인지 모른다. 슬래

브던가? 집은 온통 흰색이다. 바람 불지 않는 날은 옥상 위 푸른 하늘에 새털구름이 높다. 1층과 2층을 잇는 빗금 계단 하나와 위층의 짧은 가로 복도가 건물 외벽을 에두른다. 복도 가운데 서 있던 남자가 이쪽을 바라보고 웃는다. 감을 던지면 받아먹을 수 있는 거리다.

남자가 손을 들어 알은체한다. 여자가 창문을 당겨 닫는다. 밤처럼 어두워진다. 걸쇠를 잠근다. 그 남자를 내 맘대로 슬라브족이라 부르든 말든, 사람들은 알 리 없다.

진짜 슬라브족은 감을 먹지 않는다지만 진짜 슬라브족이 아니므로 그는 감을 좋아한다. 그에 대해 내가 아는 전부다.

나는 이곳에, 불시착했다. 목적지가 예정돼 있던 게 아니어서 불시착이랄 것도 없었다. 어쩌면 이곳이 목적지일 수도. 하지만 나는 불시착이란 말이 좋다. 느닷없이 나는 이곳에 생성되었다.

바람이 먹구름을 걷어내며 포구에 햇살이 잠깐 비치던 순간이었다. 주황색 공이 허공을 빠르게 가르며 날아가는 순간이었다. "뚜리!"라고 외치는 소리가 들리는 동시에, 나는 여자아이 모습으로 생성되었다.

그 남자의 외침이었다.

"뚜리가 뭐야?"

그에게 주황색 공을 던진 과일가게 사내가 활짝 웃으며 물었다.

"스트라이크."

남자가 대답했다.

"스트라이크가 왜 뚜리지?"

바람이 그치고 햇살 비치는 게 모두가 반가운 한낮이었다.

"야구 주심은 그러는 거야."

던지고 받은 건 공이 아니라 감이었다.

"글쎄 왜 그러냐고?"

볕이 나자 포구에 활기가 돌았다.

"스트라이크는 길잖아. 줄여서 뚜리."

남은 바람이 부두 위의 비닐봉지를 쓸고 갔다.

"줄인다고 뚜리가 되나?"

"크게 외쳐야 하니까. 수십 번 외쳐야 하니까. 귀찮으니까 쉽고 간단하게. 만성이 된 말이지. 그래서 뚜우리!"

"둘러대긴."

"교토에 가봐. 버스 운전사들도 힘드니까 그냥 무아쓰! 그래."

"무아쓰?"

"만성이 된 말이지. 아리가토 고자이무아쓰가."

"마아쓰."

"무아쓰."

"교토에 가봤어?"

"가봤어."

"가서 뭐했어?"

"감 먹었지."

"에라이, 자 받아."

과일가게 사내가 다시 주황색 감 하나를 빠르게 던졌고 남자가 받으며 소리쳤다.

"뚜우리!"

내가 생성되며 들었던 첫 말이 뚜리였다. 남자와 과일가게 사내가 주고받던 언어가 낯설지 않았다. 불시착한 곳이 전혀 이방은 아닌 듯했다. 조용하고 차분한 가운데 사람들이 바삐 움직였다.

면면은 낯설었으나 포구의 건물과 간판, 냄새와 빛깔은 친숙했다. 온비에게 나이 따위는 중요치 않으나, 나는 내가 열다섯 살이라는 걸 알았다. 알았으나 그다지 믿기지 않았고 감흥도 없었다.

남자는 키가 커서 옷차림이 더 허름해 보였다. 길고 지저분한 곱슬머리가 바람이 불 때마다 부풀었다. 까만 턱수염과 구레나룻에 개운치 않은 윤기가 흘렀다. 그를 뚜리라 부르려다 슬라브족으로 바꾸었다.

열린 창문을 여자가 닫으려 할 때, 건너편 슬라브 지붕 아래 그가 종종 보였다. 대개는 감을 먹고 있었다. 긴 팔을 들어 인사를 건네는 모습이 아리안계 같아 붙인 이름이었다.

처음 내려앉았던 곳은 남자의 어깨였다. 남자의 몸속은 텅 빈 듯했다. 냉기가 느껴졌다. 바람에 과일가게 입간판이 맥없이 쓰러졌다. 감을 매만지던 남자가, 내가 앉은 어깨에 손을 얹었다. 모든 사람이 나의 낌새를 느끼는 건 아니다.

어깨에 손을 얹은 두번째 사람이 여자였다. 여자는 남자보다 좀더 오래, 내가 앉은 어깨를 쓰다듬었다. 남자에게 냉기가 있었다면 여자에겐 그늘이 있었다. 여자에게 냉기가 있고 남자에게 그늘이 있다고 해도 무방할 무엇이었다. 다르지 않았다. 다르지 않은 그것이 나를 머물게 했다. 나는 그런 것에 깃들었다. 좀더 차갑거나 좀더 어두운 것에.

느닷없이 포구에 생성된 게 첫 불시착이었다면, 두번째 불시착은 여자 곁에 머무는 거였다. 실은 모든 게 불시착이었다. 움직임의 의지도 이유도 온비 스스로 알 수 없었다. 모든 순간이 출발이며 도착이었다. 좀더 차갑거나 좀더 어두운 것에 깃든다는 사실이 온비의 방향성을 암시하는 듯하나, 반복되지도 연속되지도 않는 사실이었다. 매 순간이 시작이며 끝이었다. 나는 지금 여자 곁에 있을 뿐이다. 방이거나 어깨 위에.

맞아. 저 첼로 소리도 친숙해.

언제 귀에 익은 멜로디인지 모른다. 그때그때 온비가 깨달아 아는 기운이나 감정은, 기억 없는 흔적처럼 아득하다. 여자가 휴대전화 폴더를 연다. 푸른빛이 튕겨나오며 첼로 음이 뚝 끊긴다. 크고 밝고 빠른 여성의 목소리가 쏟아진다.

여자는 말없이 한참을 듣다가 응, 응, 짧게 대꾸한다. 통화는 길게 이어진다. 송화자의 일방적인 말이 어두운 방에 흥건하다. 통화가 끝나면 여자는 휴대전화 폴더를 닫는다. 늘 그런 식이다. 폴더를 열고, 듣고, 가끔 짧은 대꾸를 하다가, 폴더를 닫는다.

누군가에게 먼저 거는 법이 없다. 거는 법을 모르는 사람 같다. 걸려오는 전화도 늘 한 여성에게서다. 그 여성을 나는 송화자라 부르기로 했다. 잦아들었던 바람이 다시 창문을 흔든다.

여자는 단층 통나무집에 묵고 있다. 작은 마당엔 갯잔디가 소복하다. 징검다리처럼 놓인 편마암을 밟으며 여자가 마당을 건넌다. 건너편 집 2층 복도에서는 여전히 슬라브족이 감을 먹는다. 그 이층집도, 모퉁이를 돌면 나오는 카페도, 여자가 끼니를 해결하러 가는 '큰 여'라는 식당도 온통 희다.

포구의 주도로 한쪽은 바다와 부두와 백사장이고 다른 한쪽은 흰 식당과 흰 주점과 흰 숙박시설이다. 언제나 퍼런 바다가 저 끝에서 일렁인다. 여자는 흰 벽을 지나 흰 벽을 따라 흰 벽을 느리게 걷는다.

포구의 바쁜 움직임과 확연히 구별되는 걸음이다. 오가던 사람들이 동작을 멈추고 여자를 바라본다. 긴 저지 카디건 자락이 바람에 날린다. 목에 두른 머플러 끝이 여자의 뺨과 콧등을 잇따라 스친다.

여자는 이곳이 처음이 아니었다. 지난 계절에도 한 달 동안 포구에 머물렀다. 여자에게 전화하는 송화자는 통나무집 주인이었다. 통나무집 말고도 몇 채의 건물을 소유한 사람의 여유와 자랑, 당당함이 목소리에 배어 있었다.

여자의 휴대전화도 송화자의 것이었다. 있을 만해? 먼 내륙의 도시에서 날아오는 송화자의 말들이, 여자의 어깨에서는 천둥처럼 들렸다. 내 집이려니 해. 여자를 다독였다. 그 집 맘에 들면 너 줄게. 빈말 같지 않았다.

여자는 응, 응, 대답하거나 대답하지 않았다. 여자의 소유는 아무것도 없었다. 집도 가족도 휴대전화도 없었다. 통화를 엿들어 알게 된 것들이다.

쉬려고 왔으나 어떻게 쉬어야 하는지, 무엇을 쉬어야 하는지 여자는 몰랐다. 세상과 격리되었던 수년 동안 여자는 충분히 쉬었다. 너무 쉬었어. 쉬는 걸 멈추는 게 쉬는 거야. 송화자의 말에 응, 응, 여자는 건성으로 대꾸했다.

송화자는 다독이고 격려하고 핀잔을 주었다. 자주 밖에 나가고 사람들 만나 얘기도 나누고 그래야지. 응, 응…… 너 출소한 지 1년이 넘었어. 여자는 숨을 멈추었다. 한동안 아무 반응도 하지 않았다. 송화자의 말이 얼마간 더 이어지다 끊겼다. 그들이 통화하는 방식이었다.

여자는 어둡고 텅 빈 방에 놓여 있었다. 오랜 세월 갇혀 있던 어둡고 텅 빈 방이 여자 안에 어둡고 텅 빈 방을 만들어놓았다. 햇빛에 나서도 걷히지 않는 그늘의 근원이었다. 여자 안에 방이 있고, 또한 여자가 방이라서, 여자는 방에서 나가지 못했다. 나가도 방이었다. 열려도 닫았다. 통화를 엿들어 알게 된 것들이다.

뭘 바라보는 걸까, 아까부터.

뭘 그렇게 봐요? 큰 여의 여주인이 대신 물어준다. 여자는 대답 없이, 보던 것을 본다. 큰 여 여주인의 눈길이 식당 밖, 길 건너, 파밭을 지난다.

"저 집 간판 말인가요? 크리스털 아귀찜?"

여주인이 식탁 위에 미역국을 내려놓는다.

"식당 이름이……"

여자는 큰 여에서 늘 보말미역국을 먹는다.

"수정 아귀찜이었다우, 원래는."

"수정······"

"그래요, 수정이었지."

"주인······ 이름인가요?"

"웬걸. 다방 이름이었어요. 한때 잘나가던 다방 자리여서 모르는 사람이 없었죠. 다들 아니까 수정이란 이름을 그대로 쓴 거지. 장사는 그러는 거니까."

여자가 고개를 끄덕인다. 여주인은 흥이 난다.

"그런데 수정 아귀찜은 장사가 안 됐어요. 지나던 철학가인지 작명가인지가 일부러 들어와 크리스털로 바꾸랬대요. 바꿨더니 장사가 잘된다나. 눈에 띄긴 띄나봐요. 크리스털 아귀찜. 호호."

말하는 건 여주인뿐이다.

"나도 고둥미역국을 보말미역국으로 바꿔봤다니까요. 그 말이 그 말이지만 바꾼 뒤로 이거 먹으러 오는 손님이 부쩍 늘었다우, 정말."

여자는 고개를 숙이고 밥을 먹는다. 묵묵히 밥 한술, 미역국 한술. 그 외의 것들은 먹지 않는다. 식당 유리창에 부딪힐 듯 갈매기들이 날아오다 멀어진다. 갈매기 몸집이 크다.

"흰 페인트를 칠하겠다면, 시에서 비용의 절반을 지원해줘요. 왜 그러는지 몰라. 다른 색깔은 안 된대요. 민선 시장으로 바뀌고 나서 그러네. 어쨌거나 나도 흰색을 칠해버렸지. 온통 하얘지지 않겠어요? 호호."

여주인은 식탁을 떠나지 않는다.

"거 모퉁이 카페 이름이 왜 '메리 앤 폴'인 줄 알아요? 거기가 원래 민박집이었는데, 젊은 서양인 남녀가 와서 약 먹고 죽어버렸어요.

3년 전에. 어느 나라에서 왔는지 이름이 뭐였는지 아직 밝혀지지 않았대요. 둘 다 머리가 옥수수수염처럼 노랗고 생긴 것도 참 이뻤다는데……"

여자는 귀를 닫았다. 밥 한술, 미역국 한술에 열중할 뿐이다. 이유없이 흥을 내고 호호거리는, 양해 없는 여주인의 수다를, 여자는 견디지도 호응하지도 못한다는 걸 나는 안다. 얼마나 큰 갈매기들이 얼마나 자주 식당 유리창으로 몰려왔다가 멀어지는지 여자는 모른다. 방에서 나오지 못한 여자는 방밖의 사람과 풍경이 낯설고 두렵고 불안하다.

어둡고 텅 빈 방에서, 저주 같은 몸 하나로, 수년의 시간을 오롯이 기계처럼 견디는 인간 따위 아랑곳하지 않는, 뻔뻔하고 수선스럽기만 한 바깥세상이 여자는 가당찮다. 선뜻 방밖으로 나가, 언제 그랬냐는 듯 과거의 기억과 시간을 털고 사람 손 맞잡으며 어수선하게 갱생의 의지를 다지는 건 여자에게 더욱 참을 수 없이 가당찮은 일일 것이다.

"서울서 젊은 부부가 왔어요. 민박집을 사서 뚝딱뚝딱 고치더니 소꿉장난하는 집처럼 꾸미고 떡하니 간판을 달데. 가장 흔한 서양 여자 이름이 메리고 남자 이름이 폴이라면서요? 여기서 카페는 장사가 안 돼요. 맨날 두 부부가 주인이고 손님이지. 자기들끼리. 호호. 그게 다예요. 뭣하는 거냐고 했더니 애도하는 거래요. 왜 이름도 나라도 모르는 서양 귀신들을 애도하나 몰라……"

온비가 아니었나보네?

나는 카페 부부가 온비인 줄 알았다. 카페 메리 앤 폴은 여자가 드나드는 마을 입구, 큰길가에 있다. 자주 그 앞을 오갔다. 카페 유리창 안으로 부부의 움직임이 보이곤 했다. 온비의 서슬이 강해서 그들이 온비인 줄 알았다. 서슬은 젊어 죽은 서양 남녀의 것이었다. 느낌만 있고 보이지는 않는.

나는 그들 부부가 조금은 궁금했다. 혼자서 카페 안으로 들어가볼 수도 있지만 여자가 함께 움직여주길 바랐다. 나도 송화자와 같은 맘이었으니까. 여자는 자주 밖에 나가고 사람들 만나 얘기도 나누고 그래야 할 것 같았다. 그러나 여자는 카페를 그냥 지나치곤 했다. 조금 전 큰 여에서도 여자는 여주인 혼자 떠들게 놓아두었다.

"보다시피 여긴 파밭이 많아요. 비가 오면 운치가 돌지."

여자의 침묵을 여주인은 아랑곳하지 않았다. 지난 계절에도 왔다니 여주인은 여자를 모를 리 없었다. 침묵을 아랑곳하지 않는 것. 여주인이 여자를 잘 안다는 증거였다. 끊임없이 떠들었다. 큰 여를 여자에게 소개한 사람은 분명 송화자였을 것이다.

"바닷가라 비도 바람도 많잖아. 비 오면 파밭에 나가 들어봐요. 소리가 그만이에요. 저 양반은 뭐라는 줄 알아요?"

여주인이 주방의 남편을 가리켰다.

"파밭에 비가 내리면 날 시몬이라 부르거든. 시몬, 너는 좋으냐, 파밭에 비 떨어지는 소리가. 이래요, 호호."

주방의 남편이 멋쩍게 눈을 찡긋했다. 여자를 향한 것이었으나 여자는 고개를 숙이고 있었으므로 내가 받았다.

여자는 말없이 밥을 먹고 말없이 일어섰다. 바람이 불어도 큰 여의

문 한쪽은 늘 열려 있었기 때문에 그냥 들어가고 나오면 되었다.

"비 내리면 꼭 파밭에 나가 들어봐요. 숙제예요. 알았죠?"

여주인이 큰 소리로 웃으며 말하는 것을 여자는 등뒤로 들었다. 뚱뚱한 갈매기가 여자의 정수리를 스칠 듯 낮게 날았다. 한가운데 까만 점 찍힌 갈매기의 노란 눈이 매서웠다. 부리도 눈과 같은 노란색이었으나 날카로운 그 끝만 선연한 붉은색이었다. 카디건과 머플러가 바람에 날렸다. 큰 여 남편이 중얼거리던 말을 여자는 듣지 못했다.

"변한 게 없어…… 큰 죄라도 지은 사람 같아. 늘."

내 맘을 알아차린 걸까. 여자가 카페 문을 연다. 소리 없이 문이 열린다. 카페 같지 않고 수수한 가정의 거실 같다.

"아, 오셨어요? 그동안 잘 지내셨어요?"

카페 여주인이 반색한다.

"안녕…… 메리."

여자는 머뭇거린다. 구면인 듯하다. 남자 주인은 폴일까.

"어서 와요. 일라이저."

남자 주인도 반긴다.

"안녕……하셨어요, 폴."

역시 폴이다. 일라이저는 뭘까.

냉장고 뒤에서 슬라브족이 불쑥, 감을 들고 나타난다. 내 궁금증을 알아채기라도 한 듯 그가 말한다.

"내가 지은 이름이지. 일라이저."

수염 자란 슬라브족 입 주변이 지저분하다.

여자는 그의 말에 대꾸하지 않는다. 집이었다면, 창문을 닫았을 것이다. 대신 여자는 유리창 밖으로 눈을 돌린다. 큰길 버스 정류장 나무의자에, 정수리가 훤히 드러난 사내가 앉아 있다.

"메리 앤 폴 냉장고에는 언제나 감이 있지. 필요하면 먹을 수 있게…… 알아요, 일라이저?"

슬라브족은 큰 여의 여주인과 다를 바 없다. 상대의 침묵 따위 아랑곳하지 않는다.

"언제나 올 수 있는 곳. 언제나 감을 먹을 수 있는 카페. 모든 게 공짜. 다만 나처럼 돈을 내지 않는 사람에게만 공짜. 안 그런가요, 일라이저? 우리 아는 사이죠?"

슬라브족에다 메리, 폴, 일라이저까지…… 카페는 소금 내 풍기는 포구에 은밀히 자리한, 정체불명의 무국적 우화의 나라 같다.

"왠지 자식이라도 잃은 사람 같아. 그래서 지은 거잖아요, 내가. 일라이저라고."

"그 감, 깎아드릴까요?"

메리가 슬라브족의 말을 끊으며 묻는다. 메리는 여자의 눈치를 살핀다.

"감은 껍질째 먹어야 제맛. 거 왜 있잖아요. 유일한 통나무집이잖아요, 그 집. 이 마을에서. 거기 묵고 있잖아요. 엉클 톰스 캐빈 같은. 그래서……"

"요즘 뭐한다고 했어요? 응? 그 말 좀 해봐요."

슬라브족에게 폴이 서둘러 묻는다. 메리와 폴은 여자의 심기를 충분히 가늠한 듯하다. 삼십대 중반인 그들은 초췌한 여자와 허랑한 슬

220

라브족 때문에 더 젊고 빛나 보인다.

"요즘? 아, 한번 다시 일어서보려구요. 다시 한번 시작해보려구요. 뭘 할지 막막해서요. 자격증이나 뭐 그런 거라도. 그래서 화약취급기능사, 그거 준비해요. 열심히 해요. 잘 부탁합니다. 새해 복 많이 받으세요."

"아이 참. 10월이잖아요, 지금."

폴이 하하, 웃는다. 메리가 여자에게 커피를 건넨다. 주문하지 않았어도 메리는 여자가 무얼 마실지 알고 있었던 것이다.

"그 서양인 젊은 남녀 말이에요……"

슬라브족이 정색하고 물으려 한다.

"자격증 시험은 언제 있다고 했죠?"

폴이 얼른 되묻는다.

"왜 못 잊는 거죠?"

"아이 참. 또 그 얘기."

"알던 사람들도 아니었으면서."

"안 잊는 거라 했잖아요."

폴이 허허, 웃는다.

"뭐가 달라? 안 잊는 거나 못 잊는 거나."

"다르……죠. 허허."

"뭐가 다른지 말 안 해줬잖아요."

여자가 자리에서 일어선다. 메리와 폴과 슬라브족이 여자를 주시한다. 잠시 적막이 감돈다. 바깥 정류장 사내의 성근 머리카락이 바람에 흩날린다. 사내는 혼자서 뭐라 뭐라 외치며 한 손으로 허공을 휘젓는다. 소리는 들리지 않는다. 통유리로 다가가 밖을 내다보던 여자의 낯빛이 어두워진다.

먼바다의 수면이 점점 부푼다. 사내 혼자 바람을 이기려는 듯 허공을 향해 소리치고 있다. 갈매기가 사내의 머리 위를 어지러이 선회한다. 그 순간 나는 사내의 이름을 허공이라 짓는다.

카페 안엔 슬라브족과 메리와 폴의 알 수 없는 대화와 웃음이 엉긴다. 여자는 방밖에도 방안에도 있을 수 없는 걸까. 얼어붙은 채, 이곳에서, 나는, 지금, 대체, 뭘 하고 있는 걸까, 스스로 준엄하게 묻는 듯하다. 허공이 허공에 삿대질한다.

"드실래요?"

슬라브족이 여자의 뒷머리로 감을 불쑥 내민다. 고개를 돌린 여자가 얼결에 주저앉는다. 감을 쥔 슬라브족의 때 낀 손과 손톱이 한동안 허공에 머문다. 여자는 까무룩 눈을 감는다. 감 빛깔이 곱다.

*

바로 이 자리야. 3일 전, 허공이 허공에 혼자 소리지르던 버스 정류장 나무의자.

여자와 슬라브족이 나무의자에 나란히 앉아 있다. 포구 사람들은 그렇게 착한 초등학생처럼 나무의자에 앉아 버스를 기다린다. 더러는 서서 기다리고 더러는 정류장 주변을 하릴없이 서성거리기도 하지만, 끝내는 의자에 앉고 만다. 정류장마다 버스 배차 시간표가 빠짐없이 붙어 있으나 한 번도 지켜진 적이 없다.

잠깐 바람이 멈추었다. 하늘과 바다가 푸르다. 정류장 팻말, 나무 의자에 앉은 두 사람, 후박나무 가로수, 흰 건물들 모두 작고 고즈넉해 보인다.

슬라브족 겨드랑이에 『화약류 취급기능사 최신판』이라는 책이 끼워 있다. 맨발에 플라스틱 샌들. 발등이 검게 탔다. 이따금 다리를 떤다. 햇살이 두 사람의 등을 비춘다. 나무의자엔 두 사람뿐이다. 여자는 흰 양말에 흰 운동화다.

"안 잊었어요."

슬라브족이 중얼거린다.

"미안했어요. 일부러 그런 건 아니었어요. 감이요. 감이 맛있었거든요. 나눠먹고 싶었어요, 정말. 3일 전 저 카페에서 말예요. 미안했어요. 안 잊었어요."

그의 말대로 3일 전 일이다.

그동안 송화자가 이곳 통나무집을 다녀갔다.

카페 통유리 안의 메리와 폴이 흐릿하다.

슬라브족과 여자는 각각 버스를 기다린다.

"맛있는 걸 혼자 어떻게 먹어요. 맛있는 건 나눠먹어요. 해리도 언제나 그랬어요. 해리는 팔려갔어요. 외국으로. 벨기에로. 네 살이었어요. 네 살이었는데도 나눠먹는 걸 알았죠. 다 내 잘못이죠. 일라이저도 해리도, 내가 끝까지 지켜주지 못했어요. 내가 지켜야 하는 건데. 정말 죽고만 싶어요. 생각하면 할수록 너무 아파요. 다 떠났으니까요. 해리도 일라이저도 볼 수 없어요. 내 탓이에요. 나는 외롭고 미안하고 죄스러워서 죽을 거 같아요. 손톱깎이 있나요?"

슬라브족이 손거스러미를 앞니로 뜯는다.

다리를 떤다.

"도화선 만지다보면 손이 이 모양이 돼요. 돈을 벌면 해리와 일라 이저를 찾아올 수 있을까…… 아, 셸비를 원망할 수도 없고. 정말 미치, 미치겠어요. 닭도리탕 좋아해요?"

여자의 대답을 기다린다.

"닭도리탕 좋아해요?"

하늘이 수평선 쪽부터 다시 흐리기 시작한다.

"잘하는 델 알아요."

여자는 슬라브족의 책에 하릴없는 눈길을 던진다. 버스는 오지 않는다.

"화약이 위험한 것만은 아니에요."

조금씩 바람이 인다.

"거대한 바위를 자로 잰 듯 자르죠. 폭발물이라고 모든 걸 가루로 만들어버리는 건 아니에요. 칼로 두부를 자르듯 정확하게 돌을 잘라요. 정확하게. 그 집 닭도리탕을 꼭 권하고 싶어요. 제가 사드릴 수도 있고요. 뭘 좀 많이 드셔야 할 것 같아. 일테면 닭도리탕 같은."

빗방울 하나가 여자의 무릎에 떨어진다.

"직선으로만 자르는 게 아니에요. 원형, 삼각형, 아치, 별모양으로도 바위를 도려내요. 아, 정말 다이너마이트는 멋져. 장약 조절에 따라 폭발의 크기와 방향이 결정되는 거예요. 거칠게 떼어낼 건 거칠게, 정밀하게 파낼 곳은 정밀하게. 화약만으로도 조각 작품이 가능하다면 믿으시겠어요? 자유의 여신상 정도는 순전히 화약만으로도 조각할 수 있다는 거. 그런 폭발 조각 예술을 해리에게 보여주고 싶어요. 수만 관중 앞에서 거대한 사각 석재가 순식간에 아리따운 일라이저로 변신하는 광경을 말이죠. 콰광쾅. 그러고 나면, 뿌연 돌가루 안개가 걷히고 일라이저의 아름다운 미소가 드러나는 거예요."

슬라브족 발등에도 빗방울 하나가 떨어진다.

"사랑한다는 말은 그냥 하고 그냥 듣고 그러는 게 아니잖아요. 그대 없이 못 산다는 말도 그렇게 하면 안 되는 거잖아요. 사랑은 책임이나 의무나 양심이나 가책 같은 것도 아니잖아요. 정말 그 사람이 없으면 정말 살 수 없는 것. 그것이 사랑 아닌가요? 일라이저와 해리 없이 저는 정말 못 살아요. 살아보려 애쓰며 자격증 따면 뭐 해요. 이러고 있잖아요. 해리 앞에서 일라이저 조각하는 꿈만 꾸잖아요, 꿈만. 현실에서 그러지 못한다면 다 소용없는 게 될 거잖아요. 그러니까 닭도리탕……"

바람이 몰려올 기세다.

"더 수척해지기 전에 뭘 좀 많이 드셔야 할 것 같아요. 단백질로다. 가진 돈은 없지만 그것 사드릴 수 있어요. 사드리면 제 맘이 좋을 것 같은데. 기쁠 것 같아요."

슬라브족이 머리를 긁적이며 크흐, 웃는다.

"시내 가시는 것 같은데…… 들를까요, 거기?"

빗방울이 굵어진다.

"들를까요?"

여자가 일어선다. 아무도 없는 나무의자에 오랫동안 혼자 앉아 있다 일어서는 사람처럼.

"저 좀 봐줘요."

여자는 묵묵히 길을 건너, 카페 메리 앤 폴을 지나쳐, 마을 안으로 들어선다. 통나무집이 보인다. 정류장의 슬라브족은 머리 위로 책을 들어 비를 가린다. 멀어지는 여자의 뒷모습을 바라본다. 그사이 버스가 오고, 버스가 떠난다.

슬라브족이 정류장에 그대로 남아 있다는 걸 여자는 알지 못한다. 그에게 단 한마디도 건네지 않았다는 사실도. 통나무집을 향할 뿐이다. 여자가 그에게 뭔가를 물었다면 나는 슬라브족을 좀더 알 수 있었을 것이다. 허황한 그의 속내를.

온비의 말은 사람에게 들리지 않는다. 누군가 대신 물어줘야 한다. 여자는 아무것도 묻지 않았다. 나는 슬라브족의 사정을 제대로 알 수 없다. 빗방울이 파밭에 떨어진다.

파밭에 비 떨어져요.

듣지 못할 줄 알면서도 나는 여자의 귀에다 소리친다. 파밭에 비 떨어지는 소리를 왜 들으라고 했는지, 듣고 보니 알겠어서. 말로 표현할 수 없는 어떤 것. 파밭에 비 떨어지는 소리도 그런 것 중 하나임이 틀림없다. 파밭에 비 떨어지는 소리가 특별해서라기보다는, 그런 게 있다고 큰 여의 여주인은 말하고 싶었던 게 아니었을까. 말로 할 순 없지만 엄연히 존재하는 어떤 것.

숙제였잖아요! 다시 외쳤으나 여자는 내처 걷기만 한다. 나는 그녀의 어깨 위에서 힘껏 발을 구른다. 여자는 한 차례 자신의 어깨를 슬쩍 쓰다듬었을 뿐 걸음을 멈추지 않는다. 작은 이물감에 지나지 않을 내 발버둥. 이 정도 능력으론 그녀를 흔들 수도 멈출 수도 돌려놓을 수도 없다. 여자는 무겁다.

무거운 것에 눌려 여자는 무거워졌다. 그 어떤 무게도 그것보다 무겁지 않다는 느낌. 이 느낌은 여자의 것일까 내 것일까. 파밭에 비가 떨어질 뿐이다.

무거움의 정체를, 충분히는 아니더라도 짐작할 수 있었다.

송화자가 이곳에 다녀갔다.

자기 몸뚱이만한 낡고 검은 첼로 케이스를 들고 나타났다. 끙끙거리며 옮기는데도 여자는 물끄러미 바라만 보았다.

송화자가 첼로 케이스를 대바구니 의자 곁에 탕 소리가 나게 내려놓았다. 첼로 케이스는 전날 카페 메리 앤 폴에서 얼결에 주저앉아 까무룩 눈 감던 여자처럼, 스르륵 방바닥으로 쓰러져 누웠다. 그때 나는 알았다. 그것이 여자의 물건이라는 것을. 낡고 검은 첼로 케이스가 여자의 그늘을 닮았다는 것을.

"씨, 여기까지 갖고 오느라 죽는 줄 알았네."

송화자는 갑갑하다며 나무 창문을 열어젖혔다. 수선을 피웠으나 여자는 반대편 벽에 꼼짝 않고 서서, 응시와 회피가 교차하는 눈빛으로 첼로 케이스를 바라보았다.

"그러게 그건…… 왜 가져와?"

"연주, 다시는 안 하겠다는 말, 백 번도 더 들어 알아. 잘 알아. 착각

마. 연주하란 말 아니야. 니 물건이니까 니가 좀 관리하라는 거지. 내 집도 좁아죽겠어. 아유, 뭐 마실 거 좀 없나?"

통화 때의 말투 그대로였다. 세상에서 가장 가깝다고 느끼는 상대에게 쓰는 어투란 저런 거겠지. 나는 송화자를 찬찬히 뜯어보았다. 사람은 누구나 자기와는 전혀 딴판의 친구 하나쯤 아주 가까이 두게 마련일까.

여자에게도 송화자 같은 친구가 있었던 것이다. 그처럼 극과 극이 만나는 이치나 원리 따위 알 수 없을 때 나는 신기하다고 말해버린다. 둘을 보고 있으면 순간순간이 신기했다.

송화자는 말하고 여자는 들었다. 잠을 자고 밥을 먹고 걷고 쉬고 웃으며 송화자는 이틀 내내 말했고 여자는 들었다. 여자를 데리고 송화자는 여러 곳을 들르고 여러 사람을 만나고 여러 말을 했다. 메리 앤 폴과 큰 여는 물론 포구의 어전과 경매장과 공판장을 다니며 사람들과 떠들었다. 구면인 사람들을 모아 회를 사고 소주를 먹였다. 섣불리 여자에게 말 붙이지 못했던 포구 사람들이, 송화자와 함께인 여자에겐 농을 던지며 웃었다. 감옥에라도 갔다 온 사람 같잖아요, 깔깔. 여자는 입만 웃었다. 외국 생활 오래해서 그래요. 송화자가 받았다.

송화자가 떠난 뒤 여자는 이틀간 열어놓았던 나무 창문을 닫았다. 닫히기 직전, 건너편 건물 2층 복도에서 슬라브족이 손을 들어올렸다. 그는 묵례를 잊는 법이 없다. 창문이 닫히면서 그의 모습이 지워졌다. 한낮인데도 방은 밤처럼 어두웠다. 여자도 함께 지워졌다. 남은 어둠이 고스란히 무거웠다.

여자는 첼리스트였다. 캐나다에서 12년간 유학했다. 송화자는 여자의 거의 모든 것을 알았다. 아는 것은 여자에게 묻지 않았으므로, 나는 여자의 많은 것을 알 수 없었다. 여자는 예술대학에서 강의하며, 순회공연식으로 종종 지자체 시향과 협연했다. 송화자의 말을 앞뒤로 짜깁기하고 짐작을 섞으면 여자의 이전 모습들이 희미하게 보였다. 전혀 모를 것도 궁금한 것도 많았다.

"천번째였다니, 너무했어. 너나 그나."

송화자의 이 말을 나는 이해했다. 천번째…… 여자의 남편이 여자의 이런저런 물음에 아무 대꾸도 하지 않기를 천번째였다는 뜻이다. 천번째 되던 날 여자가 남편의 뒤통수를 쟁반으로 가격했다.

그냥 천 번이 아니라 연속된 천 번이었다. 여자의 남편은 여자가 천 번을 물을 동안 단 한 차례도 대답하지 않았다. 여자는 그 천 번을 빠짐없이 기억했고, 천번째가 되기까지 3년이 걸렸다. 천번째 되는 날 플라스틱 쟁반이 두 동강 났다. 머리통은 멀쩡했다. 남편은 놀라지도 분노하지도 않았다.

남편은 이유를 묻거나 비웃지도 않았다. 집안에 있던 딸아이마저 무슨 일로 쟁반이 부서졌는지 알지 못했다. 언제나 그랬던 것처럼, 천번째 되던 날도 여자의 가정은 조용하기 그지없었다.

여자가 남편에게 무얼 물었는지는 나는 알 수 없었다. 천 번 다 같은 질문이었을까 다른 질문이었을까. 남편은 어째서 대답하지 않았을까. 같은 질문을 천 번 반복할 만큼 집요한 여자라면 과연 3년을 기다려 가격했을까. 특정 질문과 대답 말고 일상 대화는 하고 살던 부부였을까. 송화자는 다 알겠지만, 나는 몰랐다.

승용차에 어떤 이상이 있었는지도 나는 알 수 없었다. 정비소 직원이 차량의 문제를 지적했는데도 차일피일 수리를 미뤘던 여자의 의중도 짐작하기 어려웠다.

여자의 남편은 일터인 대학병원까지 왕복 90분을 건강 속보로 출퇴근했다. 승용차 관리와 운전은 여자 몫이었다. 남편이 신장 175센티미터에 체중 68.5킬로그램의 건강한 내과의였다는 사실은 알면서, 어째서 그가 평일 오후에 차를 몰고 갑자기 용인에 가려 했던 건지 나는 알 수 없었다. 송화자가 나 대신 물어줄 리 없었다. 승용차는 가드레일을 받고 20미터 비탈로 굴러떨어지며 전소했다.

"거서 누가 돈 대준다캤나보제?"

용인에 가려 했던 이유를 유일하게 짐작했던 건 여자의 어머니였다. 결혼 직후부터 개업하려 애쓰는 사위가 여자의 어머니는 탐탁지 않았다. 갱험도 돈도 쥐뿔 없시민서…… 못 미더운 마음은 시간이 흘러도 좀처럼 달라지지 않았다. 어머니의 재산이라면 병원 네댓쯤 가능했다. 구겨진 채 불에 탄 승용차가 발견되자 여자의 어머니는 탄식했다. 거서 누가 돈 대준다캤나보제?

유일한 짐작이면서 유일한 자격지심이었다. 가족과 이웃이 보기엔 그랬다. 여자의 비밀은 어머니의 탄식에 묻혔다.

"그때, 너 대전이랬었니?"

"……웅."

여자와 송화자는 나란히 한 침대에 누웠다. 새벽 4시까지 그들은 자지 않았다. 송화자가 열어놓은 창문 밖으로 별들이 쏟아졌다. 창문은 바람에 닫히고 바람에 열렸다.

"연주 대기중이었던 거야?"

"……응."

통화 때처럼, 송화자는 말했고 여자는 응, 응, 거렸다.

"마침 애 아빠한테서 용인 다녀오겠다는 전화 왔다면서. 왜 차에 이상이 있다고 말 안 했던 거야? 이미 출발해버려서?"

"아니."

"그럼?"

"몰라."

"몰라?"

"그냥……"

"그냥 뭐?"

"말하고 싶지 않았어."

"그랬……구나."

송화자도 여자에 대해, 아니 사건에 대해 다는 몰랐다. 송화자답지 않게 조심스러워했다. 4시가 넘자 송화자가 말했다.

"저 좀 봐. 별들이 되게 징그럽다. 자자."

여자는 창문 밖을 내다보지 않았다. 오랫동안 잠들지 못하는 여자를, 방안의 어둠이 무겁게 짓눌렀다. 낮이든 밤이든 여자는 방안의 어둠으로 기어이 무거워졌다.

그날 대전 연주는 두 시간 동안 진행됐다. 연주회가 끝나고 여자는 경찰로부터 전화를 받았다. 사고 소식에 크게 놀라지 않았다. 경찰이 묻는 말에 또박또박 대답했고, 사고 현장과 시신이 안치될 병원의 위치를 물었다.

병원으로 옮길지 과학수사연구원으로 옮길지는 현장 수습이 끝나야 알 수 있다는 응답이 돌아왔다. 여자는 다이어리를 꺼내 지도를 펼쳤다. 용인 인근의 한 지점에 천천히 동그라미를 쳤다.

남편이 이상 있는 차를 몰던 중에 여자는 연주에 몰두했다. 한 치의 실수 없이 협연을 성공적으로 마쳤다. 미필적 고의에 의한 과실치사. 경찰의 전화를 받고 여자가 염두에 두었던 말이었다.

그러나 여자는 법정에서 달리 진술했다. 고의와 과실의 중간영역인 '인식 있는 과실' 따위를 포기하고, 스스로 살인죄와 그에 해당하는 형량을 받겠다고 했다. 모든 잘못은 저에게 있으니까요⋯⋯ 연주회를 마치고 돌아오는 길에 다짐한 바였다. 돌아오던 길에 걸려온 또 한 통의 경찰 전화를 받고서.

사고 차량 안에 시신 한 구가 더 있었다. 여자의 딸이었다.

방과후였기는 하지만, 중학생 딸이 그 시각에 어째서 아빠와 함께 지방도시로 향하고 있었던 건지, 여자는 알 수 없었다. 왜 남편은 딸아이와 함께라고 말하지 않았는지, 그것도 알 수 없었다. 이유를 알고 있는 두 사람, 남편과 딸은 새카만 잿덩이가 되었다.

남편과 딸을 죽인 죄인으로 여자는 자신을 고발했다. 형기를 마치고 출소한 뒤로도 고발은 그녀 안에서 지속되었다. 무거움의 이유가 그것이라고 짐작되는 순간, 그 어떤 무게도 그것보다 무겁지 않다는 느낌의 정체를 알게 됐다.

이 느낌이 여자의 것일까 내 것일까 궁금했으나, 내 것은 아니었다. 온비의 감정의 진폭은 인간보다 터무니없이 좁다. 옅고 지속력이 없어

232

순식간에 바래버린다. 무거움과 무거움의 느낌 모두 여자의 것이다.

"이상한 사람들이 많은 것 같아."

여자가 말했다. 여기 이 포구 어떠냐는 송화자의 물음에 대한 답이었다.

송화자가 승용차 트렁크에 여행 가방을 넣고 쾅 소리가 나게 닫았다.

"나, 간다."

"응."

"언제든 연락해. 또 올게."

"혼자 있을 수 있어."

"이상한 사람 많다며?"

"있을 수 있어."

"하기야…… 이 포구에 이상한 사람 하나 더한 거니까. 너도 만만치 않잖아."

"망할 것."

"어쭈, 제법인데…… 니 입에서 그런 말 나오는 거 보니 사람 꼴 돼가는 것 같다. 진작 애아빠한테도 그럴 것이지."

"그게…… 혼자서 되는 일이었을까?"

송화자가 왼손을 들어 흔들었다.

"간다."

"응."

송화자는 떠났고 여자는 남았다.

이번엔 허공과 함께잖아. 정수리 훤한 아저씨.

정류장 긴 나무의자에 앉아 여자가 버스를 기다린다. 5일 전에는 슬라브족과 함께였던 자리. 이번에는 허공이다. 허공은 여자와 나란히 앉지 않고 정류장 팻말 주변을 서성거린다. 여자의 카디건 자락이 깃발처럼 펄럭인다. 날은 잔뜩 흐렸다. 여자는 5일 만에 통나무집을 나왔다.

전과 달리 허공은 삿대질 대신 턱으로 허공을 젓는다. 외치지 않고 중얼거린다. 바지 주머니 깊숙이 두 손을 찔러넣고 쉴새없이 움직이며 쉴새없이 말한다. 여자가 말했던, 이상한 사람 중 하나.

여자의 카디건이 펄럭일 때마다 허공의 성근 머리카락이 회오리친다. 몸이 작고 왜소하다. 추운 듯 목을 움츠린다. 여자보다 나이가 많아 보이지는 않는다. 그들 뒤의 바다가, 검게 끓어넘친다.

"저것이 원래 도요지 도요. 도요야. 날개 길고 꽁지 짧은 게 도요지 뭐. 도요야. 오고 가는 나그네새인데 안 가지. 저건. 그냥 겨울새지 뭐. 그러다가 사시사철 있는 거지. 그래서 갈매기지. 괭이갈매기……"

'저것이'라고 하면서 허공은 그것을 보고 있지 않다. 하늘을 보고 바다를 보고 땅을 보고 힐끗 여자를 보고 지나가는 자동차와 바람에 흔들리는 후박나무를 어지러이, 둘레둘레 바라볼 뿐이다.

이것을 보는가 싶으면 저것을 보고, 저것을 보는가 싶으면 어느새 이것을 본다. 허공의 눈동자는 정지하는 법이 없다. 어떤 대상에게든 그의 눈길은 0.1초 이상 머물지 않는다. 그런 면에서 허공은 여자와 한 번도 눈을 마주친 적이 없다.

"우는 소리가 고양이 고양이 고양이, 괭이 괭이 닮아서 괭이갈매기. 고양이 소린가? 익숙한 소리를 갖다붙인 것뿐이지. 고양이 소리긴. 그냥 저 갈매기 소리지. 고기 잘 찾아서 어부들한테 도움이 되더만, 이젠 과자맛 알아서. 에이, 바다에 안 나가. 쓸데없어. 지나가는 아기 과자나 뺏어먹고. 쓰레기나 뒤지고……"

여자는 휴대전화를 열어 시각을 확인한다. 고개를 빼고 길 끝을 바라본다. 버스는 오지 않는다. 머리카락이 눈을 찌른다.

5일 동안 여자는 통나무집에서 시금치나물을 데쳐먹고, 자고, 송화자가 두고 간 『네루다의 우편배달부』를 몇 장 읽었다. 책표지에는 이슬라 네그라 자택에서 바다를 내려다보는 네루다 사진이 실려 있었다. 여자는 첼로 케이스를 열었다가 닫고, 열었다가 닫았다. 식료품이 떨어졌다.

"고양이는 소중히 다루지 않으면 안 돼. 불행이 닥쳐. 데본렉스, 라가머핀, 버미즈, 봄베이, 샤투르스, 스핑크스, 소말리, 싱가퓨라, 자바니즈, 코렉, 이그저틱, 터키시반. 고양이가 시체를 뛰어넘으면 시체가 움직여. 시체를 뛰어넘게 하려고 해도, 살리려고 해도 시체가 없어졌는걸. 찢기고 흩어졌는걸 뭐 다. 가루처럼. 괭이는 고양이의 준말. 곤충, 새, 설치류를 먹어. 먹는 게 갈매기와 똑같아. 그래서 괭이갈매기인지도 몰라. 고양이는 갈매기처럼 살찌고 갈매기는 고양이처럼 살이 쪄. 콰광쾅. 폭발 소리 들리고 나서 더 쪘다구. 분명 더. 파인솔, 데톨, 헥사클로로펜 같은 페놀 세정제는 정말 고양이에게 치명적이야……"

문득 여자가 허공에게 묻는다.

"버스 지나간 지 오래됐나요?"

누군가에게 먼저 묻기는 처음이다. 맥락 없기는 해도 허공의 기억
과 지식에는 단편적인 정확성이 있다. 그걸 믿고 물었을까.

"부동액은 한 숟갈만 먹어도 즉사야."

허공은 힐끗 여자를 바라봤을 뿐이다.

"버스 지나가는 거 못 봤어요?"

다시 여자가 묻는다.

"갈매기는 러시아 작가 체호프의 4막 희곡이지. 갈매기."

허공은 혼자 중얼거리는 사람이다. 말도 눈길도 주고받을 수 없는
사람. 어쩌면 여자는 그래서 허공에게 말 붙일 엄두를 냈는지도 모른
다. 그 무엇도 오가지 않을 거라는 확신 때문에.

오갈 수 있는 사람과는 여자 쪽에서 침묵하거나, 짧게 응대할 뿐이
다. 거의 모든 말을 송화자가 했고 여자는 응, 응, 거렸다.

나, 간다.

응.

송화자가 가고 난 하루 뒤 여자는 첼로 케이스를 열었다. 방은 여전
히 어두웠다. 몇 번을 망설였던 만큼 케이스를 여는 손길이 조심스러
웠고, 조심스러웠던 만큼 그 안에서 쏟아져나온 것들에 놀랐다.

악보 몇 장과 약음기와 정제수지 따위에 놀랄 여자가 아니었다. 여자
는 첼리스트였다. 숨을 멈춘 채 바닥으로 쏟아진 것들을 내려다보았다.
오랫동안 그러다 집어든 것이 사진이었다. 희미한 빛에 어린 여자아이
의 얼굴이 간신히 드러났다. 아이는 백목련 아래서 활짝 웃고 있었다.

음, 그렇게 된 거였군.

여자아이는, 나였다. 여자는 내 어머니였다. 그리된 거였다. 감회가 없을 수 없겠으나 유감스럽게도 나는 온비였다. 그리된 거였어······ 나는 여자에게로 폴짝 뛰어올라 툭툭 어깨를 쳤다. 여자가 자신의 어깨를 쓰다듬었다.

나의 존재감이란 그 정도였다. 마음속에 품은 생각이나 정한도 그만큼이었다. 새삼스레 엄마라 고쳐 불러지지 않았다. 모든 온비는 자기 연민에서 멀어져 있다. 왜 그런지 모르겠다. 온비의 세상에선 자기 연민에 가까운 말이 '르상'이다. 그걸 불필요한 감정으로 여기는 이유도 모르겠다.

여자는 5일 동안 첼로 케이스를 열었다 닫고 열었다 닫았다. 아주 활짝 열지는 않고 한 뼘쯤. 열 때는 느렸고 닫을 때는 창문 닫는 것만큼이나 빨랐다.

냉장고의 식료품들을 꺼내 조금씩 데쳐먹었다. 바람 불 때는 바람소리만 들렸다. 바람 불지 않을 때는 시금치 썹는 소리가 방안에 가득했다. 냉장고에 아무것도 남지 않게 되었을 때 여자는 식료품을 사러 나섰다.

버스는 오지 않는다.
허공이 자신의 이마를 손바닥으로 찰싹 때리며 탄식한다.
"어이쿠."

성근 머리카락이 회오리친다. 뭔가 갑자기 떠올랐다는 표정. 그의 눈길이 여자에게 0.1초 머물고 흩어진다.

"아 참 저 손끝, 손등, 모습. 아이쿠야. 맞아."

자신의 말을 여자가 듣고 있다는 걸 허공은 의식하고 있는 듯하다.

"저, 저, 첼로."

여자의 귀가 뻣뻣해진다.

"코다이 무반주 첼로 소나타 8번이었던가, 작품 8번? 실내 수영장 다이빙대에서 연주했던. 유명했던 그 2005년 8월 7일 연주 실황 동영상. 아이쿠. 내가 여기서 첼로, 첼리스트를. 맞나? 맞을까. 아이쿠야. 갈매기."

쉴새없이 움직여 들여다볼 순 없지만, 허공의 까만 눈동자는 어둡고 한없이 깊어 나 같은 온비쯤 통째로 빨려들 것 같다. 여자의 귀가 붉어진다.

"외부 기온 섭씨 32도. 엠비시 문화산책. 그날 실내 수영장 수온을 4도쯤 낮춘 훌륭한 연주. 시원하게."

허공은 생각나는 대로 쏟아놓는다. 그런 사람이다. 그럴 때 함께 터져나오는 정확성에 여자는 진저리친다.

"절…… 알아요?"

궁금해서라기보다는, 어딘가 화난 듯 묻는다.

"섭씨는 셀시우스 온도체계. 셀시우스의 중국어 음역이 섭이라서 섭씨."

"절…… 아냐구요."

화나서라기보다는, 어딘가 두려운 듯 묻는다.

238

"화씨는 화렌하이트 온도체계. 화렌하이트는 화류해라서 화씨."

여자가 벌떡 일어선다. 버스는 오지 않는다. 식료품은 떨어졌다. 큰
여로 향한다.

큰 여에서, 여자는 보말미역국에 쌀밥을 말아 배불리 먹었다.

큰 여의 여주인은 그다지 수다스럽지 않았다.

여자의 식탁에 가까이 오지도 않았다.

바람이 불었고, 고양이만한 갈매기들이 식당 큰 창문 유리로 떼 지어
날아왔다가 날아갔다. 여자는 지금 통나무집 숙소로 향하는 중이다.

조금씩 비가 내린다. 허공은 여전히 정류장 팻말을 맴돌며 허공에
다 말을 쏟는다. 카페 메리 앤 폴 앞에서 여자는 메리와 폴과 마주친
다. 두 사람 모두 노란 우비 차림이다.

"큰 여에 다녀오세요?"

메리가 묻는다. 메리도 폴도 침울하다.

"네."

여자가 두 사람을 살핀다. 메리는 흰 국화 몇 송이와 종이컵을, 폴
은 양초와 매트리스와 종류를 알 수 없는 술병을 들었다. 메리가 고개
를, 주억거린 뒤, 말한다.

"네, 그래요. 역시…… 안 잊으려는 거죠."

그러면서 잠시 머뭇거린다. 괜찮으시다면 함께 가시지 않겠어요?
메리의 그 말을 나는 들었으나 여자는 듣지 못한다. 메리는 머뭇거렸
을 뿐이니까.

"그럼…… 다녀오세요."

여자가 먼저 발길을 돌린다. 메리와 폴이 어디를 가려는 건지 여자는 아는 걸까.

"출입 통제가 오늘 풀렸다고 해서요……"

메리가 중얼거리고 폴과 함께 정류장 쪽으로 향한다. 여자가 통나무집에 가까워지자 비가 조금 더 굵어진다. 메리와 폴은 도라곳에 가려는 것이다.

아까, 큰 여의 여주인이 물었다.

"접안시설 발파 현장에서 멀지 않댔죠?"

그녀의 남편이 대답했다.

"도라곳이라잖아. 공사장에서 500미터쯤 될걸. 그래서 다들 공사장에서 나는 폭음인 줄 알았다잖아."

여자는 보말미역국에 흰 쌀밥을 말아먹고 있었다.

"일부러 그런 거겠죠? 얼른 눈치 못 채게."

"아주 정교하고 세밀했다나봐. 기술이. 살점은 가루처럼 흩어져서 갈매기들이 다 먹고, 뼈 몇 개만 남았는데 그것조차 씻은 듯 깨끗했다더라구. 그만큼 정밀했던 거겠지. 기술이."

"어떻게 알았대요, 그 사람인 줄은?"

그때 여자의 목소리가 끼어들었다.

"밥 한 그릇만 더 주시겠어요?"

여주인이 여자에게 밥공기를 가져다놓았다.

"책이 있었다지 아마. 자격증 수험서인가……"

여자는 남은 미역국에다 밥 반 공기를 덜어 넣었다.

"힘들긴 힘들었나봐요. 근데 책은 어떻게 온전했을까?"

"질기니까, 책은…… 그 사람, 그 정도까지인 줄 몰랐던 내가 부끄럽네."

도라곶이에요, 도라곶.

메리와 폴이 가는 곳. 끝내 안 잊으려, 애도하러 가는 곳. 나는 여자의 귀에다 소리친다.

들렸던 걸까. 깨달은 걸까. 여자가 걸음을 멈춘다. 정류장 쪽으로 고개를 돌린다. 정류장에는 메리도 폴도 허공도 없다. 살찐 갈매기들이 정류장 팻말 위를 사납게 선회할 뿐이다.

"도, 라, 곶."

여자가 낮게, 바람처럼 뱉는다. 한동안 서서 아무도 없는 정류장을 바라본다.

움직임을 멈춘 채 숨만 들이쉬다 고개를 돌린다. 통나무집을 향해 발을 뗀다. 늘 그렇듯, 개개의 동작들이 두 박자쯤 사이를 두고 이어진다.

슬라브족의 사정 따위는 여자를 끝내 흔들 수도 멈출 수도 돌려놓을 수도 없는 걸까. 하기야 그만큼 여자에겐 무거운 것이 있으니까. 그보다 무거운 게 없다면 없겠으니까. 여자의 무거움이란 그런 거니까.

파밭에 계속 비가 떨어진다. 숙제라니까요! 여자는 듣지 못한다. 느리게 걸어 통나무집에 당도한다. 징검다리처럼 놓인 편마암을 밟으며 갯잔디 소복한 마당을 가로지른다. 현관문을 열고 집안으로 들어선다.

어두운 방에 여자 혼자다. 여자의 눈길이 창문에 머문다. 주먹 하나 드나들 만큼 벌어져 있다. 언제나 닫지만 언제나 열리는 문. 여자가 두어 걸음 창 쪽으로 움직인다. 방바닥에 여자의 양말 스치는 소리는 들리지 않는다. 바람이 부는 것이다. 비가 내린다.

여자가 창으로 손을 뻗는다. 그늘 걷히지 않는 창백한 손. 양손의 엄지와 검지로 나무 창문 좌우 걸쇠를 쥔다. 창문이 밀려 조금 더 열린다.

슬라브집이 건너다보인다. 감을 던지면 받아먹을 수 있는 거리. 바람 불고 비 오는 날은 어두운 하늘이 옥상에 닿는다. 2층 복도엔 아무도 없다. 이쪽을 바라보고 웃던 남자의 손짓은 이제 잔영일 뿐이다. 여자가 창문을 당겨 닫으려 한다.

제발, 엄마.

나도 모르게 튀어나온 말이다. 저를, 아빠 일을, 잊지 않으려 한다면 모를까, 잊지 못하는 건 바라지 않아요. 파밭에 비 떨어지는 소리도, 안 듣는 게 아니라 못 듣는 거잖아요. 그러니 닫지 마세요. 적어도 하루쯤은 열어두세요. 저 빈 복도나마 보-아-주-세-요.

여자가 걸쇠를 잠근다. 나는 온 힘을 다해 여자의 어깨에서 발을 구르고 구른다. 제발. 제발. 제발.

여자는 손을 들어 어깨를 한 번 쓰다듬는다. 온비의 능력은, 그 정도다. 깜깜하다. 여자는 오늘도 어두운 방이 된다. 그 방은 무겁다. 세상에서 가장 무겁다는 건 그러나 여자의 생각일 뿐이다.

나뭇가지에 앉은 새

아무것도 안 보여……

누나가 말했다. 잘 들리지 않았다. 전화기는 이상 없었다. 너무 멀어서 그런 거라고 너는 생각했다. 누나는 사이판에 살았다.

누나 말이 자꾸 떠올랐다. 일주일 내내. 아무것도 안 보여…… 말의 앞뒤를 떠올렸다. 생각나지 않았다. 누나 말소리는 작았고 어두웠고 웅얼거렸다. 별일 아닌 것 같아 끊었다. 그뒤로 누나에게서 전화가 걸려오지 않았다.

백내장 같은 걸까. 누나 나이를 가늠해보았다. 임진생 용띠. 마흔여섯. 터무니없어.

나이를 가늠할 것도 없었다. 누나는 너보다 다섯 살 위였다. 큰 터울이 아니었다. 그런데도 늘, 누나 나이를 잊었다.

너에게는 누나가 넷이었다. 소띠, 원숭이띠, 용띠, 양띠. 그리고 소띠 형 하나. 막내인 너는 닭띠였다. 해가 바뀌면 따라 바뀌는 게 나이라서, 용띠 누나뿐 아니라, 형제들 모두의 나이를 기억하기 힘들었다.

띠는 그렇지 않았다. 필요할 때 자, 축, 인, 묘, 진, 사, 오, 미……
손가락을 꼽아 형제들 나이를 가늠했다. 시간은 걸렸으나 정확했다.
용띠 누나 나이도 매번 그렇게 알았다.

전화해볼까. 사흘째 되던 날 생각했다. 그러나 하지 않았다. 별일
있으려구…… 뻔질나게 전화하는 형제들이 아니었다.

동해안에 때아닌 멸치떼가 나타났다더라. 어느 집 형제들은 그날로
의기투합해 투망과 반두를 싣고 동해안으로 간다지만, 너의 형제들은
그러지 않았다. 그런가보다 하고 말았다. 자주 만나지 않았고, 아파도
소리 없이 입원했다. 형제 중 둘은 휴대전화가 없었고 둘은 월평균 통
신비가 2만 원이었다.

서로 돕지 않았고 피해도 주지 않았다. 돈을 빌리거나 빌려주지 않
았다. 싸우지 않았다. 따로 연락하지 않아도 집안 대소사에 빠짐없이
참석했다. 조용했고, 그걸 편안하다고 생각했다. 모두 그랬다.

일주일 지나서 너는 누나에게 전화했다. 아무것도 안 보여…… 머
릿속에서 그 말이 지워지지 않았다.

무슨 일…… 있는 거야?

일? 무슨 일?

누나가 되물었다. 잘 들렸다. 태평양 이오 섬 오키나와 섬을 건너오
는 소리였으나 문밖 통화처럼 선명했다.

아무것도 안 보인다고…… 했었잖아. 지난번에.

내가?

응.

글쎄. 내가 그랬었나?

일주일째 그 말에 잡혀 있던 너였다.

그랬어. 눈에 무슨 이상이라도 있어?

얘는, 무슨. 내 눈 아직 쓸 만해.

그럼?

글쎄다. 내가 그런 소릴 했다면 뭐······

누나가 한숨을 쉬었다.

뭔데?

사는 게 고달팠기 때문이겠지. 딴 게 있었겠니.

여전히, 그런 말 한 적 없다는 투였다.

넌 어떠니?

누나가 물었다.

나야 뭐 늘 그렇지.

그렇지? 그러면 된 거지.

형제들 통화란 게 그랬다. 그랬었나? 그렇지. 그러면······ 그런 말
들로 이어지다 끝났다. 아파도 몰래 입원하고 쉬쉬하는 형제들. 연락
하지 그랬어, 하면서도 정작 자신은 연락하지 않는 형제들.

일주일 전 누나 목소리는 잘 들리지 않았었다. 그래서 분명하게 알
아듣지 못했고, 기억하는 건 "아무것도 안 보여"뿐이었다.

일주일 전과 달리, 문밖 통화처럼 잘 들렸던 전화였다. 그러나 새로
안 사실은 없었다. 불분명한 전화는 안 들려서, 선명한 전화는 너무
잘 들려서, 뭔가를 은폐했다. 은폐했다고 너는 생각했다.

누나의 심상한 대답 뒤에 숨어 있는 진실은 무엇일까. 너는 진실이

라는 말을 좋아했다. 감출 수 없었던 한숨의 의미는 무얼까. 너는 의미라는 말을 좋아했다.

문득, 어떤 광경이 떠올랐다. 누나는 사이판 섬 동북단, 반자이 절벽이라 불리는 단애 위에, 옷자락 나부끼며 홀로 서 있었다.

동시에 표표(飄飄)하다, 라는 말을 버릇처럼 골랐다. 너는 적확한 단어 고르는 걸 좋아했다. 너의 일이기도 했다. 그룹 내 홍보총부 카피 대상을 세 차례 받았다. 진급은 더뎠으나 언제나 일을 즐겼다.

옷자락 표표히 나부끼며 단애 위에 선 누나…… 단애란, 패전에 임박한 일군, 군속, 가족 들이 덴노 헤이카 반자이를 외치며 줄줄이 투신했던 절벽이었다. 사람 떨어져내리던 모습이, 흩날리는 '복사꽃 같았더라'던.

무얼 믿고 무얼 위해 하나밖에 없는 목숨을 던졌던 걸까. 그것의 진실과 의미를, 너는 또 생각했다. 미화의 수사, '복사꽃 같았더라'. 대일 수출 제품 매뉴얼에 써먹을 만한 카피였다.

두서없는 말과 글을 잘 궁굴려보는 것도 너의 버릇이었다. 버릇은 일로 연결되었고 일은 버릇을 만들었다.

절벽 위에, 표표히 선……

위태로웠다. 누나가 바닷물로 곧 떨어져내릴 것 같았다. 아무것도 안 보인다던 누나의 말, 반자이 절벽, 복사꽃, 바닷물…… 그 불균형한 그림.

거울이 떠올랐다. 두서없는 생각에 두서가 생기며 떠오른 게 거울이었다. 거울에, 불균형한 그림이 있었다. 나뭇가지에 앉은 새였다.

고향집에는 거울이 세 개였다. 안방 벽에 큰 것 하나, 어머니의 2단

장롱 문에 작은 것 둘. 벽의 것은 장방형이었고 장롱 문의 것은 윗부분이 아치형이었다. 세 개의 거울 아랫자락엔 모두 나뭇가지에 앉은 새가 그려져 있었다.

너의 집만 그런 게 아니었다. 이웃집 거울들에도 같은 그림이 있었다. 거울 뒷면 수은 칠을 긁어내고 컬러 도료를 발라 그린 그림이었다. 이매조(二梅鳥) 화투장 비슷한 그림. 고스톱 칠 때 너는 고향집 거울을 떠올렸다.

빈약한 나뭇가지에 비해 새는 컸다. 특히 대가리가 컸다. 몸통과 대가리 비율이 같았다. 이중의 불균형. 그 위태로움 때문에 기억이 선명했다. 그런데 어째서 모든 거울에, 나뭇가지에 앉은 새였을까.

대학 시절 민속학 과제물에 너는 썼다. 퉁구스 어족과 시베리아 몽골리안의 정서를 자극하는 원형적 구도. 시베리아 샤먼의 관(冠)에도 그런 그림이 있었다. 베링 해 넘은 몽골리안들의 마야 신전에도 그런 그림이 있었다. 신라와 백제 왕족 유물에도 그런 그림이 있었다……

네가 쓴 것을 너는 믿었다. 나뭇가지에 앉은 새는, 면면히 이어지는 고대적 경외심의 저류였다. 그 그림은, 그림 박힌 거울이 보배로운 물건이란 증표였다.

본인에게 물으면 조개처럼 더 자꾸 입을 닫을 것 같았다. 대구 양띠 누나에게 전화했다. 어린 시절 너에게 얻어맞기도 한, 가장 만만한 누나였다.

사이판 누나 말이야. 혹시 무슨 얘기 들었어?

무슨?

아무 얘기 못 들었어?

왜?

됐어.

끊었다.

대구 누나는 사이판 누나를 아직 '너'라 호칭했다. 그들 사이엔 무슨 얘기든 오갔을 거라 생각했다. 숨기는 거든, 정말 모르는 거든, 네가 알 수 없기는 마찬가지였다. 정말 아무것도 모른다면? 다시 대구 누나에게 전화했다.

얼마 전 전화 왔었는데 목소리가 좋지 않아.

그러다가도 금방 깔깔거리잖아.

그래도 느낌이 좋지 않아.

언닌 뭐라는데?

사는 게 고달파서라나.

그렇잖아. 그렇겠지. 고달프지. 오죽 고달프겠냐.

대구 누나는 사이판 누나를 못마땅해했다. 온 대한민국을 떠돈 것도 모자라 태평양 한가운데까지 나섰다고. 안 고달플 수 없다고. 그러나 사이판 누나가 한국에 올 때 눈물 글썽이며 반기는 사람이 대구 누나였다.

사이판 누나한텐 그런 게 좀 있었다. 늘 뭔가를 꿈꾸고 궁리하고 그걸 찾아 떠났다. 고향 해남에서 서울, 파주, 강릉, 무주, 곡성을 떠돌았다. 그리고 마침내 사이판이었다. 어릴 적부터 그럴 낌새가 보였다.

고향집 큰 거울엔 복사꽃이 피어 있었다. 어느 날 벼락의 여진이 벽을 타고 내려와 거울 뒷면을 때렸다. 두세 줄기 금이 갔다. 아버지가 흰 종이를 꽃모양으로 오려 거울 금에 붙였다. 거울 밑엔 나뭇가지에 앉은 새가, 나뭇가지처럼 생긴 거울 금에는 복사꽃이 만발했다. 금간 교실 유리창에도 더러 피어 있던 복사꽃이었다.

깨진 거울 버리는 걸 금기시했다. 나무 벨 때도 베어진 단면에 얼른 흙을 발라 선연함을 피했다. 깨진 질그릇은 잘게 바수어 날을 없앴다. 거울은 어떡해도 날이 없어지지 않았고 번쩍거렸다. 자고이래 경외의 물건이었을 테니까. 거울이 복사꽃을 단 채 오래오래 벽에 붙어 있던 이유였다.

그 거울 앞에서 누나는 늦도록 포즈를 취했다. 어느 봄날이었다. 어두워지도록 누나는 좀처럼 거울을 떠나지 않았다. 거울로 다가갔다 물러나기를 반복했다. 표정을 살피고, 허리를 틀고, 사뿐사뿐 걸었다. 희죽희죽 웃었다.

사실은 낮부터 그랬었다. 동구 밖에서 집으로 이어지는 고샅에 개나리가 활짝 피어 있었다. 개나리는 해마다 피고 지며 풍성한 몸집을 자꾸 불렸다. 한창 개화했을 때는 덩어리진 꽃잎을 가지가 감당하지 못했다. 꽃 사태가 나 길 위로 콸콸 흐를 것 같았다.

누나는 개나리꽃 더미 속을, 생쥐 풀방구리 드나들듯 들락거렸다. 한나절을 그랬다. 한창때의 개나리꽃은 멀미가 났다. 부신 눈을 감으면 회색 해파리들이 유령처럼 너울거렸다. 뜨나 감으나 어지러웠다.

그 짓을, 누나는 지치지도 않고 저녁까지 계속했다. 개나리꽃 무더기에서 거울 앞으로 자리를 옮겼을 뿐이었다. 도대체 몇시일까. 시계를 보다 너는 알았다. 누나가 왜 그러는지를.

시계 옆에 달력이 있었다. 4월이었다. 활짝 핀 개나리를 배경으로 원미경이 웃고 있었다. 왼쪽 어깨를 어슷하게 내밀고 오른 손등을 살며시 턱밑에 댄 포즈. 보조개 팬 웃음. 종일 누나가 흉내낸 거였다. 미쳤군. 너는 돌아누우며 중얼거렸다. 무의미한 짓이야.

누나는 원미경을 좋아했다. 보는 족족 사진을 오려 벽 한 귀퉁이 못에 꿰었다. 일일달력만큼 수북했다. 몇 날 며칠 닳도록 바라보다 한 장을 떼내면 또 원미경이었다.

그 많던 원미경을 어디서 구했던 걸까. 공부를 못해서였는지 아버지 반대 때문이었는지 누나는 고등학교에 가지 못했다. 고등학교에 가지 못한 건 그 누나뿐이었다. 종일 개나리 울에서 놀아도 남을 만큼 열일곱 시골의 봄날은 길었다. 읍내까지 원정 가서 원미경을 뜯어오는 것 같았다.

틈만 나면 거울 보듯, 벽에 코를 대고 원미경을 들여다보았다. 거울에 비친 자신으로 착각했다. 누나가 원미경을 닮긴 닮았었다. 원미경 같아…… 누나가 가장 좋아하는 말이었다.

의례적인 말이 되었다. 동네 아낙들은 누나에게 말하지 않을 수 없었다. 원미경 같아…… 벌어지는 입을 수습하느라 누나는 정신을 차리지 못했다. 아낙들도 웃음을 참느라 공연한 수선을 떨었다.

거울은 귀한 거여서 나뭇가지에 앉은 새가 증표처럼 박혀 있었고, 깨져도 함부로 버리지 않았고, 복사꽃을 붙여 오래오래 썼다. 충분히 그럴 만한 물건이었다.

'아! 누구던가? 이렇게 슬프고도 애달픈 마음을 맨 처음 공중에 달 줄을 안 그는' 대신, '아! 누구던가? 유리에 수은을 맨 처음 칠할 줄을 안 그는'이라 영탄해도 좋을 만큼, 거울은 신비할 정도로 사물을 완벽하게 반사했다. 위대한 발명품이면서 발명가가 밝혀지지 않은 거의 유일한 물건 아닐까.

유리거울 이전에는 청동거울이 있었다. 청동거울 이전에는 자연의 거울이 있었다. 물이었다. 명경지수(明鏡止水)라지 않던가. 나르시스는 자연의 거울에 빠져 죽었다. 아, 하고 너는 혼자 소리쳤다.

종종 너는 자신의 연상력에 감탄했다. 사이판 북벽 위에 표표히 서 있는 누나. 누나가 바라보았던 게 물 아니었을까. 바닷물. 바람이 불고 해수면이 일렁인다. 누나의 모습이 비칠 리 없다. 아무것도 안 보여……

나르시스는 잔잔한 물에 빠져죽었으나 잔잔하지 않더라도 물은 충분히 위험했다. 자신의 모습이 비치지 않는 거울이라면 더.

'옷자락을 나부끼고 호올로 서면 운명처럼 반드시 나와 대면케 될지니……' 유치환의 「생명의 서」를 외우던 너는 한때 시인 지망생이었다.

'오직 알라의 신만이 밤마다 고민하고 방황하는 열사의 끝' '하여 나란 나의 생명이란 그 원시의 본연의 자태를 다시 배우지 못하거든 차라리……' 죽겠다는 말이었다. '……나는 어느 사구에 회한 없는 백골을 쪼이리라'.

누나가 고달픔의 끝에 이른 거라고 너는 생각했다. '끝'에 이른 거라고.

사이판으로 전화했다.

누나 지금 어디야?

집이야.

휴우……

왜?

누나한테 이메일 보내려고. 오늘 저녁이나 내일 오전에 들어갈 거야. 읽어봐, 꼭.

열일곱 살 누나의 여일(麗日)은 길지 않았다. 집안일 아랑곳 않고 한동안 아이처럼 놀아도 될 이유가 있었던 것이다.

여름 태풍에 밀려 자취 감춘 봄꽃 갓털처럼, 어느 날 누나는 마을에서 사라졌다. 부모가 밀어낸 거였고, 누나가 튕겨나간 거였다. 너로서는 잘 모르는 공모였다. 그토록 깔끔하게 고향을 떠날 줄 몰랐다.

빈둥빈둥 놀게 내버려뒀던 데에는 곧 닥칠 이별이 준비돼 있었던 것이다. 너만 알지 못했다. 첫째 소띠, 둘째 원숭이띠 누나는 읍내와 인근 마을로 시집가 건어물을 팔고 물질로 밤낮을 보내던 때였다.

누나가 감쪽같이 사라진 고샅에 개나리는 자취도 없었다. 매미 소리만 자욱했다.

누나는 명절에나 볼 수 있었다. 이향 뒤 첫 설, 고향으로 내려온 누나는 더도 덜도 아닌 원미경이었다. 얼굴은 백분처럼 하얬고 손톱은 유리처럼 맑았다. 목에 두른 긴 털 흰 목도리는, 손대면 금방이라도 녹을 듯 부드러웠다.

너는 얼른 누나를 누나라 부를 수 없었다. 어색했고 쑥스러웠다. 예전처럼 부르면 안 될 것 같았다. 예전의 누나라는 호칭은 오래되어 못 신게 된 신발처럼 초라했다. 변화한 누나에게 어울릴 호칭이 따로 있을 것 같았다.

그냥 웃기만 했다. 누나가 너무 예뻐서 남의 누나 같았고, 그게 싫었다. 흰 종아리를 볼 때마다 이상한 열기가 스멀스멀 혈관을 기어다녔다. 야릇한 느낌을 너는 어린아이 때부터 싫다는 말로 대신했다.

원미경이다…… 아낙들이 아닌, 누나 동창 친구들이 말했다. '같아' 따위는 더이상 붙지 않았다. 누나는 말끝을 '니'로 끝냈다. 밥 먹었니? 아니랬잖니…… 자꾸 속이 메스꺼웠다.

누나는 누런 복사꽃 핀 거울을 보지 않았다. 앙증맞은 핸드백에 어울리는 작고 동그란 거울을 갖고 다녔다. 언제 어디서든 들여다볼 수 있는 거울이었다. 나뭇가지에 앉은 새가 그려져 있진 않았으나, 거울을 감싼 반들거리는 플라스틱 소재가 충분히 고급스럽고 보배로웠다. 그 작은 거울에 비치는 누나도 넘칠 만큼 원미경스러웠다.

설 휴가를 마치고 누나가 돌아갈 즈음 가까스로 한두 번 누나라 부를 수 있었다. 다시 호칭이 익숙해지려 할 때 누나는 개나리도 매미 소리도 없는 겨울 길을 걸어 동구 밖으로 멀어졌다. 알 수 없는 이유로 너는 슬펐다.

그해 가을 누나는 다시 추석 휴가를 얻어 고향에 내려왔다. 그리고 역시, 누나라는 호칭이 다시 익숙해지려 할 때 떠났다. 누나가 돌아간 뒤 마을 처녀들이 하나둘 없어졌다.

누나도 그걸 보고 궁금했었다고 했지? 너는 메일에 썼다. 왜 아니겠어. 누난 유난히 거울에 관심이 많았는걸.

나도 박물관에서 처음 청동거울을 봤을 때 저게 어째서 거울일까 궁금했어. 저걸로 어떻게 얼굴을 비춰보았을까. 표면에 다양한 무늬가 그려져 있었으니까. 도깨비 같은 귀신 문양까지.

그게 거울 뒷면이었다는 사실을 나는 서른 살이 넘어서야 알았어. 사용면은 당연히 밋밋했겠지. 거울이니까. 보여줄 게 없었겠지. 그래서 볼 게 많은 뒷면 장식을 보여줬던 거였어.

하지만 좀 억울하다는 생각이 들었어. 너의 글이 길어졌다. 서른이 넘어서야 알다니. '청동거울의 뒷면'이라고 적어놓으면 좀 좋아. 그런데 그런 박물관은 없었어. 그냥 '청동거울'이었다구. 다.

미래 우주 인류사 박물관에 문신 박힌 인간 미라의 등을 전시했다고 생각해봐. 사람의 등과 엉덩이에 화려한 문신을 새겼던 시대가 있었다는 걸 보여주려는 거지 물론.

거기에는 '한때 인간의 등과 엉덩이에 새겼던 문신의 한 예'쯤 되는 푯말이 붙어야 하는 거 아닐까. 다짜고짜 '인간'이라고 붙여놓으면 어떡하겠느냐고.

하여튼 그 청동거울 말이야. 너는 글쓰는 걸 좋아했다. 말보다 글쓰는 게 편했다. 3천 년 전쯤에 만든 것일 텐데 어쩌면 그토록 세밀하고 기하하적인 문양을, 그것도 금속에 새겨넣을 수 있었을까. 어떤 금속공학자가 그 방법을 재현해냈다고 하는데, 설명 자체가 복잡해서 이해하기도 어려워. 만만찮은 시간과 정성을 들여야 그만한 게 나온다는 건 분명해.

3천 년 전엔 오죽했을까. 그랬으니 부족장이나 그의 아내쯤은 되어야 가질 수 있었겠지. 귀하고 귀한 것. 뒷면에 들인 공이, 밋밋한 전면을 연마하는 데 들인 품보다 훨씬 많았을 거야.

생각할 점이 있어. 진실과 의미는 이면에 더 가까운 거 아닐까. 너는 또 진실과 의미라는 말을 썼다. 가치 같은 거 말이야. 전면은 그러니까 환영만 비치지. 허상. 모든 거울이 그렇듯이. 그러니 전면에 아무것도 안 비친다고 슬퍼할 일은 아니지.

그 환영을 관통해 이면의 실상을 보아야 하니까. 그러니까 아무것도 안 보인다는 것은 오히려 바람직한 현상일 수 있어. 이면의 실상을 보기 위해 마침내 전면의 환영이 사라지거나 무시되는 단계니까……

그러니 누나, 너무 걱정할 필요 없어. 거친 해수면에 아무것도 비치지 않으면 나르시스처럼 빠져 죽을 일은 없잖아. 거울 면에 아무것도 보이지 않아야 비로소 뒤의 것을 떠올리려 하겠지. 나는 누나가 그럴 수 있을 거라 믿어.

해수면에서 눈길을 거둬. 거기에 비치는 건 허상일 뿐이니까. 천천히 뒤돌아서. 그러면 누나의 뒤가 보일 거잖아. 이제부턴 그게 실상이야. 온몸으로 끌어안는 거야. 오랫동안 잊은 채 등뒤로 밀어놨던 그것과 해후하는 거야. 뜨겁게. 너는 이런 식으로 쓰는 걸 정말 좋아했다.

누나가 살고 있는 사이판은 작은 섬이야. 큰 세계와 다를 바 없는 작은 세계. 누난 그 끝에 섰어. 대한민국을 다 돌고, 거대한 태평양 한가운데에 이르렀다는 사실 자체가 그래.

누나는 많이 걸었어. 많이 꿈꾸고 좇았어. 한시도 쉬지 않았어. 늘 고달팠어. 그게 끝이라면 이제 돌아서는 일밖엔 없어. 돌아설 수밖에 없는 지점에서 누나는 자기도 모르게 나한테 전화한 거야.

아무것도 안 보인다고 말했던 거. 기억 안 난다고 했지? 누나의 영혼이 나에게 말한 것이어서 그래. 그래서 걱정 안 해도 된다는 거야. 누나는 누나 스스로 그걸 알게 되었다는 뜻이니까.

쓰고 나니까 나도 누나 걱정 안 해도 될 것 같아. 아, 이래서 메일을 쓰고 싶었던 거구나. 쓰길 잘한 것 같아. 그래. 청동거울은 뒷면을 보는 거였어. 모든 거울이 그래야 하는 건지도 몰라. 그것이 비록 귀문

(鬼紋)일지라도 우리 삶의 실상이 그러하다면 피할 수 없는 거지. 정작 우리를 살게 하는 건 어쩌면 그런 귀신일지도 모르겠다. 원미경이아니라. ㅋㅋ. 누나, 힘내.

서울로 간 뒤 달라진 것 중 하나는 누나의 영어 발음이었다. '이트이즈'가 '이리즈'가 되었다. '바나나'는 '버내너'가 되었다.

누나는 중학 3년 내내 한 선생한테 영어를 배웠다. 너도 그 선생한테 3년을 배웠다. 전교생의 절반이 그 선생한테 배웠다. 큰아버지 친구였고, 다른 학년에서는 생물을 가르쳤다. 생물을 가르쳤던 그 영어선생의 전공은 철학이었다. 그 선생의 '테이크 이트 이지'를 누나는'테이키리지'로 발음했다. '베이비'가 아닌 '베이베'.

시카고 출신 미국인에게 영어를 배운다고 했다. 시골에서 고등학교를 다니던 친구들은 누나 앞에서 무색해졌다. 누나는 영어를 발음할때 손끝을 자연스럽고 우아하게 빙글빙글 돌렸다.

돈 받고 다니는 학교. 미국인이 영어를 가르치는 학교. 저녁에만 잠깐 교복을 입고, 두발이 마냥 자유로운 학교랬다. 추석에 내려올 때는잠자리 날개처럼 소매 투명한 블라우스를 입었다. 머리띠를 대신한선글라스! 낯설고 낯설어 너는 누나라는 호칭을 자꾸 잊었다.

흰 얼굴과 종아리. 한 올 한 올 영양제 바른 듯 윤기나는 머리카락. '니'로 끝나는 대한민국 핵심부 언어. 원미경 '같지' 않은 '그야말로'원미경. 그리고 '왓스더매러위즈유'.

하나둘 사라졌던 처녀들이 누나와 똑같아진 모습으로 고향을 찾았다. 얼굴과 종아리는 누나처럼 하얘졌지만 '니'도 '테이키리지'도 쓰지 않았다. 미국인이 영어를 가르치는 학교가 어디냐고 그들은 누나에게 물을 수 없었다. 누나는 더이상 고향에 내려오지 않았으니까.

의상디자이너가 되실 거라더라.

양띠 누나 말이 비틀렸다. 미국인 교사가 영어를 가르친다는 학교에 가고 싶어했던 양띠 누나였다. 어느 학교에서도 미국인이 영어를 가르치지 않는다는 사실이 알려진 뒤 읍내 고등학교에 진학했다. 양띠 누나는 심기가 불편해져서 좀처럼 언니라 칭하지 않고 '너'라 했다.

누나가 다니던 회사는 '의류회사'였다. 누나의 눈썰미와 손맵시를 알아본 담당 의상디자이너가 누나를 수제자로 삼겠다고 했단다. 양띠 누나는 피식 웃었다.

의류회사는, 얼어죽을……

2년 넘게 누나는 집에 내려오지 않았다. 사부 사무실에 기숙하며 열심히 디자인을 배우느라 한시도 짬을 낼 수 없다고 했다. 그때부터 누나의 행방이 종종 묘연해졌다.

어느 날 누나는 폐인이 되어 돌아왔다. 스스로 돌아온 게 아니었다. 아버지와 어머니가 고속버스 타고 올라가 열흘 넘게 수소문한 끝에 찾아냈다. 파주인가 동두천인가에서. 지리 시간에도 들어보지 못한 지역이었다.

빛나던 누나 모습은 어디에도 남아 있지 않았다. 부스스한 머리는 만지기만 해도 몽땅 빠져버릴 듯했다. 하얀 건 얼굴과 종아리가 아니라 입술이었다. 검은 피부, 홀쭉한 볼, 기 꺾인 눈빛은 죽기 직전의 환자였다. 그래서 너는 또 누나라 얼른 부를 수 없었다. 양띠 누나도 전과는 다른 이유로 언니라 부르지 못했다.

나중에 안 일이지만, 누나는 잔뜩 빚을 지고 쫓기던 몸이었다. 홈패션 점포를 냈다가 망했다. 친구들에게 돈을 꾸었고, 일부는 부모가 댔다. 모자라는 돈을 사채로 돌려썼다가 빚이 눈덩이처럼 불어났다.

거기에도 부모의 공모가 있었다. 어린 너는 모르는 일이었다. 양띠 누나는 분통을 터뜨렸다. 슬하에 남은 두 딸 중 한쪽만 예뻐한다는 이유였다.

어머니는 약재를 구하러 먼 섬까지, 안 간 곳이 없었다. 누나는 어머니가 구해온 약을 먹고 거짓말처럼 살아났다. 어머니는 딸을 살리느라 전에 없이 말랐다. 양띠 누나는 동구 밖으로 난 고샅을 내다보며 중얼거렸다.

아마 두 가마니는 처먹었을걸.

누나가 이미 집을 떠난 뒤였다. 양띠 누나 말대로 누나는 어머니가 달여주는 검은 물을 엄청나게 먹었다. 눈빛이 살살 돌아오고 오목한 볼이 메워지는가 싶더니, 다시 거울 세상으로 갔다. 원미경과 디자이너와…… 또 무언가를 찾아.

나도 확 나가버릴까.

얌전히 집 지키는 딸보다 나돌며 속 썩이는 딸이 사랑받는다고, 양띠 누나는 부아를 터뜨렸다. 누구보다 바깥세상에 나가고 싶어했던 양띠 누나였다. 선수를 빼앗은 '너'가 불만일 수밖에 없었다. 시집갈 때까지 집에서 한 발자국도 벗어나지 못한 억울함을, 양띠 누나는 유일한 도덕적 무기로 삼아 '너'를 공격했고 자신을 위로했다.

네가 중학교를 졸업하던 해 가족 모두 서울로 올라왔다. 시험 치르지 않고도 너는 명문이라 불리는 서울의 고등학교에 배정받았다. 양띠 누나는 서울에서 1년밖에 고등학교를 다니지 못했다. 공부도 못

따라가겠고, 고3들이라 함께 놀자고도 못하겠다며 짜증을 냈다. 서울 가시나들은 1초도 쉬지 않는다고. 덕 본 건 너뿐이라며 너를 부러워했다. 용띠 누나 덕을 봤다는 거였다. 과연, 너는 가족 유일의 대졸자가 되었다.

가족 상경의 먼 동기는 누나였을지 모르나 가까운 동기는 아버지의 향우였다. 아버지는 꼭 그를 향우라 불렀다. 너는 그게 아버지 친구 이름인 줄 알았다. 사라진 누나를 찾아 아버지와 어머니가 수소문하고 다니던 때, 서울 지리를 안내했던 사람이었다.

일찌감치 서울에 터를 잡고 살던 향우였다.

서울에서는 놀고먹을 수 있어.

향우가 했다는 말이다. 겨우 두 살 많았던 양띠 누나였지만 집안 돌아가는 일은 너보다 열 배는 더 알았다. 놀고먹을 수 있다는 비결은 이랬다.

시골 전답을 팔아 전셋집 두 채를 장만한다. 한 채는 식구가 살고 다른 한 채는 보증금 받고 월세로 내준다. 보증금 받은 걸로 작은 전셋집을 얻고 그걸 또 월세로 놓는다. 월세로 놓으면서 받은 보증금으로 다시 작은방 하날 전세로 얻는다. 그리고 또 월세…… 그렇게 하면 한 달 수입이 아휴, 말도 말라고 했단다.

향우는 그렇게 이층집 장만하고, 열두 평 거실에다 최고급 인켈 오디오 들여놓고, 이미자 조미미 하춘화 모두 합쳐 이백 개 넘는 카세트테이프를 듣는다고 했단다.

최고급 인켈 오디오 들여놓고 어째서 카세트테이프만 듣는 걸까?

네가 묻자 양띠 누나는 즉각적이고 명확하게 대답했다.

나는 사실만 말할 뿐, 이유는 몰라.

대대로 경작하던 문전옥답을 그리도 쉽고 신속하게 처분한 게 놀라웠다. 향우라는 사람의 말이 그토록 막대했다. 나중에 아버지 향우라는 사람을 보았다. 신수가 훤하지도 말을 잘하지도 않았다. 아버지를 움직인 게 어떤 거였는지 너는 알 수 없었다.

이사하면서 복사꽃 핀 거울은 사라져버렸다. 새로 장만한 크고 환한 거울이 전셋집 안방에 걸렸다. 나뭇가지에 앉은 새가 없었다. 어디론가 날아가버린 것 같았다. 거울 밖으로, 아니면 거울 안으로. 나뭇가지에 앉은 새는 기억에만 남았다.

새로 산 거울은 일그러짐 현상도 없었다. 거울 앞에서 아버지는 포마드를 발랐다. 아버지가 머리에 무언가를 바른 것은 처음이었다. 양띠 누나는 뽀마드라 했다. 뽀마드를 발라야 뽀다구가 난다고. 저게 바로 놀고먹는다는 의미구나, 너는 생각했다.

놀고먹기가 생각처럼 쉬운 건 아니었다. 월세는 전세와 달랐다. 아버지는 늘 도배를 했고 낡은 수도관을 교체해주었다. 빗물통을 새로 달았다. 연탄보일러를 고쳐줬다. 그러다 보일러공이 되었다.

이래저래 축나는 비용이 만만치 않았다. 월세 임대수입으론 인켈을 장만할 수 없었다. '집수리 일체집'에서 연락이 오면 아버지는 작업복을 갈아입고 출장 수리에 나섰다. 거울 보며 포마드 바르는 일은 잊지 않았다. 고단해도 향우를 탓하지 않았다.

너는 열심히 공부했다. 서울에서는 공부밖에 할 일이 없었다. 삶의 진실과 의미를 깨우치고, 나아가 그것을 실천하기 위해! 그러는 동안 아버지는 보일러를 고쳤다. 연예인 출연하는 공개방송을 방청했다.

여의도가 그토록 가까운 곳에 사는 아버지를, 고향 친척들은 모두 부러워했다.

누나도 식구들과 함께 살았다. 홈패션 학원의 유능한 강사였다. 집안 모든 문손잡이에 나비와 고양이와 곰과 코끼리가 붙었다. 초대형 홈패션 매장을 다시 일으키려 부심했다.

누나의 꿈은 서울 아닌 강릉에서 이루어지는 듯했다. 누나는 사랑에 빠졌다. 방산시장에서 커다란 원단 매장을 운영하던 강릉 남자였다. 사업 접고 낙향하는 그를 따라 누나는 강릉으로 내려갔다. 돈보다 사랑이라며, 걱정하는 식구들을 안심시켰다.

그렇게 누나는 또 멀리 떠났다. 누나의 수완과 남자의 경험으로 꽤 큰 매장을 강릉시 한복판에 열었다. 잘되는 듯했으나 몇 년 뒤 누나는 강릉에서 사라졌고, 무주에서 발견되었다. 무주의 한 '관광요식업체'에서 유능한 주방장이 되어 있었다.

사랑이 밥 먹여준다더냐.

양띠 누나에게 말했단다.

하여튼 항상 유능하지.

무주를 다녀온 양띠 누나가 말했다. 해남에서 서울로, 서울에서 강릉으로, 강릉에서 무주로 간 이유는 사랑도 돈도 아니었다. 아니었다고 양띠 누나는 말했다.

재주 때문이지. 유능한 재주.

양띠 누나는 재승복박이라 했다. 재승덕박이라고 너는 교정하지 않았다. 양띠 누나의 한자 조합이 맞는 것 같았다. 누나의 재주는 실로 다양했고 성취 또한 빨랐다. 언제나 열성이었으니까.

남다른 욕망의 결과일 뿐이라고 너는 누나의 열성에 의미를 부여했다. 무언가를 줄기차게 찾아 떠나는 데에는 한결같은 탐심이 자리하고 있는 거라고. 언제 어디서든 누나는 원미경의 모습을 잃지 않았다.

오전이 다 가도록 누나는 메일을 확인하지 않았다. 몇 차례 거듭 들렀으나 파란색 '읽지 않음'은 달라지지 않았다. 형제들과 편지도 전화도 드물었던 너였다. 메일을 띄워놓고 초조해하는 자신이 낯설었다.

아무것도 안 보여……

며칠 그 말에 잡혀 있었다. 누나조차 말한 기억이 없다던 말. 그 때문에 대구며 사이판에 안 하던 전화도 하고 메일도 보냈다. 마음을 졸였다.

누나가 처한 상황과 아무 상관 없는 불안일지도 모른다는 생각을, 너는 하지 못했다. 섣부른 짐작과 예단이 불러온 불편함일지도 모른다는 생각도 하지 않았다. 그럴 수 없었다. 너는 깊이 생각하는 사람이었다. 그만큼 깊이 빠졌다.

언제나 글을 읽고 썼다. 너는 사유를 즐겼다. 언어의 뉘앙스에 민감했다. 예사로운 시도 너의 눈에는 명료한 의미를 드러냈다. 너는 무시할 수 없는 연륜의, 유능한 카피라이터였다. 아무도 너의 표현과 해석을 폄훼하지 못했다. 너의 경륜은 의심받지 않았다.

아무것도 안 보여……

그 말의 느낌을 너만큼 섬세하고 정확하게 잡아낼 사람은 없었다. 너는 누나의 역사를 읽어온 사람이었다.

적지 않은 시간을 누나는 무주에서 보냈다. 그것은 또다른 꿈을 꾸게 했다. 나물을 캐고 수액을 채취했다. 산국과 황동백 꽃잎을 따 말렸다. 그것들로 더러는 차를 달이고 더러는 동치미와 물김치에 띄웠다. 치자전을 부쳤다. 누나는 그런 것으로 그곳에서 유명인사가 됐다. 누나가 근무하는 요식업체도 간간이 공중파를 탔다.

무주에 사는 동안 한 번도 도회로 나오지 않았다. 산과 계곡과 꽃만 보고 살아도 충분하다고 했다. 거울 들여다보는 시간을 줄여 하늘과 구름과 달을 보았다. 누나의 미래는 그런 것에 있었다. 여전히 원미경 같았으나 원미경보다 피부는 더 고왔다. 새로운 거울, 하늘과 구름과 달 때문이었다. 그 때문이라고 너는 생각했다.

아예 그것들 속으로 들어가버렸다. 무주를 나온 누나는 곡성에서 펜션 주인이 되었다. 그때처럼 누나가 활기차고 행복해 보였던 적은 없었다. 부전나비처럼 돌아쳤다. 몇 사람분의 노동을 하면서 지치지 않았다.

펜션은 누나의 꿈이 완성되는 기회의 공간이었다. 그동안 다지고 확인해왔던 '유능한 재주'의 결정판. 그림과 홈패션으로 내부를 장식하고, 색등으로 천장과 벽의 색깔을 수시로 바꾸었다. 프로방스식 굴뚝을 높이고 마당 가장자리에 솟대를 세웠다. 계절 따라 피는 꽃이 건물 주위를 빙 둘렀다.

'친환경'이 누나의 새로운 이정이었고 표석이었다. 열심히 읽고 보고 찾아다녔다. 하늘과 구름과 별에 책과 동영상과 강의를 더했다. 쑥 넣은 황토로 벽을 발랐고 꽃밥을 만들고 아욱국을 끓였다. 도라지꽃이 만발했다. 벽난로를 만들고 김치광을 팠다. 인근 가마에서 누나가 직접 구워 만든 도자기에 밥을 담았다. 펜션에 묵었던 사람들은 진심으로 감격했다. 그들의 감격은 누나를 감격시켰다.

누나의 '친환경'이 남자 따라 강릉으로 내려가며 했던 '사랑'과 그다지 다르지 않았다는 걸 너는 알았다. 누나는 성공적인 펜션 사업을 접고 '해외'로 눈을 돌렸다.

펜션에 묵었던 손님이 있었다. 애들 영어교육을 위해 필리핀으로 이주한 기러기 가족의 주부. 방학을 맞아 고국에 잠시 들렀던 그녀를 따라 누나는 4박 5일 바람을 쐬러 떠났다. 그리고 좀처럼 빠질 것 같지 않은 너르고 너른 태평양 바람을 온몸 가득 안고 왔다.

세상에서 가장 광활하게 번쩍이는 수면. 누나라면 한번쯤 품거나 대적할 만한 것이었다. 충분히 그럴 만했을 거라고 너는 생각했다. 누나는 남서태평양의 후추와 계피, 시나몬과 육두구, 정향과 파초 잎에 빠져들었다. 기러기 주부가 현지에 소유한 퓨전 레스토랑쯤 아무것도 아니게 보였다.

누나가 끝없이 어딘가로 날아가버리려는 건 용띠이기 때문이라고, 양띠 누나가 말했다.

용. 보이진 않지만 세상에서 최고로 좋은 거잖아. 용 눈엔 용이 보여서 그러는 거겠지.

그러니까 이번엔 남태평양 용왕을 보겠다는 건가?

네가 말했다.

누나는 필리핀 아닌 사이판으로 떠났다. 펜션을 처분할 때까지만 해도 행선은 필리핀이었다. 기러기 주부 때문이었다. 그러나 기러기 주부보다 가까운 인척이 사이판에 살았다. 강릉 남자의 이혼한 형수.

나라를 떠나려니, 일본과 파라과이에서도 아는 몇몇이 손짓했다. 누나는 잠시 행복한 고민에 빠졌다. 결국 바다로 둘러싸인 미국령을

택했다. 더이상 인척은 아니었으나 동고동락하기에 맞춤인 처지의 사람이 사는 곳. 테이키리지와 왓스더매러위즈유도 한몫했다.

누나의 변신과 이동은 언제나 그토록 전격적이었다. 이민과 취업비자 모두 쉽게 해결되지 않았다. 펜션은 이미 처분한 뒤였다. 사이판행이 차일피일 미루어지면서 거취와 수입이 불안해졌다. 누나는 무엇보다 불분명한 걸 견디지 못했다. 양띠 누나에게 '뒤를 부탁하고' 무작정 떠났다.

허, 참, 별로 가진 돈도 없더라구.

양띠 누나가 말했다.

재주가 있잖아.

네가 말했다.

그러나 재주가 누나의 삶을 넉넉하게 하진 못했다. 재주는 누나를 자주 자만과 방심에 빠뜨렸다. 이런저런 성공에도 불구하고 그 이면이 빈약한 까닭이었다. 재주는 누나를 아주 넘어뜨려 망하게 하지 않으면서, 끝없이 재주를 믿게 하고 재주를 쓰게 했다. 고단함의 정체란 그것이었다. 그것이라고 너는 믿었다.

누나가 메일을 읽었다. 하루가 지나서였다. 답신은 없었다.

전화도 없었다. 누나의 싸이월드에 들어가보았으나 새로 올린 글이 없었다.

사이판으로 간 첫해 누나는 이른바 '싸이'에 열심이었다. 정착이 늦어지는 것에 아랑곳 않고 그곳 생활을 글과 사진으로 중계했다.

누나의 재주는 싸이에서도 돋보였다. 집과 일터, 작업장과 주변 풍경을 담았다. 바닷물에 얼비치는 깨끗한 모래와 어패류, 노을 진 하늘과 열대 수종의 검은 실루엣, 바람의 세기와 방향까지 가늠되는 해변 식물 사진이 차례로 올라왔다.

식탁에 놓인 나이프와 포크만으로도 변화한 누나의 일상이 짐작됐다. 반쯤 남은 커피와 으깨진 버터, 사진 한 귀퉁이에 살짝 보이는 푸른 체크무늬 냅킨, 식탁과 의자의 낯선 재질들이 누나의 생생한 현재를 전했다.

누나가 산다는 집은 마당의 풀밭을 빼곤 온통 흰색이었다. 흰색 아닌 것은 없었다. 더운 남양의 가옥. 얇고 가벼워 보여 인형의 집을 확대해놓은 것 같았다.

그곳 기후에 맞게 직접 디자인해 만들었다는 헐렁한 가운에는 커다란 초록 이파리들을 시원하게 새겼다. 덧버선에는 각양각색의 물고기 문양을, 면가방과 앞치마에는 함박눈 내리는 고국의 시골 풍경을 수놓았다.

어디서나 누나는 활짝 웃었다. 인종을 가늠할 수 없는 일터 동료들과 어깨를 맞대고 찍은 많은 사진에서 누나는 단연 돋보였다. 동료들은 뚱뚱했고 얼굴이 컸고 피부가 지저분하게 검었다. 주름 하나 없는 누나의 살결은 지나치게 하앴다.

그러나 눈 밑 홍조가 드러내는 피로의 기미를 너는 놓치지 않았다. 동료들과 함께 먹는다는 야외 점심 메뉴, 그 너머 산더미처럼 쌓인 스쿠버다이빙 장비들, 이마를 스치는 갈라진 머리카락, 호들갑스러운 사진의 설명들이 전하는 느낌들을.

재주와 웃음은 의도된 분망 뒤의 허약함까지 다 감추진 못했다. 마침내 태평양 끝까지 다다르고야 만 고단함. 더이상 오갈 수 없는 교착

(膠着). 누나는 사이판 동북단 반자이 절벽 위에 표표히 옷자락 나부끼며 홀로 서 있는 거였다. 첫해 이후 싸이도 부쩍 뜸해졌다. 간신히 생존을 알리는 붕어의 입질처럼 겨우 끔뻑거렸다.

더이상 무엇도 비치치 않는 거친 해수면을 바라보다 너에게 전화한 거였다. 아무것도 안 보여…… 네가 위기를 직감한 건 그 지점이었다.

누나는 뭔가를 비춰봐야 했다. 그곳에서 자신의 모습을 확인해야 했다. 꿈과 미래, 성취와 실현이 그곳에 있어야 했다. 늘 그래야 했다. 그것이 누나의 삶을 추동하는 유일한 힘이었다. 나날이 드리워져 깊어지는 이면의 그늘 문양이 어떠하든.

그런 누나가 이제 아무것도 비춰볼 수 없게 된 것이다. 아무것도.

메일을 읽은 누나는 이틀이 지나도록 아무 반응 하지 않았다. 너는 더욱 맘 졸일 수밖에 없었다.

더이상 참지 못하고 전화했다. 차마 사이판으론 못하고 대구로.

사이판에서 무슨 연락 없었어?

무슨?

내가 메일 하날 보냈거든.

그래서?

답장이 없어.

답장해야 하는 거야?

아이참, 그러니까 무슨 연락 없었느냐고 묻잖아.

답장해야 하는 거냐고 묻잖아.

아, 늘 이런 식이지. 너는 중얼거렸다.

뭐라고?

양띠 누나가 소리질렀다.

아냐. 됐어. 끊어.

통화했어.

했어?

메일 얘긴 안하고 엉뚱한 소리 하더라.

무슨?

너 소설 쓰내.

소설?

너 시 쓴다고 하지 않았니?

이야기가 정말 엉뚱한 곳으로 흘렀다.

뭔 소리야?

네가 물었다. 그리고 뒤이어 나온 누나의 말에 너는 화들짝 놀랐다. 나뭇가지에 앉은 새가 튀어나왔던 것이다.

어릴 적 니 별명이 대두새였어.

식구들은 거울 귀퉁이의 그걸 대두새라 불렀다. 머리가 큰 새. 대두조도 아닌.

몰라. 생각 안 나.

누나들이 뒤에서 그렇게 불렀어.

근데 그건 왜?

사이판 누나가 그러더라. 넌 너무 머리가 크대. 어딘가 위태롭대.

뭔 소리야?

대구 누나는 잠깐 침묵했다.

하여튼…… 그 말뿐이었어.

너도 잠깐 침묵했다.

그래……?

그래. 너무 걱정하지 마. 세상 사는 거 다 그렇고 그렇지 별 뜻 있겠니. 이래도 한세상 저래도 한세상이야. 그래도 살 만하기사 그만하면 한 팔자 아니겠어?

해설| 소영현(문학평론가)

고독의 권장

1. 소설의 존재론 재고

구효서는 단연코 소설과 함께 나이를 먹어간다는 표현에 가장 적합한 작가이다. 소설쓰기에 '나이 먹음(aging)'의 표식이 새겨지고 있다는 말이다. 물론 이 말은 문장의 탄력이 떨어진다거나 세상을 보는 시선이 낡았다는 뜻이 아니다. 구효서에게서 소설가의 삶과 소설의 몸피는 분리할 수 없을 만큼 단단하게 결합되어 있다. 삶의 진행과 함께 두터워지는 소설가의 삶의 부피는 다채로운 소설적 관심으로 남김없이 구현된다. 여기에는 소설이 소설가의 삶을 넘어선 숭고의 영역이나 일상과는 세련된 거리를 유지한 기예의 영역에 놓인 것이 아니라는 구효서의 투철한 소설관이 함축되어 있다. 중앙일보 신춘문예 당선작 「마디」로 작가생활을 시작한 구효서가 26년간 90여 편의 작품을 출간했다는 사실 자체가 그러한 소설관의 움직일 수 없는 물증이 아닐 수 없다.

소설가의 삶과 소설적 몸피의 결합은 대표적 전업작가인 구효서의 존재론적 일면을 설명해준다. 이러한 면모는 낭만주의적 작가관을 극복할 수 있는 대안적 작가관으로 의미화될 수 있다. 작가라는 말에 덧붙어 있는 향취로 작가는 꽤 오랫동안 생계를 위한 생활과는 거리가 있는 존재로 다루어지곤 했다. 본래적 차원에서 창작자로서의 작가의 면모에는 일상적 생활과의 간극의 지표가 새겨져 있었다고도 할 수 있을 것이다. 소설적 허구를 만들어내는 주체로서 작가는 현실을 작가적 시선으로 포착하고 변형하며 소설 속에서 재배치한다. 실제가 아니라 허구적 실제의 세계를 만들어낸다는 이러한 이해방식에 의하면 작가에게서 타고난 천성이나 천재적 자질이 상대적으로 중요해진다. 여기서 작가의 인간적 면모에 대한 관심은 최소화된다.

작가라는 말에 덧붙어 있는 이러한 신화의 흔적을 염두에 두자면, 작가의 위상을 일상에 보다 밀착시키는 방식은 창작이라는 말에 담긴 창조주의 권능과 그것이 불러오는 전능성의 심상을 탈신화화한다는 데 의미가 있다. 그런데 작가를 둘러싼 낭만적 이데올로기가 해체되고 있는 2000년대 이후로 작가와 일상의 거리에 대한 새로운 선언이 갖는 의미는 그리 크지 않아졌다. 소설을 포함한 문학적 환경 변화는 이러한 경향을 강화하고 있기도 하다.

예술의 시대적 기능에 근거한 이러한 이해방식과는 다른 맥락의 간과할 수 없는 원인도 있다. 경제만능주의가 유력한 시대윤리가 된 오늘날에는 소설을 쓰는 일이 생계를 책임져주는 직업군에서조차 그리 환영받는 일이 아니게 되었다. 작가라는 말에는 직업에 미달하는 결

여의 지점이 있다. 소설쓰기라는 노동의 결과물이 실질적으로 경제적 효용가치 면에서 그리 높지 않은 가치를 갖는다는 현실적 이유로 작가는 주변부적 존재로 이해된다.

이러한 상황에서 소설가의 삶과 소설적 몸피의 결합은 소설 자체의 위상 저하와 함께 사실상 소설의 존재론에 육박하는 질문을 불러오게 된다. 그 질문은 생계를 위한 수많은 직업 가운데 하나가 되어버리고 나면, 소설가에게 소설은 무엇이며, 소설은 왜 계속 쓰여야 하는가, 나아가 소설의 대사회적 존재 의의는 어디에서 찾아질 수 있는가와 같은 것으로 압축될 수 있을 것이다.

소설의 존재론에 대한 질문 위에서, 구효서에게서도 이제 더이상 작가의 삶과 소설의 몸피의 밀착이 갖는 의미가 전업작가로서 끊임없이 소설을 써나간다는 것에 머무를 수 없게 된다. 문학을 둘러싼 다각도의 탈신화화의 의미가 신화화의 강도와 전적으로 결부되어 있다고 할 때, 소설가의 삶과 소설의 몸피를 결합시키고 있는 구효서의 소설이 갖는 시대적 의미망에 대해서도 재점검이 요청되는 시간이다.

2. 문학의 무용과 유용 사이, '쓴다는 것'의 의미

소설의 시대가 이울고 있다는 징후는 곳곳에서 발견된다. 근대 초기에 신문에 연재되었고 이후 단행본으로 출간된 한국 최초의 장편소설이 쇄를 거듭하는 인기를 구가했다거나 1970~1980년대에 정치적 암흑의 시대를 살아야 했던 많은 한국 작가들이 시대의 불의에 대한 저항을 역사적 서사로 우회해야 했던 사정, 근대 역사를 통틀어 거대 역사가 다루지 않거나 의도적으로 배제했던 몫 없는 자들에 대한 기록을 소설을 통해서 만날 수 있었던 사정 등은 소설이 한국사회에 강력한 문화적 영향력을 행사했던 시절을 환기한다. 소설의 정서적 감응력은 의식의 각성을 불러왔고 일상의 변화를 이끌었다. 그러나 소설의 힘이 일상에 직접적 영향력을 행사하던 시절은 지나가고 있다. 소설의 시대는 지나간 과거가 되고 있다.

2000년대 이후로 한국문학이 보여주었던 '현실/가상'에 대한 감각 변화의 징표들은 이러한 경향의 회귀 불능성을 선언하고 있는 것으로 보이기도 한다. 2000년대 이후 한국문학의 상당수가 실제 현실과의 거리나 관계맺음 방식에 대한 무관심을 과시하곤 한다. 이러한 경향은 역설적으로 소설세계를 작가의 욕망에 매어 있는 좁은 세계로 축소시키고 있기도 하다. 글쓰기의 의미도 작가 개인의 욕망의 테두리 내부에 갇혀 있는 편이다.

소설집 『별명의 달인』 곳곳에서 작가 구효서가 누설하듯 내비치는 글쓰기의 의미는 그 자체의 목적을 가지지 않는다는 점에서 문단의 경향과는 다른 문맥을 갖는다. 그에게 있어 '소설을 쓴다는 것'은 분명 일상 현실과의 관련 속에서 이루어져야 할 일이다. 일상과는 무관한 숭고한 예술 창조의 길도, 생계를 위한 수단만도 아니다. 그러나 작가 스스로가 소설의 사회적 역할과 공동체에의 기여를 목표로 삼지도, 일상 현실의 문제에 깊숙이 개입한 실천으로서의 의미를 강조하지도 않는다. 차라리 구효서에게서 소설은 '쓴다는 것' 자체에 가까운 어떤 것이자 그것의 기록인 "말의 궤적"(「6431-워딩.hwp」, 143쪽)

이라고 해야 한다.

「모란꽃」에서 뭔가를 적는다는 것을 뜻하는 글쓰기는 '중얼거리며 한숨을 쉬는 일과 다르지 않은, 이유나 목적도 없는, 일종의 버릇'으로 취급된다. 그것은 그저 "소용없고 쓸모없는 짓의 무심한 반복"(103쪽)이며, 그렇게 해서 기록된 글이란 "소용없고 쓸데없는 것들의 무덤. 지금까지 살아오며 내뱉은 푸념과 허텅지거리, 시샘과 원망의 썩은 물웅덩이"(103쪽)일 뿐이라는 것이다. 글쓰기의 무용성에 대한 우회적 발언에 주의를 기울여야 하는 것은 그 무용성이 역설적으로 「모란꽃」의 화자에 의해 글쓰기가 계속될 수 있는 이유가 되기 때문이다. "그 속절없는 일에 애초부터 무슨 이유나 목적이, 있었던 건, 아니었질 않은가. 버릇처럼 숨처럼 그래온 것뿐이니까. 40년간 하염없이 이어져오기만 한 거였으니까. 그리고 이어져갈 거니까."(112쪽)

흥미롭게도 바로 그 무용성으로, '쓴다는 것' 자체인 "말의 궤적"은 '지나온 자국으로서의 궤적이 아니라, 삶이 나아가고자 하는 이정표로서의 궤적'이 되기도 한다. 글쓰기가 진릿값을 담보한 불변의 언어로 구축되기보다 일상적으로 직면하게 되는 삶의 굴곡이 불러오는 상념들과 그것에 대한 반응일 뿐이라는 인식에 근거해 있기에, 구효서에게서 소설적 행보는 삶의 진전의 가능성을 타진해볼 통로가 될 수 있는 것이다. 이러한 방식이 내장한 한계를 충분히 염두에 둔 채로, 그럼에도 짚어두어야 할 것은, 그 탐색의 의의가 문학의 무용성과 유용성 사이에 놓인 길, 어쩌면 존재하지 않을지 모르는 길 위에서 소설의 존재 의미를 가늠해보고자 하는 시도 자체에서 찾아져야 한다는 사실이다.

3. 삶이 품은 질문들, 기억의 다른 판본들

구효서의 소설에 쉽게 해소되지 않는 의미의 복합체나 풀어야 할 미스터리가 숨겨져 있는 것은 아니다. 그러나 따지자면 구효서의 소설에는 삶의 의미를 되묻는 무수한 질문들이 던져져 있다. 구십대의 노인이 '결혼한 두 아들 집을 마다하고 굳이 막내와 함께 사는 이유, 새벽마다 거실을 걷는 이유, 아파트 복도에 서서 멀어지는 아들의 등을 하염없이 바라보는 이유'는 무엇인가(「바소 콘티누오」). 모든 면에서 한국 남자의 평균치를 웃도는 남자와 그의 아내는 왜 더이상 함께 살 수 없는 것인가(「별명의 달인」). 작가는 우리의 시선을 일상의 곳곳에 숨겨진 작은 의문들로 향하게 한다.

작가의 인식에 따르면, 어디로부터 연원했는지 모를 삶의 다층적 문제들이 엉킨 실타래가 풀리듯 완전히 해소될 수는 없다. 작은 질문들의 해소 여부 자체는 작가의 주된 관심의 대상이 아니기도 하다. 구효서 소설의 특장은 어느 날 삶의 표면으로 떠오른 균열의 기미를 기민하게 포착하고 소설의 인물들에게 그리고 더 나아가 독자인 우리에게 그것을 계기로 흔들리는 존재의 의미를 돌아보게 하는 데 있다. 아마도 삶의 본질이 질문의 형태를 취한다는 점에서 질문 그 자체가 이미 하나의 해답임을 감지하고 있기 때문일 것이다. 구효서는 반복된 질문을 통해 삶의 본질에 다가가고자 한다. 삶이 품고 있는 무수한 질문들을 통해 삶의 본질에 한 발짝 더 다가가보자고 제안한다.

어느 날 돌출한 삶의 균열은 구효서의 소설에서 타인에 대한 이해 틀을 재고할 수 있는 성찰의 힘으로 작동한다. 그 과정에서 구효서는 각자의 삶은 어떻게 같으며 또 다른가를 묻고, 서로 다른 삶들이 어떻게 만나거나 공존할 수 있는가를 되묻는다.

> 누구보다 경희를 잘 안다고 믿었던 나였다. 죽으려 했다고? 왜 내가 몰랐을까. 몇 달 동안 울었다면 몰랐을 리 없었다. 어떤 식으로 죽으려 했을까. 몇 달 동안이나 울고 있었을 때 나는 어디에 있었던 걸까. 경희와는 하루도 떨어져 있던 날이 없었다. 기억에만 없는 걸까. 가장 가깝고 잘 알고 좋아했고 믿었던 사람의 끔찍한 슬픔을 기억 못하다니. 바로 곁에서 고통으로 몸부림치고 있었다는데.(「모란꽃」, 100쪽)

> 형제들마다 제목이며 내용을 다르게 알고 있는 책. 그리고 읽을 때마다 자꾸 달라지는 책이었다. 책은 한 권이 아니라 여러 권인 셈이었고, 내용을 조금씩 달리 알고 있다 해도 그것 모두 모란꽃이었다.(「모란꽃」, 110쪽)

해소되지 않는 질문들의 의미를 곱씹어보는 일이 삶의 본질에 다가가고자 하는 시도라면, 「모란꽃」에서 그것은 타인에 이르는 길에 대한 재점검의 과정으로 구현된다. 이유 모를 상실감에 휩싸여야 했던 「모란꽃」의 주인공은 옛집에 있었던 책 한 권에 대한 기억을 반추하는 과정에서 형제들 간에 전혀 이질적인 기억이 공존하고 있음을 알게 된다. 가장 가깝다고 여겼던 여동생의 지독한 실연의 상처에 대해 자신이 전혀 아는 바 없었음에 놀라게도 된다.

타인에 대한 이해불능의 좌절감 앞에서 「모란꽃」의 주인공은 "난 무얼, 얼마나 알고 있는 걸까"(100쪽)를 질문하게 된다. 스스로에게 던져진 그 질문들은 「모란꽃」 주인공의 타인에 대한 이해의 시야를 넓혀줄 것이다. 그러나 사실 「모란꽃」의 의미가 타인에 대한 이해의 불충분함을 환기하는 데에서 그치는 것은 아니다. 우리가 언제나 타인에 대한 불충분한 이해에 머무를 뿐이라는 사실이 타인에 대한 온전한 이해의 불가능성을 말해주는 것임은 분명하다. 이 지점에서 구효서는 오류로 밝혀진 이해들, 말하자면 다양한 오해들이 우리가 취할 수 있는 이해의 최전선임을 말한다. 펄 벅의 소설 『모란꽃』에 대한 서로 다른 기억이 그러하듯, 해석과 오해의 다양성이 만들어내는 효과와 의미가 보다 중요한 것은 아닌가를 역설하는 것이다. 요컨대, 구효서는 서로에 대한 이해불가능성의 확인에서 나아가, 제각각의 기억의 뒤편에 불변의 원본이 있으리라는 인식 자체가 삶의 본성과는 매우 이질적인 것임을, 서로 다른 기억의 판본들이 삶의 본래성에 더 가까이 다가가 있는 것임을 강조한다.

4. 길 끝에서, 생은 다른 곳에

어느 날 갑자기 이후의 삶을 함께할 수 없다는 아내의 선언 앞에서 「별명의 달인」의 주인공이 자신이 수석 데스크로 있는 잡지의 취재를 자청하게 되는 것은 그 길에서 자신의 본질을 정확하게 꿰뚫고 있었다고 여겨지는 옛 친구와의 만남을 기대했기 때문이다. 옛 친구와의 해후 자체를 기대했다기보다는 옛 친구의 통찰의 힘을 그리워했다고 해야 할 텐데, 한 인간의 본질을 탁월하게 응축해냈던 옛 친구라면 "아내의 비명 같고 체념 같던 외침의 뜻을 잘 알 것 같았"(46쪽)고, 자신에게 무엇인가를 말해줄 수 있을 것이라고 여겨졌기 때문이다.

삶의 막다른 골목에 서 있는 「별명의 달인」의 주인공에게 옛 친구는 어떤 통찰을 던져주었는가. 독자의 기대를 배반하듯, 「별명의 달인」은 삶의 길을 잃을 듯한 그의 사정에 대해서는 관심을 기울이지 않는다. 엉뚱하게도 「별명의 달인」은 맞춤한 별명을 마련하기 위한 과정이 야기했던 옛 친구의 공포에 관한 이야기를 슬그머니 풀어놓는다. 맞춤한 별명들이 마련되는 과정에 대한 소개에 "상대를 빨리 파악하고 나름의 규정을 내리는 일"(72쪽)이 재미로 이루어진 즉흥적인 일이 아니었을 뿐 아니라, 공포에 가까운 불안과 고통, 심지어 생명을 위협하는 무엇처럼 옛 친구를 옥죄는 일이었음을 무심한 듯 슬며시 덧붙인다. 너스레와 자존심 따위로 포장되었던 옛 친구의 억누를 수 없는 두려움이 타인에 대한 빈틈없는 파악의 불가능성에 대한 인식에서 온 것임을 밝혀둔다.

아주 좋네. 무슨 차야?
그가 물었다.
산국화에 구기자를 넣었어. 죽염 조금.
차에 소금을?
응, 아주 조금.
차 이름이 뭔데?
없어.

없어?

없어.

니가 직접 만든 거야?

응. 문밖만 나가면 먹고 마실 거 천지야.

그는 자기 잔에다 어느새 두 잔째 찻물을 붓고 있었다. 없어진 게 뭔지 알 수 있을 것 같았다. 라즈니시에게서 사라진 것. 그래서 보이지도 느껴지지도 않는 것.(「별명의 달인」, 69쪽)

「별명의 달인」은 해소할 길 없는 삶의 난제들과 그 해소의 과정이 아니라, 그런 난제들이 결국 해소될 수 없는 것임을 말하는 데 더 집중한다. 우리는 누구나 살면서 한번쯤 길을 잃고 우두망찰하거나, 길 없는 길 앞에 서게 될 것이다. 그런 순간은 「별명의 달인」에 의하면, 타인과의 관계에서 서로에 대한 규정을 피할 수 없다는 사실과 의식적이든 무의식적이든 그러한 규정이 모두 담을 수 없는 면모들이 서로에게 남아 있다는 사실, 그리고 무엇보다 그간의 이해방식에 의해서는 파악되지도 이해되지도 않는 영역들 앞에서 타인에 대한, 그리고 그/그녀와의 관계에 대한 그간의 모든 규정들이 아무것도 아닌 것이 되어버린다는 사실을 깨닫게 되는 순간인 것이다.

「나뭇가지에 앉은 새」에서 판본을 달리하면서 보여주고 있듯, 멀리 떨어져 사는 형제가 전화로 전한 말 "아무것도 안 보여⋯⋯"(247쪽)는 살면서 문득 만나게 되는 알 수 없는 막막함이자 우리 모두가 살면서 겪게 되는 고달픔의 일면이다. 의식하지도 못한 채 흘러나오는 중얼거림이자 감출 수 없는 한숨일 뿐인 그것이 어떤 진실을 담고 있는

지에 대해 구효서는 캐묻지 않는다. 다만 작가는 「모란꽃」에서 어린 시절부터 얼어붙는 공포를 야기했던 토주가 텅 빈 허공일 뿐이듯 불현듯 발화된 고달픔의 편린들 자체에는 아무것도 담겨 있지 않은 것인지도 모른다고 중얼거리듯 말할 뿐이다.

「별명의 달인」에서도 역시 주인공이 직면한 삶의 막막함은 소설 내에서 전혀 해소되지 않는다. 그런 채로 소설은 "그의 앞에 길이 없었다. 길은 거기서 끝나 있었다"(76쪽)는 문장으로 끝이 난다. 「별명의 달인」은 길 없는 길 앞에 선 인물들의 막막한 사정을 소개하고, 그러한 막막함이 우리들 모두의 것임을 넌지시 암시하는 이야기에 더 가깝다. 그런데 그렇기에 길 없는 길 앞에서 서 있다고는 해도, 그와 옛친구가 타인에 대한 이해불능성이라는 극복하기 어려운 절망 앞에 서 있는 것으로 보이지는 않는다.

「별명의 달인」을 통해 보여주듯, 구효서는 각자의 개별적 막막함에 대한 해소책을 말하기보다, 존재의 근본적 이해불능성에 대한 승인을 통해 타인에 대한 이해의 새로운 가능성이 열릴 수 있음을 전한다. 물론 삶의 의미를 반복적으로 되묻는 과정의 끝에서 삶의 의미가 온전히 파악되는 것은 아니다. 끝내 "삶은 여전히 모를 거"(45쪽)로 남아 있을 뿐이다. 거기에는 언제나 "체념을 정당화하는 자기암시"(137쪽)의 가능성이 놓여 있다. 그럼에도 타인에 대한 이해의 영점에 서게 되는 일이 길 없는 길로부터 한 걸음 내딛는 방법임을 부인할 수는 없을 것이다.

5. 성찰은 나의 힘

구효서의 소설에서 이러한 허무의식이 삶에 대한 포기로 이어지는 것은 물론 아니다. 사실 허무의식은 구효서의 인간에 대한 이해와 밀접하게 연관되어 있다. 구효서의 인간론은 조금 추상적으로 말하자면, 탈구축적 관점으로 압축된다. 개별자의 정체성보다는 그것이 형성되는 과정에 놓여 있다는 사실 자체가 오히려 주목된다. 이에 따라 스스로 만들어가는 주체의 능동적 면모가 강조된다. 구효서의 주인공은 탈시간적 자명성을 갖지 않으며 자기성찰을 통해 정체성의 균열의 지점들을 되돌아보고 재고하면서 재정비하는 과정을 반복한다. 성찰의 힘에 대한 신뢰가 다른 주체로의 변신가능성을 열어젖힐 수 있기 때문이다. 삶의 의미는 끝내 모를 것이기 때문에 있는 그대로 받아들여야 한다기보다, 그런 까닭에 재질문될 수 있다는 입장이 구효서가 취하는 '체념'의 실체에 가깝다.

거대한 세계 앞에 놓인 주체의 수동성을 강조하는 최근 소설의 주류적 경향과 비교하자면, 주체의 자기규정적 능동성을 강조하는 구효서의 태도는 소중하게 다루어져야 할 미덕이 아닐 수 없다. 성찰의 힘에 대한 믿음은 앞으로도 계속 유지될 필요가 있다. 그런데 성찰의 힘에 대한 신뢰는 주체에 대한 반성의 시간을 통한 주체의 조정가능성을 포기하지 않는다는 점에서 그리고 그 변화에 보다 주목한다는 점에서, 상대적으로 주체를 제약하는 조건들에 대한 지적에 소홀할 수 있다.

「산딸나무가 있는 풍경」은 마을 바깥에서 유명세를 탄 화백의 생가를 복원하는 자리에서 새롭게 구성되는 집성촌의 모습을 담는다. 그런데 「산딸나무가 있는 풍경」에서 서서히 모습을 드러내는 것은 복원되는 화가의 생가가 아니다. 생가의 복원 과정은 혈연 공동체인 정씨 집성촌이 어떻게 다시 복원될 수 있는가 아니 복원되어야 하는가를 묻는 시간에 더 가깝다. 소설은 같은 성씨로 맺어진 핏줄이 아닌 이들이 만들어낸 집성촌의 새로운 면모에 더 주목한다.

소설에 따르면, 정씨 집안에 새경을 받는 머슴으로 흘러들어 일꾼으로 눌러앉았던 청년 황씨가 정씨 일가의 혈족이 되기까지 그리 오랜 시간이 걸리지는 않았다. 물론 소설은 세월이 흘러도 쉽게 가시지 않는 어색함과, 대개 "에두른 끝 선에, 바깥을 향해"(161쪽) 서 있었던 존재들에 관심을 기울인다. 정씨 집성촌에서 다른 성씨의 가족을 꾸린 이, 임신 사실을 모른 채 재가한 어머니가 낳은 껄끄러운 존재인 '나', 외지에서 온 정화백의 배다른 동생 등이 그들이다.

청년은 정화백의 배다른 동생이었다. 시골에서는 드물게, 정화백의 부친은 경찰공무원이었다. 해방 전부터 임지를 돌아다니느라 이틀 이상 시골집에 머물지 못했다. 바깥에 따로 살림을 차렸기 때문이었다는 사실이 뒤늦게 밝혀졌다. 정씨 성과 항렬을 따른 청년이 어느 날 마을에 나타났던 것이다. 그때 청년의 나이 열하나였다.

세력 있는 사람이 작은 부인을 두는 일이 드물지 않던 때였다. 바깥에 따로 차린 살림이 파국을 맞는 일도, 서자를 본가에 맡기는 일도 마찬가지였다. 그러나 예사로운 일에 가까웠다고 해서 청년의 처지마저 대수롭지 않았을까. 청년은 끝내 산딸나무에 목매 죽었다.(「산딸나무가 있는 풍경」, 164~165쪽)

말없이 부지런하기만 했던 정화백의 배다른 동생의 비극적 죽음은 인용문에서처럼 소설에서 특별한 사건으로 다루어지지 않는다. 혈족에 의해 외면될 수밖에 없던 존재들이 흔하던 시절이었고, 작가의 물기 없는 요약에 의하면, 죽음마저 심상한 것일 수 있던 시절이었던 때문이다. 소설을 통해서는 부모 제사에 잔도 못 올리는 처지에 대한 서글픔이 그를 자살로까지 가게 했으리라 추정만 할 뿐, 독자를 포함한 누구도 청년의 심경과 전후 사정을 알 수 없다. 생가 복원사업의 자문위원 역할을 맡은 황씨가 사연 많은 산딸나무를 옮겨다 심은 의중도 끝내 밝혀지지 않는다. 황씨와 나, 그 둘 사이에서 공유되었던 황씨가 저질렀다는 범죄에 대해서도 독자인 우리로서는 알 도리가 없다.

삶이 본래 그러하듯이 띄엄띄엄 드러나는 진실 외에 소설을 통해 공동체로부터 조금쯤 내쳐진 채 살아간 이들의 사연이나 그들의 속내에 대해 우리가 알 수 있는 것은 그리 많지 않다. 그것이 삶이라고 하는 사태 자체의 진면목일는지 모른다. 구효서에 의해 삶이 본래 그러하다는 사실이 강조되고 있기도 하다. 그러나 간과하지 말아야 할 것은 「산딸나무가 있는 풍경」에서 개별자들이 가진 비극의 얼굴이 점차 소거되자, 배제된 자들에 관한 이야기 자체에 새겨져 있을 희로애락의 면모들도 휘발되어버리고 만다는 사실일 것이다.

6. '멋스러움과 가당찮음의 경계'

구효서의 소설은 한결같이 단아하다. 재료 본래의 맛과 풍미를 살

려낸 한정식처럼 번다하지 않으면서도 정갈하다. 우리 시대의 다수가 겪었을 법한 경험과 거기에 담긴 비극적 사연들이 단정한 문체와 함께 풀려나온다. 덩이진 흙이 매끈한 도자기의 표면을 이루듯, 작가의 목소리가 전하는 사연은 다독여지며 감정은 절제된다.

말이 전하지 못하는 감정의 영역들, 말로는 나눌 수 없는 공감의 지점들이 때로 음악으로(「바소 콘티누오」) 때로 핸드폰으로 주고받는 문자로(「6431-워딩.hwp」) 짚어진다. 처가의 식구에게 모질게 굴었던 한 가장의 언어 이면에 깔린 '소심함'도 말의 궤적 속에서 드러날 수 있음을 보여준다(「6431-워딩.hwp」).

그런데 어쩌면 그 단아함이 주체를 제약하는 피할 수 없는 조건들의 소거로부터 오는 것인지 모른다는 의구심을 물리치기 어려운 것도 사실이다. 「산딸나무가 있는 풍경」이 보여주듯, 배제된 자들의 희로애락이 사라지게 되는 것은 그 개별자들의 비극의 얼굴이 지워져 있기 때문인지 모른다. 종종 구효서의 소설에서 타인의 의미가 주체의 정체성에 균열을 가져오는 징후로 축소되는 것도 이러한 사정과 연관되어 있는지 모른다.

마주보기는 분명 아니지만 외면도 아니다. 마주보기보다 더한 마주보기라는 걸, 알려 하지 않을 뿐이다. 완강히 마주보기를 꺼리는, 두 사람에게 작용하는 동일한 종류의 의지가 실은 모종의 연대거나 유대라는 걸. 그리움, 혹은 면구(面灸)의 유대.(「바소 콘티누오」, 25~26쪽)

서로에게 성찰의 계기가 되는 존재들은 구효서의 소설에서 '마주보기도 외면도 아닌' 공존으로 의미화된다. 구효서는 성찰과 그것이 가능한 거리를 강조한다. 자신을 들여다볼 고독의 시간을 가지지 않는 한, 각자에게 파악될 수 없는 면모들이 남겨져 있음을 인정하지 않는 한, 우리 스스로가 무엇을 박탈당했고 무엇을 놓쳤으며 무엇을 잃었는지 알 수 없게 된다는 사실을 지적한다. 그 고독이 우리를 반성도 하고 창조도 하게 할 것임을 강조한다. 작가는 현재 우리의 삶에서 쉽게 찾아볼 수 없는 고독의 의미와 고독이 의사소통에 의미와 기반을 마련해줄 숭고한 조건이라는 사실을 환기한다.(고독의 의미에 대해서는 지그문트 바우만, 『고독을 잃어버린 시간』, 조은평·강지은 옮김, 동녘, 2012, 31쪽)

구효서의 소설은 자신을 돌아보게 하는 고독의 시간을 선물한다. 잠들지 않는 도시의 왁자함과 들끓는 내면의 잡음에 지친 영혼에게 위안을 제공한다. 그의 소설을 통해 곧 다시 휘몰아칠 욕망의 소용돌이 속에서 얼마간 버틸 수 있는 마음의 평온을 얻을 수 있을 것이다. 비록 잠시뿐일지라도, 안팎을 둘러싸고 있는 현대사회의 소음을 편안하게 받아들일 수 있는 조금쯤 너그러운 마음 상태를 얻을 수 있을 것이다.

"그래. 너무 걱정하지 마. 세상 사는 거 다 그렇고 그렇지 별 뜻 있겠니. 이래도 한세상 저래도 한세상이야"(「나뭇가지에 앉은 새」, 273쪽)라는 식의 읊조림에도 위안의 힘이 있는 것은 분명하다. 그런데 여전히 그것이 성숙한 긍정인지 외부적 현실 변화의 불가능성에 대한 체념인지를 가늠하기는 쉽지 않다. 어느 편인가 하면 구효서의 소설에서 삶에 대한 긍정은 종종 화투 두 장을 이어붙인 것만큼 투명 유리가 붙어 있는 좁은 격자문을 "밖의 동태를 살피는 유일한 구멍"(「바소 콘티누오」, 16쪽)으로 가진 이들에게나 가능한 것처럼 보이기도 한다.

그 거리의 유지 불가능성이 현재 우리의 삶이 고통스러운 근본 원인임을 떠올려본다면, 구효서의 소설이 제공하는 평온함이 매우 제한적이고 일시적인 것은 아닌가 의구심이 드는 것도 사실이다. 바로 이런 점에서 "멋스러움과 가당찮음의 경계"(「6431-워딩.hwp」, 140쪽)는 구효서의 소설이 서 있는 지점에 대한 가장 적확한 명명이 아닐 수 없다. 그리고 바로 이 지점에서 인정해야 할 것은 그 지점이 또한 외부의 힘에 압도되어 갈 길을 모르고 우두망찰하는 우리들이 서 있는 곳이기도 하다는 점이다. 어디로 가야 하는가. 이것은 피할 수 없는 삶의 난국에 처한 우리 스스로에게 던져진 질문이자 일상에 바싹 밀착해 있는 구효서의 소설이 대면한 질문이다.

토리노의 말

종일 작업실 책상에 앉아 있다가 어둑해져서 문을 나섰다. 집에 가서 저녁도 먹고 잠도 자야 했다. 작년 여름이었다. 정류장에 당도하기도 전에 버스가 왔다. 타려고 조금 뛰다 왼쪽 무릎을 다쳤다. 시간이 지나도 낫지 않았고, 결국 수술을 했다. 후방 인대 파열이었다. 한동안 목발을 짚고 살았다.

재활을 위해 자전거를 탔다. 겨울이 왔고 작업실은 추워졌고 가스 요금이 말이 아니게 나왔다. 전기 히터 돌아가는 공릉도서관으로 출퇴근했다. 칼바람이 불었으나 아무 생각 없이 무거운 SENS R530노트북을 짊어지고 중랑천 자전거 도로를 오갔다.

봄이 왔으나 여전히 추웠다. 40분을 달려 도서관엘 가고 40분을 달려 집에 당도했다. 그럴 일밖에 없었다. 어느 날 문득 길 위에 멈추었다. 봄꽃 앞이었다. 꽃에는 김춘수도 서정주도 없었다. 자전거를 타거나 뛰거나 걷는 이들이 봄꽃 옆을 스쳐지나갈 따름이었다. 나도 그들처럼 봄꽃을 떠났다. 여름이 다시 왔다. 유난히 길고 무더운 여름이었다. 장마는 길었고 중랑천은 여름내 물이 그득했다. 또 도서관 에어컨 신세를 졌다. 35도 염천에도 아침저녁으로 자전거 페달을 밟았다. 니체가 본 토리노의 말과 벨라 타르가 만든 〈토리노의 말〉처럼 길 위를 내처 걷거나 달리거나, 그러다가 어느 날인가는 주저앉게 될 터였다. 역시, 그럴 일밖에 없었다. 또다시 계절은 오고, 갈 것이다. 어머니는 20년 전에 돌아가시고 나는 둔재라서, 바보인 줄은 스스로 알지도 못하며, 그리하여 니체처럼 어머니를 향해 외치지도 하소연할 줄도 모른 채, 수도 없이 계절 바뀌는 길을 오간다.

내가 아는 것이란, 노트북을 메고 집을 나서고, 저녁 먹고 잠을 자려고 어둔 길을 달려 다시 돌아간다는 사실이다. 그날 쓴 예닐곱 장 분량의 원고가 하드디스크에 들어 있다는 것이다. 그 모든 게 알량하지도 슬프지도 기쁘지도 서글프지도 않다. 앞에서 부는 바람이 좀 수그러들어 자전거가 제대로 나아가길 바랄 뿐이다.

2013년 9월
구효서

| 수록 작품 발표 지면 |

바소 콘티누오 …… 『현대문학』 2011년 2월호

별명의 달인 …… 『세계의 문학』 2010년 겨울호

모란꽃 …… 『문학동네』 2008년 가을호

6431-워딩.hwp …… 『학산문학』 2012년 봄호

산딸나무가 있는 풍경 …… 『대산문화』 2012년 봄호

화양연화 …… 『문학나무』 2011년 가을호

저 좀 봐줘요 …… 『현대문학』 2012년 7월호

나뭇가지에 앉은 새 …… 『현대문학』 2009년 12월호

문학동네 소설집
별명의 달인
ⓒ 구효서 2013

1판 1쇄 2013년 9월 9일
1판 5쇄 2014년 10월 24일

지은이 구효서
펴낸이 강병선
책임편집 강윤정 | 편집 김민정 김필균 김형균 유성원 | 독자모니터 이효민 이희연
디자인 김현우 유현아 | 마케팅 정민호 나해진 이동엽 김철민
온라인마케팅 김희숙 김상만 한수진 이천희
제작 강신은 김동욱 임현식 | 제작처 영신사

펴낸곳 (주)문학동네
출판등록 1993년 10월 22일 제406-2003-000045호
주소 413-120 경기도 파주시 회동길 210
전자우편 editor@munhak.com | 대표전화 031) 955-8888 | 팩스 031) 955-8855
문의전화 031) 955-8890(마케팅) 031) 955-2678(편집)
문학동네카페 http://cafe.naver.com/mhdn | 트위터 @munhakdongne

ISBN 978-89-546-2233-2 03810

www.munhak.com